陈 平 原 著

小說史學面面觀

生活·讀書·新知 三联书店

Copyright © 2021 by SDX Joint Publishing Company.
All Rights Reserved.
本作品版权由生活·读书·新知三联书店所有。
未经许可，不得翻印。

图书在版编目（CIP）数据

小说史学面面观／陈平原著.—北京：生活·读书·新知三联书店，2021.12
ISBN 978 – 7 – 108 – 07216 – 0

Ⅰ.①小…　Ⅱ.①陈…　Ⅲ.小说史 – 中国 – 清后期　Ⅳ.① I207.409

中国版本图书馆 CIP 数据核字（2021）第 153259 号

责任编辑	卫　纯
装帧设计	蔡立国
责任校对	常高峰
责任印制	宋　家
出版发行	生活·讀書·新知 三联书店
	（北京市东城区美术馆东街 22 号 100010）
网　　址	www.sdxjpc.com
经　　销	新华书店
制　　作	北京金舵手世纪图文设计有限公司
印　　刷	三河市天润建兴印务有限公司
版　　次	2021 年 12 月北京第 1 版
	2021 年 12 月北京第 1 次印刷
开　　本	880 毫米 × 1230 毫米　1/32　印张 11.625
字　　数	221 千字　图 76 幅
印　　数	0,001 – 6,000 册
定　　价	88.00 元

（印装查询：01064002715；邮购查询：01084010542）

目 录

小引

1 _ 第一章　现代大学与小说史学
　　　　　——关于《中国小说史略》

2 _ 一、一段公案

6 _ 二、北大聘约与独立准备

11 _ 三、讲课效果与编写讲义

14 _ 四、理论建构与艺术感觉

17 _ 五、文言述学与学界边缘

23 _ 第二章　章回小说如何考证
　　　　　——关于《中国章回小说考证》

24 _ 一、胡适归来与整理国故

31 _ 二、理论假设与文学趣味

39 _ 三、述学文体与文章结构

45 _ 第三章　社会概观与小说艺术
　　　　　　　——关于《晚清小说史》及其他

48 _ 　一、文学与史学

54 _ 　二、小说史的写作及修订

59 _ 　三、《文明小史》三说

63 _ 　四、与阿英先生结缘

67 _ 第四章　革命想象与历史论述
　　　　　　　——关于《普实克中国现代文学论文集》及其他

69 _ 　一、"普夏论战"

77 _ 　二、抒情与史诗

83 _ 　三、学问与友情

88 _ 　四、多元化的中国学

91 _ 第五章　杰作的发掘与品评
　　　　　　　——关于《中国现代小说史》及其他

93 _ 　一、大传统与新批评

103 _ 二、被忽略的另一场论战

110 _ 三、批评家的才华与偏见

114 _ 四、小说三史与学术四会

目 录

121 _ 第六章 色情小说与翻译研究
　　　　　　——关于《中国近代小说的兴起》及其他

123 _ 一、如何被中国读者接纳

128 _ 二、说书人与叙述者

137 _ 三、从《金瓶梅》到《肉蒲团》

143 _ 四、传教士与翻译小说

150 _ 第七章 教材编写与严谨求实的一代
　　　　　　——关于《中国现代小说流派史》及其他

152 _ 一、从《创业史》到金庸小说

159 _ 二、两部文学史与两套丛书

167 _ 三、小说流派史之开拓

177 _ 四、严谨求实的一代

181 _ 第八章 雅俗鸿沟与团队合作
　　　　　　——关于《中国现代通俗文学史》及其他

183 _ 一、从鸳蝴资料到苏大团队

194 _ 二、从集体项目到个人专著

200 _ 三、如何填平雅俗鸿沟

209 _ 第九章　阅读感受与述学文体
　　　　　——关于《论小说十家》及其他

211 _ 一、一空依傍的阅读

227 _ 二、拒绝平庸的文体

235 _ 三、召唤对话的"独语"

247 _ 第十章　文本、灰阑与意识形态
　　　　　——关于《灰阑中的叙述》及其他

248 _ 一、从心所欲不逾矩

256 _ 二、从"沉思"到"文本"

262 _ 三、在边缘处策马扬鞭

270 _ 四、无往而非灰阑

281 _ 第十一章　想象中国与现代性的多副面孔
　　　　　——关于《被压抑的现代性》及其他

283 _ 一、如何想象中国

292 _ 二、现代性的多副面孔

305 _ 三、以小说/史研究为中心

目 录

316 _ 第十二章　叙事模式与文学进程
　　　　　　——关于《中国小说叙事模式的转变》及其他
318 _ 一、十年辛苦不寻常
323 _ 二、两种移动与内外合力
329 _ 三、"注重进程"与"消解大家"
342 _ 四、雅俗文化与类型研究

348 _ **各章出处**
350 _ **后　记**

小　引

　　从1998年发表《新教育与新文学》(《学人》第14辑，江苏文艺出版社)到2011年刊行《作为学科的文学史》(北京大学出版社)、2016年出版《作为学科的文学史——文学教育的方法、途径及境界》(增订本，北京大学出版社)，我一直论述作为一种知识体系与著述方式的文学史(及小说史、戏剧史等)，是如何受制于现代大学的兴起与转型的。

　　在中国，"小说评论"早已有之，"小说史学"则只有一百年历史。具体说来，1920年可视作中国"小说史学"的元年。理由何在？这一年的7月27日，胡适撰写了影响深远的《水浒传考证》，收入1921年12月上海亚东图书馆版《胡适文存》；这一年的8月2日，鲁迅被蔡元培校长聘为北京大学讲师，专门讲授中国小说史，1920年12月24日第一次登上北大讲台。一是发凡起例引领风气的长篇论文，起很好的示范作用；一是现代大学设立的正式课程，可培养无数专业人士。

　　鲁迅《中国小说史略·序言》开篇第一句"中国之小说自来无史"；日后的研究者续上了一句："有史自鲁迅始。"《胡适口述自传》第十一章称自家整理旧小说的努力，使得世人"认定它们也是一项学术研究的主题，与传统的经学、史学平起平坐"。经由鲁迅、胡适等新文化人的积极推动，作为"学术研究"的"小说史学"迅速崛起，百年之后，已然蔚为奇观。

鲁迅、胡适开启的"小说史学"，一开始主要以中国古典小说为研究对象；随着时间推移，中国现代小说也逐渐"登堂入室"。到了今天，二者分庭抗礼，大多数学者只能专攻其一。考虑到修课的是中国近代、现代、当代文学及比较文学专业的研究生，我所讨论的学术史视野中的"小说史学"，因此仅限于晚清以降的中国现代小说研究。

即便如此，相关著述也都浩如烟海，不可能面面俱到。我选择的十二家，不一定业绩最佳，但都别具特色，很能引发思考与讨论。换句话说，这不是梁山泊英雄排座次，意图凸显的是研究者的立场、趣味及方法。而且，这背后有北大学术传统及我个人视野与能力的限制——作为研究生课程，也只能如此了。

从1989年发表《"进化的观念"与小说史研究》(《文艺研究》1989年第5期)、《"小说史意识"与小说史研究》(《文史知识》1989年第10期) 等，到1993年刊行《小说史：理论与实践》(北京大学出版社)，再到2004年发表《小说史学的形成与新变》(《现代中国》第五辑，湖北教育出版社)，我对小说史研究的策略及方法多有思考。遗憾的是，自20世纪90年代中期起，我不再从事小说史研究，很

小 引

多最新成果没有阅读，不少议论也就难免偏颇。好在对于整个学界来说，"辨章学术，考镜源流"从来都只是"偏师"，此课程（及《文艺争鸣》的连载文章）若能呼唤更多新人登台表演，则于愿足矣。

讲课不同于著述，有时长篇大论，有时点到为止，"大珠小珠落玉盘"的同时，还得保持一定的水分与空气。两节课全是实打实的干货，会让人听不下去的；必须张弛有度，方能维持听众的注意力。变幻莫测，灵活多样，且讲究韵律与节奏，这是课堂的特点——可以引述自家著作，开列参考书目；也可以穿插闲话，兼及师友逸闻。并非严格的专业论文，更接近于学术随笔，兼及个人感受，从书里谈到书外，如此琐琐碎碎，不登大雅之堂，却能使研究对象更加血肉丰满，对听课的学生来说，这些书本以外的"闲话"或许更为难得。

因"新冠"疫情肆虐，北大改为线上教学。对着空荡荡的镜头宣讲，不再与学生面对面，无法交换眼神，不仅不精彩，且容易忘词。为了备忘，我写下了部分讲稿或详细的大纲。课后意犹未尽，干脆整理成文，交给《文艺争鸣》刊发，也算是对这一特殊时代、特殊课堂的纪念。

2020 年 3 月 19 日于京西圆明园花园

第一章

现代大学与小说史学

——关于《中国小说史略》

《中国小说史略》，北新书局，
1930年第7版

讨论现代大学与小说史学这个话题，我想围绕鲁迅（1881—1936）的《中国小说史略》来展开。今天的演讲，主要依据我前些年撰写的若干文章，删繁就简，讲述一个教育部官员，如何因缘凑合，应蔡元培之邀前来北大兼课，竟然成就了一部学术史上的名著。这里牵涉很多有趣的问题，值得细究。

一、一段公案

鲁迅去世的那一年，也就是1936年，他撰写了《〈且介亭杂文二集〉后记》，其中有这么一大段："在《中国小说史略》日译本的序文里，我声明了我的高兴，但还有一种原因却未曾说出，是经十年之久，我竟报复了我个人的私仇。当一九二六年时，陈源即西滢教授，曾在北京公开对于我的人身攻击，说我的这一部著作，是窃取盐谷温教授的《支那文学概论讲话》里面的'小说'一部分的；《闲话》里的所谓'整大本的剽窃'，指的也是我。现在盐谷教授的书早有中译，我的也有了日译，两国的读者，有目共见，有谁指出我

第一章 现代大学与小说史学

的'剽窃'来呢？呜呼，'男盗女娼'，是人间的大可耻事，我负了十年'剽窃'的恶名，现在总算可以卸下，并将'谎狗'的旗子，回敬自称'正人君子'的陈源教授，倘他无法洗刷，就只好插着生活，一直带进坟墓里去了。"[1]所谓"让他们怨恨去，我也一个都不宽恕"的"临终遗言"[2]，当然包括这位多年论敌陈西滢教授。

1925年11月21日，陈西滢在《现代评论》上发表"闲话"："可是，很不幸的，我们中国的批评家有时实在太宏博了。他们俯伏了身躯，张大了眼睛，在地面上寻找窃贼，以致整大本的剽窃，他们倒往往视而不见。要举个例么？还是不说吧，我实在不敢再开罪'思想界的权威'。"[3]虽没直接点名，但矛头所向，很明显针对鲁迅。次年1月，陈西滢又在发表于《晨报副刊》上的通信里重提此事："他常常控告别人家抄袭。有一个学生抄了郭沫若的几句诗，他老先生骂得刻骨镂心的痛快。可是他自己的《中国小说史略》却就是根据日本人盐谷温的《支那文学概论讲话》里面的'小说'一部分。"[4]面对如此无端指责，鲁迅是如何反击的？

---

[1] 鲁迅:《〈且介亭杂文二集〉后记》,《鲁迅全集》第六卷，第450—451页，人民文学出版社，1981年。
[2] 鲁迅:《死》,《鲁迅全集》第六卷，第612页。
[3] 陈西滢:《剽窃与抄袭》,《西滢闲话》，第210页，新月书店，1931年第3版。
[4] 陈西滢:《闲话的闲话之闲话引出来的几封信》，1926年1月30日《晨报副刊》。

鲁迅在初刊《语丝》第65期（1926年2月8日）、后收入《华盖集续编》的《不是信》中，做了如下辩解："盐谷氏的书，确是我的参考书之一，我的《小说史略》二十八篇的第二篇，是根据它的，还有论《红楼梦》的几点和一张《贾氏系图》，也是根据它的，但不过是大意，次序和意见就很不同。其他二十六篇，我都有我独立的准备，证据是和他的所说还时常相反。例如，现有的汉人小说，他以为真，我以为假；唐人小说的分类他据森槐南，我却用我法。六朝小说他据《汉魏丛书》，我据别本及自己的辑本，这工夫曾经费去两年多，稿本有十册在这里；唐人小说他据谬误最多的《唐人说荟》，我是用《太平广记》的，此外还一本一本搜起来……"[1] 受这么大的委屈，鲁迅之所以没有纠缠下去，一是民众喜欢看热闹，外行人不明就里，很容易"疑罪从有"，或推测"无风不起浪"；二是能体现"我都有我独立的准备"的辑本与稿本，此时都还在自家抽屉里，尚未公开刊行——《小说旧闻钞》，（北京）北新书局1926年8月初刊；《唐宋传奇集》，（上海）北新书局1927年12月初版；而分量最重的《古小说钩沉》，最早面世是编入1938年版《鲁迅全集》。这个事情对鲁迅伤害很深，这才会在日译本出版后感叹："我负了十年'剽窃'的恶名，现在总算可以卸下。"

鲁迅对于造谣者的复仇，其实早就开始了，不过没有明说

---

[1] 鲁迅：《不是信》，《鲁迅全集》第三卷，第229—230页。

第一章　现代大学与小说史学

《唐宋传奇集》上册，
北新书局，1927年

而已。胡适一直以为是张凤举胡乱传话，其实不对，传播谣言的是胡适的好学生顾颉刚。这才能理解为何从厦门到广州，鲁迅与顾颉刚势不两立，甚至不惜在小说中影射与挖苦。以前只是传闻，没能证实；十二册《顾颉刚日记》刊行（［台北］联经出版公司，2007年；中华书局，2011年），这只靴子终于落地。1927年2月11日的日记中，顾颉刚按语："鲁迅对于我的怨恨，由于我告陈通伯，《中国小说史略》剿袭盐谷温《支那文学讲话》。他自己抄了人家，反以别人指出其剿袭为不应该，其卑怯骄妄可想。此等人竟会成群众偶像，诚青年之不幸。他虽恨我，但没法骂我，只能造我种种谣言而已。予自问胸怀坦白,又勤于业务,受兹横逆,亦不必较也。"[1]

陈源(西滢)英文很好,但日文非其所长;顾颉刚更不成了,凭什么一口咬定鲁迅抄袭盐谷温呢?这就说到鲁迅《中国小说史略》正式出版前两年,也就是1921年,上海的中国书局曾刊行薄薄一册郭希汾(绍虞)译编《中国小说史略》,那确实是根据盐谷温的《中国文学概论讲话》(山西人民出版社,2015年)第六章编译的。当初书籍流通不便,顾、陈很可能只是听闻有这么一本书,就开始浮想联翩了。多年前,为撰写《"小说史意识"与小说史研究》,我曾认真对照过这两本同名书,水平高下一眼就能判断,顾、陈若曾上过手,立论当不至于如此荒腔走板[2]。

二、北大聘约与独立准备

1917年1月蔡元培出长北京大学,新文化运动得以迅速展开,这个故事众所周知。我在《新教育与新文学——从京师大学堂到北京大学》中提及:"1917年,就在最后一个桐城大家姚永朴悄然离去的同时,又有四位现代中国学术史上的重要人物进入北大,那就是章门弟子周作人、留美学生胡适、以戏曲研究和写作著称的吴梅以及对通俗文学有特殊兴

---

[1]《顾颉刚日记》第二卷,第15页,(台北)联经出版公司,2007年。
[2] 陈平原:《"小说史意识"与小说史研究》,《文史知识》1989年第10期。

趣的刘半农。北大的文学教育，从此进入了一个新天地。"[1]变化巨大的不仅是人事，更包括课程设计。查1917—1918年北大中文系课程表，不难发现：一、"文学史"成了中文系的重头课；二、中文系学生不能绕开"欧洲文学"；三、"近世文学"开始受到重视；四、此前不登大雅之堂的"戏曲"与"小说"，如今也成了大学生的必修课。

"小说"一课，校方明知很重要，可一时找不到合适的教员，只好设计为系列演讲（演讲者包括胡适、刘半农、周作人等）。直到1920年秋季学期，鲁迅接受北大聘请，正式开讲"中国小说史"，中文系的课程方才较为完整。

可是必须说明，鲁迅不仅在北大讲课，查北京鲁迅博物馆绘制的《鲁迅在北京各校兼课时间统计表》（1920—1926），以及北大等校发给鲁迅的聘书，可以清楚证明：教育部官员周树人，除在北大教"中国小说史"外，还先后在北京的另外七所大学及中学兼课。兼课时间最长的是北京大学：1920年8月至1926年6月；其次北京师范大学：1921年1月至1925年6月；再次北京女子师范大学：1923年10月至1926年8月。此外，还有北京世界语专门学校、集成国际语言学校、黎明中学、大中公学以及中国大学。最忙的1925年11月，鲁迅除了教育部的本职工作，竟然在六所学

---

[1] 陈平原：《新教育与新文学——从京师大学堂到北京大学》，《学人》第14辑，江苏文艺出版社，1998年12月。

《中国小说史大略》内页
（芜湖阿英藏书）

《鲁迅小说史大略》，陕西人民出版社，1981年

校之间奔波。可见那个时候教育部不怎么做事，且管理极为宽松。既然鲁迅不只在北大讲课，我们为何将《中国小说史略》创立之功归之于北大课堂？除了北大地位最高、最早发出邀请，还有就是从最初油印本《小说史大略》，到铅印本《中国小说史大略》，再到新潮社正式刊本《中国小说史略》，都与北大课堂息息相关。

那时教育部中层官员的地位、声誉及待遇，显然不如北大教授。比如留英博士、北大外文系教授陈西滢便怀疑留学日本但学历可疑的周树人君的学术水平，以为这位教育部官员不过是因"某籍某系"，才有机会登上北大讲台的。所谓

第一章　现代大学与小说史学

"某籍某系",指的是20世纪20年代北大中文系的浙江籍教员过于集中,给人"结党营私"的错觉。1925年"女师大"事件中,陈西滢对于"某籍某系"的攻击广为人知。其实,类似的指责以前就有,比如1913年林纾被北京大学解聘时,便抱怨时任校长的浙江人何燏时"专引私人""实则思用其乡人,亦非于我有仇也"[1]。

问题不在于北大校长蔡元培是浙江绍兴人,教育部佥事兼社会教育司第一科科长周树人也是绍兴人,而在于这位昔日部下及同乡能否胜任此教职。1920年8月应邀、12月第一次上课,根据北大讲义整理的《中国小说史略》1923年出版上册、1924年刊行下册,真可以称得上"神速"。而这期间,这位教育部官员、北大兼职教员还发表了不少名扬天下的小说与杂文,这怎么可能呢?难怪顾颉刚、陈西滢等顿起疑心。可顾、陈忘记了,有个词叫"厚积薄发",并非每人每文都需要经过一系列由粗而精的演化。如1918年5月15日出版的《新青年》第4卷第5号上,刊出了鲁迅的《狂人日记》,一出现就是中国现代小说杰作,并不需要一个逐渐成熟的过程。《中国小说史略》也一样,至今仍被认定为中国现代学术典范。谈论"五四"新文化运动,一定要记得,同时登上历史舞台的人,因年龄及阅历不同,所谓的"处女

---

[1] 参见陈平原《古文传授的现代命运——教育史上的林纾》,《文学评论》2016年第1期。

作"不可同日而语。出生于1881年的鲁迅,此前虽只刊行过《域外小说集》,没有什么惊人之举,但不等于他一直闲着。此前不断探索,压抑了无数热情,也积累了众多能量,四十岁前后抓住时机猛然爆发,迅速展现其盖世才华,让时人及后世读者瞠目结舌——这就是"五四"时期的鲁迅。

谈及小说史研究,鲁迅那句话分量很重——"我都有我独立的准备",这可不是随便说的。蔡元培《鲁迅先生全集序》称,"鲁迅先生本受清代学者的濡染",其早年著述"完全用清儒家法"[1],乃真正的知人论事。登上北大讲台之前,从1909年8月归国到1920年夏,鲁迅醉心于辑校古籍、搜集金石拓片和研究佛教思想,主要成果有《古小说钩沉》、《会稽郡故书杂集》、《岭表录异》、谢承《后汉书》(精校)等。从乡土文献起步,那是清人治学的通例,《会稽郡故书杂集》之"叙述名德,著其贤能,记注陵泉,传其典实",目的是补"方志所遗"[2]。至于开始辑校古小说佚文,并没有讲授小说史课程或撰写学术专著的具体目标,依靠的只是笼统的"文化情怀"。正如《〈古小说钩沉〉序》所说的,"余少喜披览古说",后又"惜此旧籍,弥益零落",再加上文学观念的变化,于是有了辑校古小说的计划。首先是欣赏、赞

---

[1] 蔡元培:《鲁迅先生全集序》,《鲁迅全集》第一卷卷首,上海复社,1938年。

[2] 《〈会稽郡故书杂集〉序》,《鲁迅全集》第十卷,第32页。

叹、体贴、关怀,而后才是研究计划。故所谓"其在文林,有如舜华,足以丽尔文明,点缀幽独,盖不独为广视听之具而止"[1],不只体现为一种公共的理性与观念,更落实为一种个人的修养与趣味。正是这一点,有别于后世无数因开课或著述需要而闯入这一领域的学者。最初的"无功利"读书,以及此后"有情怀"研究,决定了鲁迅小说史著的底气与厚度,非一般专家所能企及[2]。

前面提到,《古小说钩沉》第一次公开刊行是收入1938年版《鲁迅全集》。周作人晚年生活困难,曾多次将鲁迅手稿拆散送人,时过境迁,那手稿已经成了宝物。2013年中国嘉德春拍,鲁迅《古小说钩沉》一页手稿,上有周作人批语两行,经过激烈竞价,最终以690万元成交。为什么?唯一能做的解释是,三十多年后,失和的兄弟重新聚首;再就是大家对于鲁迅的深深敬意。

三、讲课效果与编写讲义

现代大学主要靠课堂传授知识,对于教授来说,讲课效果如何至关重要。早年还可以用撰写讲义来弥补,越到后来,越依赖现场表演。记得刚留校时,王瑶先生告诫我,在大学教书,站稳讲台是第一步,也是最为关键的一步。真正

---

[1] 《〈古小说钩沉〉序》,《鲁迅全集》第十卷,第3页。
[2] 参见陈平原《"悲凉之书"》,《文汇读书周报》1999年10月16日。

直接从讲台上被撵下来的不多,但若教书名声不好,那是很要命的。那么,到北大兼课的教育部官员鲁迅,讲课效果如何呢?

1923年鲁迅撰写《〈中国小说史略〉序言》:"三年前,偶当讲述此史,自虑不善言谈,听者或多不憭,则疏其大要,写印以赋同人。"也就是说,怕讲课效果不好,故给北大学生提供了讲义。可在1934年的《〈集外集〉序言》中,鲁迅又称:"我曾经能讲书,却不善于讲演。"其实,鲁迅不仅擅长演说,也很会讲课。我曾引述当年在北大听课的常惠、许钦文、董秋芳、王鲁彦、魏建功、尚钺、冯至、孙席珍、王冶秋九位老学生的追忆,努力呈现鲁迅讲课的风采:"擅长冷幽默的鲁迅先生,站在北大讲台上,讲述的是'小说史',可穿插'小说作法'与'文化批判',还'随时加入一些意味深长的幽默的讽刺话',难怪教室里会不时爆发出阵阵笑声。在这个意义上,说'鲁迅先生讲话是有高度艺术的',一点也不过分。"[1]

既然很会讲课,鲁迅为何还要编写讲义呢?这就说到当年北大的风气。我在《〈早期北大文学史讲义三种〉序》中提及:"大学之所以需要印发教员编撰的讲义,有学术上的考量(如坊间没有合适的教科书,或学科发展很快,必须随

---

[1] 参见陈平原《知识、技能与情怀——新文化运动时期北大国文系的文学教育》,《北京大学学报》2009年第6期、2010年第1期。

第一章 现代大学与小说史学

时跟进），但还有一个很实际的原因，那就是教员方音严重，师生之间的交流颇多障碍。仓石武四郎和吉川幸次郎当年曾结伴在北大旁听，日后回想起朱希祖之讲授中国文学史和中国史学史，不约而同地都谈及其浓重的方音。"[1]除了仓石武四郎的《中国语五十年》和吉川幸次郎的《我的留学记》，还有很多材料证明，不仅朱希祖，那时北大教员中南方口音严重导致学生听讲困难的，比比皆是。1922年的北大讲义风波，除了校方立场与学生利益冲突，还有教员方音这个实际问题。

吉川幸次郎回忆："当我对旁边的同学说，我只听懂了三分之一，旁边的同学说：朱大胡子所说的，我也听不懂。"[2]听不懂怎么办？还好，有讲义。我们都知道，刘师培的《中国中古文学史》、鲁迅的《中国小说史略》等，都曾是北大讲义。其实，还有好多当年的讲义，只是适应教学需要的诗选或文钞，学术上价值不大。我曾撰文介绍远隔千山万水的法兰西学院，居然收藏着几十册早年北大的讲义，且"养在深闺无人识"。其中油印讲义共七种十二册，铅印讲义共五种十四册，最为难得的是保存了吴梅的《中国文学史》[3]。关于后者，我在《不该被遗忘的"文学史"——关于

---

[1] 陈平原：《假如没有文学史》，第61页，生活·读书·新知三联书店，2011年。
[2] [日]吉川幸次郎著、钱婉约译：《我的留学记》，第49页，光明日报出版社，1999年。
[3] 参见陈平原《在巴黎邂逅"老北大"》，《读书》2005年第3期。

法兰西学院汉学研究所藏吴梅〈中国文学史〉》中有专门辨析,[1]且将其影印收入了《早期北大文学史讲义三种》(北京大学出版社,2005年)。某种意义上,正是北大这一编印讲义的风气,促成了《中国小说史略》的诞生。

四、理论建构与艺术感觉

鲁迅刚去世,昔日老友钱玄同当即撰文表彰《中国小说史略》:"此书条理明晰,论断精当,虽编成在距今十多年前,但至今还没有第二部比他更好的(或与他同样好的)中国小说史出现。他著此书时所见之材料不逮后来马隅卿(廉)及孙子书(楷第)两君所见者十分之一,且为一两年中随编随印之讲义,而能做得如此之好,实可佩服。"[2]鲁迅《中国小说史略》最初作为在北京大学、北京高等师范学校等院校开设中国小说史课程的讲义,从1920年12月起陆续油印编发,共十七篇(《小说史大略》);后经作者增补修订,由北大印刷所铅印,内容扩充至二十六篇(《中国小说史大略》)。1923年12月,该书上卷由北京大学第一院新潮社正式出版,下卷出版于次年6月,总共二十八篇(《中国小说

---

〔1〕 参见陈平原《不该被遗忘的"文学史"——关于法兰西学院汉学研究所藏吴梅〈中国文学史〉》,《北京大学学报》2005年第1期。
〔2〕 钱玄同:《我对周豫才(即鲁迅)君之追忆与略评》,1936年10月26日、27日北平《世界日报》。

史略》)。日后增订,都是技术性的修补[1]。

那么,这书到底好在什么地方,相对于此前或同时代人的小说研究著作,鲁迅贡献何在?在《鲁迅以前的中国小说史研究》中,我介绍了出版在鲁著之前的几种小说研究著作,说明《中国小说史略》确实是横空出世[2]。因有《古小说钩沉》稿本压箱底,《中国小说史略》的考证功夫很容易博得一片掌声。除此之外,此书的整体框架更值得重视,那就是:"将小说类型的演进作为中国小说史叙述的重点,构成了鲁著的一大特色。而这里面蕴含的小说史意识即是,在某种意义上,可以把中国小说(尤其是元明清三代的章回小说)的艺术发展理解为若干主要小说类型演进的历史。这一学术思路,终于使得小说史的研究摆脱了作家作品点评的传统方式,走向综合性的整体把握。"[3] 可以这么概括,《中国小说史略》的上卷长于史料开掘,下卷则突出理论设计,借用"神魔小说""人情小说"等若干小说类型在元明清三代的产生与演进,第一次为这五百年的中国小说发展勾勒出一个清晰的面影,并一下子淘汰了诸如"四大奇书""淫书""才子书"等缺乏理论内涵的旧概念,使得整个小说史

---

[1] 关于此书的版本演变,参见1981年陕西人民出版社的《鲁迅小说史大略》(单演义整理),以及1983年书目文献出版社的《鲁迅著作版本丛谈》(唐弢等著)。
[2] 参见陈平原《小说史:理论与实践》,第219—224页,北京大学出版社,1993年。
[3] 参见陈平原《论鲁迅的小说类型研究》,《鲁迅研究月刊》1991年第9期。

研究焕然一新。

鲁迅本人曾提及,《彷徨》(1926)之所以不同于《呐喊》(1923),摆脱对外国作家的模仿,"技巧稍为圆熟,刻画也稍加深刻"[1]。而这,显然得益于其时作者对中国古代小说的深入研究。这话倒过来说也许更有意义:鲁迅的小说史研究之所以能够深入,得益于其丰富的小说创作经验。以一位小说大家的艺术眼光,来阅读、品味、评价以往时代的小说,自然会有许多精到之处。在《作为文学史家的鲁迅》中,我谈及史料的甄别与积累必定后来居上,鲁迅《中国小说史略》之难以逾越,在其史识及其艺术感觉:"在学术史上,这是一个以西方眼光剪裁中国文学的时代,一切以是否符合刚刚引进的'文学概论'为取舍标准,而很少顾及这块古老的土地上可能存在另一种同样合理的思维方式及欣赏趣味。对这种西化热潮,鲁迅在杂文中大致持欢迎态度,而在史著中则谨慎得多。……在鲁迅看来,中国文学的某些精妙细微之处,西人很可能无法理解,西式的'文学概论'也无力诠释像《儒林外史》那样'秉持公心,指摘时弊''感而能谐,婉而多讽'的讽刺小说,就因为'虽云长篇,颇同短制'而很难被西人所激赏。鲁迅曾抱怨:'《儒林外史》作者的手段何尝在罗贯中下,然而留学生漫天塞地以来,这部书

---

[1] 参见《〈中国新文学大系·小说二集〉导言》,《鲁迅全集》第六卷,第239页。

第一章　现代大学与小说史学

《中国小说史略》下册，新潮社，1924年

就好像不永久，也不伟大了。伟大也要有人懂。'"[1]不喜欢套用"文学概论"的鲁迅，其关于中国小说史的论述，更多依赖自己的艺术感觉。这也是百年后的今天，很多史实考辨早就更新换代，但研究者还是喜欢引用鲁迅的只言片语——就因为那里有鲁迅独特的细致感受与精确表述，后人很难取代。

---

[1] 陈平原:《作为文学史家的鲁迅》,《学人》第四辑，江苏文艺出版社，1993年7月。

五、文言述学与学界边缘

读同时期鲁迅著作,很多人会感觉很奇怪,这个在杂文及随感中竭力提倡白话的作家,为何其学术著作使用文言?作为北大讲义的《中国小说史略》,是事先写好发给大家,听课时参考用的,故连同《序言》(1923)、《后记》(1924),还有多年后撰写的《题记》(1930),鲁迅全部采用文言。至于《中国小说的历史的变迁》,那是1924年7月赴西安讲课,根据记录稿整理成文(最初收入西北大学出版部1925年3月印行的《国立西北大学、陕西教育厅合办暑期学校讲演集》[二]),故采用白话。在鲁迅看来,学术著作与演讲记录,二者性质及功能有别,不可同日而语。那为什么学术著作就得采用文言,而不能像胡适的《水浒传考证》那样白话述学呢?

鲁迅最初的解释在《〈中国小说史略〉序言》中:"又虑钞者之劳也,乃复缩为文言,省其举例以成要略,至今用之。"[1]30年代日本学者增田涉曾就此问题请教鲁迅,得到的答复是:"因为有人讲坏话说,现在的作家因为不会写古文,所以才写白话。为了要使他们知道也能写古文,便那样写了;加以古文还能写得简洁些。"[2]我不太同意这个解释,

---

[1] 鲁迅:《〈中国小说史略〉序言》,《鲁迅全集》第九卷,第4页。
[2] 参见[日]增田涉著、钟敬文译《鲁迅的印象》,见《寻找鲁迅·鲁迅的印象》,第337页,北京出版社,2002年。

第一章 现代大学与小说史学

在《分裂的趣味与抵抗的立场——鲁迅的述学文体及其接受》中,我谈及:"谈论鲁迅之以文言述学,不妨放开眼界,引入鲁迅对于'直译'的提倡。在鲁迅看来,剥离了特定文体的文学或学术,其精彩程度,必定大打折扣。对于研究传统中国文史的学者来说,沉浸于古老且幽雅的文言世界,以致在某种程度上脱离与现实人生的血肉联系,或许是一种'必要的丧失'。正因为鲁迅徘徊于学界的边缘,对现实人生与学问世界均有相当透彻的了解,明白这种'沉进去'的魅力与陷阱,才会采取双重策略:在主要面向大众的'杂文'中,极力提倡白话而诅咒文言;而在讨论传统中国的著述里,却依旧徜徉于文言的世界。"[1]

目前学界使用的《中国小说史略》,基本上都是以1931年北新书局修订版为底本。为此修订版,鲁迅撰写了《〈中国小说史略〉题记》(1930),开篇就是:"回忆讲小说史时,距今已垂十载,即印此梗概,亦已在七年之前矣。尔后研治之风,颇益盛大,显幽烛隐,时亦有闻。……大器晚成,瓦釜以久,虽延年命,亦悲荒凉,校讫黯然,诚望杰构于来哲也。"[2]之所以"校讫黯然",是因为"杰构"尚未出现。类似的感叹,在《两地书》最后一则中也有:"例如小说史罢,好几种出在我的那一本之后,而凌乱错误,更不行了。这种

---

[1] 参见陈平原《分裂的趣味与抵抗的立场——鲁迅的述学文体及其接受》,《文学评论》2005年第5期。
[2] 鲁迅:《〈中国小说史略〉题记》,《鲁迅全集》第九卷,第3页。

《支那小说史》，鲁迅著，增田涉译，1935年

情形，即使我大胆阔步，小觑此辈，然而也使我不复专于一业，一事无成。"[1]这与其说是抱怨，不如说是得意。鲁迅确实可以欣慰乃至骄傲，此书不仅不断重刊，至今仍是难以超越的名著。

不是还有《汉文学史纲要》吗，鲁迅为何不一鼓作气，干脆写一部独具特色的文学史？鲁迅晚年确实再三表示想编一部《中国文学史》，为何没编成？30年代鲁迅在给李小峰、曹靖华、曹聚仁、增田涉等人的信中，辩称放弃撰写文

---

[1] 参阅《鲁迅全集》第十一卷，第315页，以及王得后《〈两地书〉研究》，第223—224页，天津人民出版社，1982年。

第一章　现代大学与小说史学

学史的理由是：生活无法安静、缺乏参考书籍、工程过于浩大，以及"没有心思"。前三者属于外在条件，第四种涉及鲁迅对学术的真正估价，需要分别对待。这里先述"不能"，再解"不为"。我在《作为文学史家的鲁迅》中称："文学史著述基本上是一种学院派思路。这是伴随西式教育兴起而出现的文化需求，也为新的教育体制所支持。鲁迅说'我的《中国小说史略》，是先因为要教书糊口，这才陆续编成的'，这话一点不假。假如没有'教书'这一职业，或者学校不设'文学史'这一课程，不只鲁迅，许多如今声名显赫的文学史家都可能不会从事文学史著述。"[1]我们都知道，1927年以后，鲁迅成为职业作家，全靠稿费及版税生活；而不在大学教书，从事文学史写作这种长线工程，明显不合适。

更为关键的是，虽然有几年执教大学的经历，但鲁迅一直处于学界的边缘。支持学生运动，鼓励"好事之徒"，颠覆现有的体制及权威，再加上对处于中心地位的"名人学者"热讽冷嘲，鲁迅注定很难与"学界主流"取得共识或携手合作。上海时期，既为个人生计，也为民族大业，鲁迅必须做出选择。写杂文与做研究，一需"热血沸腾"，一要"心平气和"，两者很难同时兼顾。鲁迅最后选择了热血沸腾的杂文，而不是心平气和的专著，在我看来是求仁得仁。

---

[1] 参见陈平原《作为文学史家的鲁迅》，《学人》第四辑。

不在大学教书，也就没必要正襟危坐撰写文学史。可万一需要，鲁迅一出手，依然让人惊艳：比如1927年7月因政治抗议辞去中山大学教职的鲁迅，在广州夏期学术演讲会讲《魏晋风度及文章与药及酒之关系》，以及1935年为《中国新文学大系·小说二集》撰写"导言"，都是极为难得的微型"文学史"。

第二章

章回小说如何考证

——关于《中国章回小说考证》

《中国章回小说考证》，
大连实业印书馆，1942 年

据说，1956年初在全国政协二届二次会议上，毛泽东这样谈论胡适（1891—1962）："批判嘛，总没有什么好话。说实话，新文化运动他是有功劳的，不能一笔抹杀，应当实事求是。到了21世纪，那时候替他恢复名誉吧。"[1]也真的是到了世纪之交，规模较大的胡适文集才陆续面世[2]；当然，最重要的还属安徽教育出版社2003年推出的四十四卷本《胡适全集》。可你知道吗，经历20世纪50年代轰轰烈烈的批判运动，最早魂兮归来的胡适著作，竟然是《中国章回小说考证》。

一、胡适归来与整理国故

1954年，在中国科学院和全国作协联席会议上，决定开

---

[1] 唐弢：《春天的怀念——为人民政协四十年征文作》，《唐弢文集》第四卷，第590页，社会科学文献出版社，1995年。
[2] 如八卷本《胡适学术文集》（姜义华编，中华书局，1998年）、十六卷本《胡适精品集》（胡明编，光明日报出版社，1998年）、十二卷本《胡适文集》（欧阳哲生编，北京大学出版社，1998年）等。

展综合性的"胡适思想批判"运动,并开列了主要内容:胡适哲学思想批判;胡适政治思想批判;胡适历史观点批判;胡适文学思想批判;胡适哲学史观点批判;胡适文学史观点批判;胡适的考据在历史和古典文学研究工作中,地位和作用的批判;《红楼梦》的人民性和艺术成就,和对历来《红楼梦》研究的批判(参见《学习》1955年2月号)。对于这阵势,胡适不但不畏惧,还颇为得意。在《胡适口述自传》第十章第二节"我在干些什么"里,有这么一段:"这张单子给我一个印象,那就是纵然迟至今日,中国共产党还认为我做了一些工作,而在上述七项工作中,每一项里,我都还留有'余毒'未清呢!"[1]之所以说七项而不是九项,那是因为,古典文学本就涵盖了《红楼梦》,后三项可以合一。只是因此次运动以批胡适的《红楼梦》研究打头,方才将其单独列出。对20世纪中国文化稍有了解者,都能掂得出这"九项(或七项)全能"的分量。

我曾谈及:"作为北大人,我对适之先生总有一种歉疚感。翻阅50年代三联书店出版的八辑《胡适思想批判》,不难明白当年的批胡,重头戏多由北大人主唱。正因为胡适的根基在北大,在当局看来,批胡能否成功,很大程度取决于北大人是否愿意划清界限。可想而知,与胡适有过交往的学者,其承受压力之大。今日力倡思想独立、精神自由者,必

---

[1] 唐德刚译:《胡适口述自传》,第235页,华文出版社,1992年。

须设身处地,方不至于持论过苛。"[1]也正因此,我对改革开放后胡适著作出版的步伐特别关注。既然"新文化运动他是有功劳的,不能一笔抹杀",你我很可能想当然地以为,第一本解冻的胡适著作应该是《尝试集》。实际上,上海书店影印版《尝试集》1982年刊行,而《中国章回小说考证》三年前便已推出且广获好评[2]。

说来让人尴尬,上海书店影印时采用的是1942年大连实业印书馆的本子,这个本子的编辑出版并没有得到胡适本人授权,且来自抗战时期的东北沦陷区,或称伪满洲国,原版权页署印刷时间"昭和十七年十二月",总批发处"满洲书籍配给株式会社"。因此,当商务印书馆组织"中华现代学术名著丛书"第一辑时,我建议重编胡适的小说史论集。可拿到专家重编过的《中国旧小说考证》(商务印书馆,2014年),我又感到不满意——因为,使用"旧小说"书名,模糊了胡适努力的方向,也淡化了其在现代中国学术史上的贡献。

学界及大众眼中的"旧小说",指涉的范围很广,基本涵盖鲁迅《中国小说史略》的论述对象。从汉魏六朝的笔记小说,到唐宋传奇,再到清代的《阅微草堂笔记》与《聊斋志异》,文言小说这条线,不在胡适视野之内;即便同是白

---

[1] 陈平原:《建设者的姿态——读北大版〈胡适文集〉有感》,《中华读书报》1999年3月10日。
[2] 此版1979年12月印刷三万册,1980年2月加印两万册。

第二章 章回小说如何考证

《中国章回小说考证》，
上海书店，1979年

话写作,"三言二拍"等也不是他关注的对象。胡适集中讨论的，主要是元明清章回小说。这不仅是论述范围，更关涉此书的缘起及研究者的趣味、方法。

还是回到《中国章回小说考证》，那书收入胡适所撰关于《水浒传》《红楼梦》等十部明清章回小说的研究文章。我调整原书顺序，按各文写作时间排列，省去若干续编及附录，且注明最初入集情况——

《〈水浒传〉考证》，完成于1920年7月27日，收入1921年12月上海亚东图书馆版《胡适文存》；

《〈红楼梦〉考证》(改定稿)，完成于1921年11月12

日,收入1921年12月上海亚东图书馆版《胡适文存》;

《〈三国志演义〉序》,完成于1922年5月16日,收入1924年11月上海亚东图书馆版《胡适文存二集》;

《〈西游记〉考证》,完成于1923年2月4日,收入1924年11月上海亚东图书馆版《胡适文存二集》;

《〈镜花缘〉的引论》,完成于1923年2—5月,收入1924年11月上海亚东图书馆版《胡适文存二集》;

《〈水浒续集两种〉序》,完成于1923年12月20日,收入1924年11月上海亚东图书馆版《胡适文存二集》;

《〈三侠五义〉序》,完成于1925年3月15日,收入1930年9月上海亚东图书馆版《胡适文存三集》;

《〈儿女英雄传〉序》,完成于1925年12月,收入1930年9月上海亚东图书馆版《胡适文存三集》;

《〈海上花列传〉序》,完成于1926年6月30日,收入1930年9月上海亚东图书馆版《胡适文存三集》;

《〈官场现形记〉序》,完成于1927年11月12日,收入1930年9月上海亚东图书馆版《胡适文存三集》。

胡适关于这十部章回小说的考辨文章,撰写于1920—1927年,不管题为"考证""引论"还是"序",主体部分都是为上海亚东图书馆标点本章回小说而作。

《〈水浒传〉考证》开篇第一句:"我的朋友汪原放用新式标点符号把《水浒传》重新标点一遍,由上海亚东图书馆排印

第二章 章回小说如何考证

出版。这是用新标点来翻印旧书的第一次。我可预料汪君这部书将来一定要成为新式标点符号的实用教本,他在教育上的效能一定比教育部颁行的新式标点符号原案还要大得多。"[1] 1920年2月2日,教育部向各校颁布采用《新式标点符号》教育令。上海亚东图书馆编辑汪原放[2]感到这里蕴含着巨大商机,遂萌生了标点/分段中国古典小说的想法,且得到了陈独秀、胡适的鼎力支持。亚东图书馆一共出版了十六部章回小说标点本,其中汪原放标点了以下十部:《水浒传》《儒林外史》《红楼梦》《西游记》《三国演义》《水浒续集》《镜花缘》《儿女英雄传》《海上花列传》《老残游记》。这其中,绝大部分以胡适文章为序。只有《儒林外史》标点本例外,原因是将排成时,接到胡适来信,称"可以把他写的《吴敬梓传》放在前面,还有四种附录",而这显然不利于小说推广。汪孟邹于是转请陈独秀作序,得到的回复是:"你要原放写一篇,拿来给我看看,如果有不当的地方,我来替他改一改。"结果呢,陈独秀在汪原放的稿子上改了几个字,亚东版《儒林外史》于是有了陈独秀序[3]。拥有胡适及陈独秀的长篇序言,这套标点本章回小说销路极佳[4],就连鲁迅也

---

[1]《〈水浒传〉考证》,《胡适全集》第一卷,第474页,安徽教育出版社,2003年。
[2] 汪原放(1897—1980),安徽绩溪人,上海亚东图书馆创办人汪孟邹的侄儿。
[3] 参见汪原放《回忆亚东图书馆》,第88页,学林出版社,1983年。
[4] 参见汪原放《回忆亚东图书馆》第六章《"亚东版"古典小说》。

都这么评说汪原放:"他的标点和校正小说,虽然不免小谬误,但大体是有功于作者和读者的。"[1]

胡适为何愿意花那么大力气,为一个小出版社连续多年撰写长篇序言呢?乡谊以及陈独秀的引荐确有关系,但更重要的是,此举契合了这个时期胡适本人的学术兴趣。

就在文学革命摧枯拉朽的1919年,胡适连续写了《新思潮的意义》《论国故学——答毛子水》《清代学者的治学方法》三篇很能体现其"历史癖"的文章,正式亮出"整理国故"的旗帜。首先将新思潮概括为"研究问题,输入学理,整理国故,再造文明"四个密不可分的环节;其次以"人类求知的天性"为出发点,确认"现在整理国故的必要,实在很多";最后论证"中国旧有的学术,只有清代的'朴学'确有'科学'的精神",俨然有提倡用朴学方法整理国故的意思[2]。因最后一点引起不少误解和指责,胡适后来改用较为笼统的"科学方法"。可问题不在这里,而在以"输入学理"著称的胡适,转去"整理国故"了,让刚被唤醒而从古书堆中冲杀出来的青年学子茫然若失。好在胡适所整理的"国故",包含代表"五四"新文化趣味的"平民文学"与"白话文学",具体说来,就是《水浒传》为代表的章回小说。

---

[1]《热风·望勿"纠正"》,《鲁迅全集》第一卷,第409页。
[2] 三文均作于1919年下半年,并收入《胡适文存》一集,上海亚东图书馆,1921年。

第二章　章回小说如何考证

作为文学史家的鲁迅，其《中国小说史略》《中国小说的历史的变迁》《汉文学史纲要》完成于1920—1927年；也正是在这个时间段，胡适致力于文学史写作，除了收入《中国章回小说考证》中的各文，还撰有《五十年来中国之文学》（1922）、《国语文学史》（1927）等。考虑到胡适比鲁迅小整整十岁，有如此业绩，实在了不起。记得《五十年来中国之文学》出版前，胡适曾寄鲁迅看过，后者复信："大稿已经读讫，警辟之至，大快人心！我很希望早日印成，因为这种历史的提示，胜于许多空理论。"[1]

二、理论假设与文学趣味

胡适多次提及，要教人一个思想学问的方法，这"科学方法"说来很简单，"只不过'尊重事实，尊重证据'"；或者可以概括为"大胆的假设，小心的求证"十个字[2]。从1919年撰写"清代学者的治学方法"，到1952年在台湾大学作题为"治学方法"的连续演讲，胡适几十年金针度人，都是在"假设与求证"上做文章。在我看来，尽管胡适的"拿证据来"的口号也曾响彻云天，但胡适对中国现代学术的贡献，仍以早年的"大胆假设"为主。胡适研究中国文学

---

[1]《致胡适》，《鲁迅全集》第十一卷，第412—413页。
[2] 参见《介绍我自己的思想》，《胡适文选》，上海亚东图书馆，1930年；《治学的方法与材料》，《新月》第1卷第9号，1928年11月。

史的基本思路,或者说其主要假设,不外乎"历史演进法"、"双线文学观念"和"《红楼梦》自传说"。

这就说到最初的工作动机,鲁迅是讲授"中国小说史"课程,胡适则为标点本章回小说作序,这决定了各自视野及论述策略的差异。兼及文言与白话,那是小说史家应有的学术立场;专注章回小说,则蕴含着提倡白话文学的价值取向。另外,鲁迅最初辑校古小说佚文,并没有撰写学术专著的具体目标,依靠的只是笼统的"文化情怀"[1];胡适不一样,其进入章回小说研究,是带着明确的理论预设的。之所以撰写《〈水浒传〉考证》,目标是"替将来的《水浒》专门家开辟一个新方向,打开一条新道路";具体做法——认定《水浒传》乃"这四百年的'梁山泊故事'的结晶","以下的两万字便是这一句话的说明和引证"[2]。

一个注重古小说钩沉,一个强调新理论预设,二者的学术趣味有很大差异。但在小说史学的开拓阶段,两人互相欣赏。二十年前发现的1923年12月28日鲁迅致胡适书札,有助于我们对这一问题的思考。其时已"通读一遍"刚出版的《中国小说史略》上卷的胡适,致信鲁迅,大约对其"论断太少"略有微词(原信佚失),鲁迅才会如此答复:"论断太少,诚如所言;玄同说亦如此。我自省太易

---

[1] 参见陈平原《现代大学与小说史学——关于〈中国小说史略〉》,《文艺争鸣》2020年第4期。
[2] 《〈水浒传〉考证》,《胡适全集》第一卷,第480页。

第二章　章回小说如何考证

流于感情之论,所以力避此事,其实正是一个缺点;但于明清小说,则论断似较上卷稍多,此稿已成,极想于阳历二月末印成之。"[1]以论断多少评议《中国小说史略》之上、下卷,这可不是泛泛之论。实际上,上卷之长于史料开掘与下卷之突出理论设计,二者各有春秋。只不过在小说史研究的草创阶段,后者的开拓意义更大,也更引人注目。《中国小说史略》下卷最主要的理论设计,就是借用"神魔小说""人情小说"等若干小说类型在元明清三代的产生及演进,第一次为这五六百年的中国小说发展勾勒出一个清晰的面影[2]。

胡适所撰关于章回小说的系列论文,虽以"考证"为名(且也确实下了很大功夫),但最大特点还是有关"历史演进"的"大胆假设"。在自称"最精彩的方法论"的《古史讨论的读后感》中,胡适赞扬顾颉刚"层累地造成的古史"乃今日史学界一大贡献,其方法可概括为"用历史演化的眼光来追求每一个传说演变的历程"。由于顾氏曾自述其研究方法源于胡适辩论井田和考证《水浒》的文章,这篇古史讨论的总结,其实可作为胡适学术自述阅读[3]。

---

[1]《新发现的鲁迅书简——鲁迅致胡适》,《鲁迅研究月刊》1990年第12期。
[2] 参见陈平原《鲁迅的小说类型研究》,《小说史:理论与实践》,第200—218页,北京大学出版社,1993年。
[3] 参见胡适《介绍我自己的思想》和顾颉刚《〈古史辨〉第一册自序》第40页,《古史辨》第一册,上海古籍出版社,1982年。

所谓"历史演进的方法",胡适将其概括成下列公式:(1)把每一件史事的种种传说,依先后出现的次序,排列起来;(2)研究这件史事在每一个时代有什么样子的传说;(3)研究这件史事的渐渐演进:由简单变为复杂,由陋野变为雅驯,由地方的(局部的)变为全国的,由神变为人,由神话变为史事,由寓言变为事实;(4)遇可能时,解释每一次演变的原因。照胡适的说法,"这个根本观念是颠扑不破的"——"古史上的故事没有一件不曾经过这样的演进,也没有一件不可用这个历史演进的方法去研究"[1]。何止是"古史上的故事",所有流传久远的故事、传说乃至与此相关的小说、诗歌、戏剧等,都可借重这一方法。

"历史演进法"在逻辑推演与实际运用,展开为文学批评中对章回小说的解读和史学研究中对古史传说的考辨这两种不同取向。胡适的主要成就不在古史辨,而在为中国小说研究开辟新境界。从1920年作《〈水浒传〉考证》,到1925年撰《〈三侠五义〉序》,胡适用故事的演进以及母题的生长来把握某一类型的中国小说,取得了意料不到的成果;尽管可能导致研究中的重史轻文、低估小说最终写定者的贡献、版本考证时过分迷信"由粗而精"的演进而忽略书商牟利作假等偏差,但其基本思路直到今天仍然有效。以下论述,主要借用我二十多年前的《假设与求证——胡适的

---

[1] 胡适:《古史讨论的读后感》,《古史辨》第一册,第192—194页。

第二章 章回小说如何考证

文学史研究》[1]。

在明代"四大奇书"中,起码有三种不是作家白手起家一气呵成创作出来的,而是经过几百年漫长的历程,从若干小故事逐渐演变成为长篇的章回小说。考虑到《三国演义》《水浒传》《西游记》在中国小说史乃至中国文化史上的崇高地位,其独特的生产过程值得关注。此前的研究者(不管是评点派还是考证派),着眼的都是孤立的"文本";而胡适则借同一故事的不同流变考察此类小说的生长过程,强调解读几百年文学进化造成的《水浒传》等,应该有不同于一般文人文学的批评眼光和研究方法。这一思路的形成,首先得益于历史的眼光,其次是主题学方法,最后落实为以版本考据为中心的"剥皮主义"。

1923年为整理国故发宣言,胡适提出"历史的眼光"、"系统的整理"和"比较的研究"作为同人努力的方向[2]。其中"归纳"乃治学之根基,"比较"则是身处东西方文化碰撞中学人的共识,而"进化"又被糅进"历史的眼光"中,故最能代表胡适创见的,当属"历史进化的文学观念"。《三侠五义》中关于母题演变的这段话,颇能概括胡适的理论立场:"传说的生长,就同滚雪球一样,越滚越大,最初只有一个简单的故事作个中心的'母题'(Motif),你添一枝,

---

[1] 陈平原:《假设与求证——胡适的文学史研究》,《学人》第五辑,江苏文艺出版社,1994年2月。

[2] 参见《〈国学季刊〉发刊宣言》,《胡适全集》第二卷,第17页。

他添一叶,便像个样子了。后来经过众口的传说,经过平话家的敷演,经过戏曲家的剪裁结构,经过小说家的修饰,这个故事便一天一天地改变面目:内容更丰富了,情节更精细圆满了,曲折更多了,人物更有生气了。"[1]

此类"传说生长史",既落实为古人把一切罪恶都堆到桀、纣身上,而把一切美德赋予尧、舜;又体现在不同时代的读者都喜欢为感兴趣的故事添枝加叶。胡适的主要贡献不在论述"箭垛式的人物",而在借母题的生长与扩张,理解中国章回小说的演进。以本事考异与版本校勘为根基,再贯以历史的眼光与母题研究思路,如此中西合璧的学术视野,使胡适得以在章回小说研究中纵横驰骋,终于达成如下目标:"认定它们也是一项学术工作的主题,与传统的经学、史学平起平坐。"[2] 阅读及谈论小说,原先基本上属于自娱,如今可与经学、史学平起平坐,这个见于《胡适口述自传》第十一章《从旧小说到新红学》的大判断,可谓石破天惊。

在把小说研究提高到与传统的经学史学平起平坐的同时,胡适也把清儒治经治史的方法引进文学批评。一方面是不断出现的新史料让胡适目不暇接,没时间在作品阅读上下功夫;另一方面,胡适的文学鉴赏力也确实不高。不管是《白话文学史》中对律诗的声讨,还是《中国章回小说考证》

---

[1] 胡适:《〈三侠五义〉序》,《胡适全集》第三卷,第489页。
[2] 唐德刚译:《胡适口述自传》,第258页。

第二章　章回小说如何考证

《胡适口述自传》,华文出版社,1992年

中的艺术风格分析,都明显暴露其短板。最令人难堪的是,新红学的开山祖胡适居然对《红楼梦》没有多少好感,称其"思想见地"不如《儒林外史》,"文学技术"比不上《海上花列传》和《老残游记》[1]。这种偏差很难用"诗无达诂"来解释,更大的可能是"心不在焉"。40年代末胡适曾自述其读《水浒传》的感受:"我正看得起劲,忽然我的历史考据癖打断了我的文章欣赏!"这并非偶然事件,对于相信"有证据的知识才是真正的知识"的胡适来说,阅读时由"文

---

[1] 参见胡适1960年11月24日《与高阳书》以及1960年11月20日《答苏雪林书》,《胡适红楼梦研究论述全编》,第290、280页,上海古籍出版社,1988年。

《胡适红楼梦研究论述全编》，
上海古籍出版社，1988 年

章欣赏"迅速滑向"历史考据"，完全可以理解[1]。过分迷信"科学"，将"拿证据来"作为其学术研究的中心，使得胡适的文学批评和哲学思考缺乏深刻的体味与阐发，并因此招来不少批评。

关于胡适"双线文学的观念"以及"《红楼梦》自传说"的贡献与局限，同样参见我的《假设与求证——胡适的文学史研究》，这里不再重复。

---

[1] 参见胡颂平编《胡适之先生年谱长编初稿》，第 1997、2711 页，(台北) 联经出版事业公司，1984 年。

三、述学文体与文章结构

20年代,陈源(西滢)撰《新文学运动以来的十部著作》,不选《尝试集》,也不选《中国哲学史大纲》,而选相对庞杂的《胡适文存》。在陈氏看来,并非"天生的诗人"的适之先生,具有"说理考据文字的特长",故《胡适文存》不但提倡新思想、新文学有功,而且"将来在中国文学史里永远有一个地位"[1]。40年代,朱自清撰文指导《胡适文选》的阅读,同样称颂胡适的文章:"他的散文,特别是长篇议论文,自成一种风格,成就远在他的白话诗之上。他的长篇议论文尤其是白话文的一个大成功。"[2] 60年代,论学宗旨与胡适相左的钱穆,在强调"鄙意论学文字极宜着意修饰"时,挑剔王国维、陈寅恪的述学文体;相反,却肯定胡适的文章"清朗"、"精劲"且"无芜词"[3]。无论是作家陈西滢、朱自清,还是学者钱穆,所欣赏的胡适文章,都不是其当初红极一时的小品《差不多先生传》,或进入国文教科书的译文《最后一课》,而是论学文章。

1939年黎锦熙撰《钱玄同先生传》[4],称胡适发表白话诗

---

[1] 陈西滢:《西滢闲话》,第335—336页,新月书店,1928年。
[2] 朱自清:《〈胡适文选〉指导大概》,《朱自清全集》第二卷,第299页,江苏教育出版社,1988年。
[3] 参见钱穆致余英时信,见余英时《犹记风吹水上鳞——钱穆与现代中国学术》,第253—254页,(台北)三民书局,1991年。
[4] 黎锦熙:《钱玄同先生传》,此传作为附录载曹述敬《钱玄同年谱》,第147—202页,齐鲁书社,1986年。

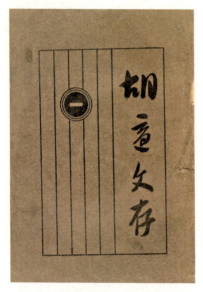

《胡适文存》，亚东图书馆，1921年

《胡适全集》，安徽教育出版社，2003年

第二章　章回小说如何考证

"算是创体，但属文艺"；"唯有规规矩矩作论文而大胆用白话"，对于当时的读书人，"还感到有点儿扭扭捏捏"。考虑此大背景，才能理解新文化运动兴起前七八年，章太炎、钱玄同等人创办《教育今语杂志》并尝试以白话述学的意义。黎锦熙在论及钱玄同《新青年》时期的贡献时，有一段精彩总结："编辑人中，只有他是旧文学大师章太炎先生的高足，学有本源，语多'行话'，振臂一呼，影响更大。"[1]这话并不夸张，当年陈独秀曾因此大发感慨："以先生之声韵训诂学大家，而提倡通俗的新文学，何忧全国之不景从也！可为文学界浮一大白。"[2]而胡适晚年口述自传，在第七章《文学革命的结胎时期》中，也有类似的说法："钱氏原为国学大师章太炎的门人。他对这篇由一位留学生执笔讨论中国文学改良问题的文章，大为赏识，倒使我受宠若惊"；"钱教授是位古文大家。他居然也对我们有如此同情的反映，实在使我们声势一振。"[3]这里的关键词是"国学大师"和"古文大家"，有这两个头衔作保，刚刚崛起的"白话文"，其文化品位容易得到公众的认可[4]。

虽有章太炎等人的初步尝试，但真正让白话述学成为可能乃至时尚的，还是留美博士胡适。在《胡适的述学文体》

---

[1] 黎锦熙：《钱玄同先生传》，见《钱玄同年谱》，第170页。
[2] 参见钱玄同、独秀《通信》，《新青年》第2卷6号，1917年2月。
[3] 唐德刚译：《胡适口述自传》，第169—170页。
[4] 参见陈平原《学问该如何表述——以〈章太炎的白话文〉为中心》，《现代中国》第二辑，湖北教育出版社，2002年3月。

中,我谈及胡适的《中国哲学史大纲》如何开启了白话述学的新时代。此书《凡例》关于述学文体的表白,实际上为日后无数专家学者所接受:"本书全用白话,但引用古书,还用原文;原文若不容易懂得,便用白话做解说。"既须可信,又要能懂,且正文与引文之间,还必须有适当的过渡,于是"原文"与"解说"并存,起码表面上填平了古今之间的巨大鸿沟。由于使用新式标点,加上以白话述学,对于古人学说,有撮述,有节录,有引证,也有解说,如何协调,成了现代学者必须掌握的一门新技艺。正因此,《中国哲学史大纲》的典范意义,不仅仅是学术思想,更包括著述体例与述学文体[1]。

《中国哲学史大纲》以及《〈水浒传〉考证》《〈红楼梦〉考证》《五十年来中国之文学》等著述的相继问世,除了像胡适所说的,在解决具体问题的同时,为中国读者展现某种研究方法,还提供了白话述学的典范。后者的意义,因其深藏不露,不大为人关注。但在我看来,怎么写论文——即如何用浅近的白话讲述深奥的古典学问,胡适的影响一直延续到今天。

在《五十年来中国之文学》第十节,胡适提到"长篇议论文的进步,那是显而易见的"[2];朱自清接过话头进一步

---

[1] 参见陈平原《胡适的述学文体》,《学术月刊》2002年第7、8期。
[2] 胡适:《五十年来中国之文学》,《胡适全集》第二卷,第343页。

第二章　章回小说如何考证

发挥："他自己的文字便是很显著的例子。"为何说胡适长篇议论文的成就远在他的白话诗之上，除了朱自清本身也是诗人和诗论家，对《尝试集》不是很恭维，更因其确实读出了胡适述学文章的优点："他那些长篇议论文在发展和组织方面，受梁启超先生等的'新文体'的影响极大，而'笔锋常带情感'，更和梁先生有异曲同工之妙。"[1]接下来，朱自清从排语、对称、严词、比喻、条理等角度，分析了胡适长篇议论文的好处。前四者属于常见的修辞手法，会写文章的人，大都离不开；值得注意的是第五点"条理"，这确实说出了胡适文章的特点："长篇议论文更得首尾一贯，最忌的是'朽索驭六马，游骑无归期'。胡先生的文字大都分项或分段；间架定了，自然不致大走样子。但各项各段得有机的联系着，逻辑的联系着，不然还是难免散漫支离的毛病。胡先生的文字一方面纲举目张，一方面又首尾连贯，确可以作长篇议论文的范本。"[2]

至于胡适述学之文的"明白清楚"，与其说得力于白话之"白"，还不如说受益于其注重名学以及讲究结构。文章讲求"组织"与"结构"，容易做到条理清晰，布局匀称，便于读者阅读与接受；当然也留下若干遗憾，如文章平正有余而奇崛不足。或许可以这么说，胡适的述学文章逻辑是

---

[1]《〈胡适文选〉指导大概》,《朱自清全集》第二卷，第299页。
[2]《〈胡适文选〉指导大概》,《朱自清全集》第二卷，第307页。

里,结构为表,而作为贯串线索的,则是精密的心思与清晰的条理。而这,与胡适平日喜欢且擅长演说不无关系[1]。另外,与鲁迅杂文的隽永、深刻不同,胡适不擅长嬉笑怒骂,庄谐杂出,不管论学还是议政,都是"堂堂正正,开门见山,有理有据,逻辑严密,也自有其魅力"[2]。

---

[1] 参见陈平原《有声的中国——"演说"与近现代中国文章变革》,《文学评论》2007年第3期。
[2] 参见陈平原《鹦鹉救火与铸剑复仇——胡适与鲁迅的济世情怀》,《学术月刊》2017年第8期。

第三章

社会概观与小说艺术

——关于《晚清小说史》及其他

《晚清小说史》，商务印书馆，1937年

因疫情缘故，原定2020年3月20日在美国波士顿召开的瓦格纳教授（1941—2019）纪念会延期。我在准备请人代读的发言稿中提及："作为汉学家的瓦格纳，学识极为渊博，研究领域兼及中古哲学、当代戏剧，但最能体现其跨文化研究的贡献，包括世界视野、理论意识以及学术组织能力的，是成就卓著的晚清媒体及思想文化研究——他与中国学界的密切联系及深远影响，也主要集中在这方面。可以这么说，最近二十年晚清研究之成为显学，其眼界、方法及资料运用明显上了一个台阶，与瓦格纳教授的提倡与引领有直接关系。"[1]在国外汉学界，关注晚清文学及文化且成绩卓著的，我比较熟悉的还有米列娜（1932—2012）、韩南（1927—2014）、樽本照雄（1948— ）等。

当然，说到晚清文学及文化研究，最值得推崇的前辈学者，还属左翼文人阿英（1900—1977）。阿英原名钱德富，安徽芜湖人，主要笔名除阿英外，还有钱谦吾、张若英、阮

---

[1] 陈平原：《瓦格纳：为学术的一生》，《文汇报》2020年3月13日。

第三章　社会概观与小说艺术

《阿英全集》，安徽教育出版社，2003年

无名、鹰隼、魏如晦等。1926年加入中国共产党、1927年与蒋光慈等人组织太阳社、1930年参与筹组"左联"而后长期从事左翼文化运动的阿英，1941年冬转移到苏北敌后根据地，曾在新四军军部工作，新中国成立后出任若干文艺管理要职，但仍读书著述不辍。原新四军秘书长李一氓为1981年版《阿英文集》撰序，称他是"一个个人的百花齐放"："就是在文艺范围内，既搞中国文学，也搞外国文学；既搞古典文学，也搞通俗文学；既搞戏剧，也搞小说；既搞文学史，也搞文艺批评；既搞木刻，也搞版本。"[1]作家柯灵

---

[1] 李一氓：《〈阿英文集〉序》，《阿英文集》，生活·读书·新知三联书店，1981年。

为2003年版《阿英全集》写序,也有类似评价:"他对文艺活动范围的广泛,是屈指可数的一人。诗、小说、散文、评论、戏剧、电影,十八般武艺他都使用过。"[1]可在我看来,阿英的文学创作成就不高,主要贡献在晚清文学及文化史料的搜集、整理及研究。

一、文学与史学

阿英勤快且多产,平生编著共一百六十余种。柯灵称阿英开始搞创作,"后来兴趣渐渐转移":"先是矢志于现代文学作品的研究,史料的钩稽索引;接着又惨淡经营,致力于近代文学史材料的发掘搜罗,整理研究。"[2]这说法不太准确,阿英一直都是两条腿走路,既当作家,也做学者,只不过显晦不同而已。正式登上文坛的1928年,阿英在上海出版了诗集、小说集、日记、批评、编选,最有名的当属上海泰东图书局刊行的《现代中国文学作家》第一卷。此书有一宏文,学中国现代文学的大都知道,那就是初刊《太阳月刊》3月号(1928年3月1日)的《死去了的阿Q时代》:"无论鲁迅著作的量增加到任何的地步,无论一部分读者对鲁迅是怎样的崇拜,无论《阿Q正传》中的造句是如何的

---

[1] 柯灵:《〈阿英全集〉序》,《阿英全集》,安徽教育出版社,2003年。
[2] 柯灵:《〈阿英全集〉序》。

第三章　社会概观与小说艺术

俏皮刻毒，在事实看来，鲁迅终究不是这个时代的表现者，他的著作内含的思想，也不足以代表十年来的中国文艺思潮！"前面是开篇，口气已经很严厉了；接下来引结尾，那更是严正警告："虽然有了各方面对他的忠告，他是不肯接受的。他总要保持着他已有的小资产阶级的不认错的面孔。……果真再不觉悟，鲁迅也只有'没落'到底。"[1]阿英很得意，在该书自序中称："就已发表的一部分说，'鲁迅'的一篇最引起讨论，成为今年文坛上的一大问题，差不多每一个杂志都要论及。"[2]自以为代表时代精神，新一代青年站位高，口气大，可惜对鲁迅及其作品的理解相当偏颇。激进且敏感的阿英，准确捕捉到时代风气的变化，此文于是被看作从"文学革命"向"革命文学"转移的标志。随着阅历加深，日后阿英写了好些表彰鲁迅的文章，那是另一回事。

阿英的诗歌、小说等都不太入流，唯一能进入文学史的，是抗战期间所撰历史剧，比如"南明三部曲"之《碧血花》(1939)、《海国英雄》(1940)、《杨娥传》(1941)，还有歌颂太平天国运动的《洪宣娇》(1941)，以及根据郭沫若《甲申三百年祭》创作的《李闯王》(1945)。1980年中国戏剧出版社曾刊行《阿英剧作选》，收录了《碧血花》《杨娥

---

[1]《死去了的阿Q时代》，《阿英全集》第二卷，第5、32—33页。
[2]《〈现代文学作家（第一卷）〉自序》，《阿英全集》第二卷，第3页。

《中国新文学大系·史料·索引》(影印本),上海文艺出版社,1981年

传》《洪宣娇》《李闯王》四部历史剧,书前有夏衍、于伶的序。不过,那很大程度是在纪念一个逝去了的时代。阿英戏剧创作的成绩,远不及同时代的田汉、曹禺、夏衍等。

要说阿英的文学才华,主要体现在散文写作。他的作家论,选题很好(如《现代中国女作家》),但立场稍嫌僵硬,体味不够深入。反而是那些随笔集,兼及学识、视野及趣味,值得流传。比如《夜航集》(良友图书公司,1935年)和《海市集》(北新书局,1936年),谈山人、说隐逸、忆书市、考小说,还有关于明清文学的随笔、谈论现代中国的"小品文谈",都很值得玩味。

说实话,相对于作家阿英,我更喜欢学者阿英。作为读

第三章　社会概观与小说艺术

书人、爱书人以及文化人，阿英将买书、藏书、编书、写书四合一，做到无缝对接，实在精彩。从《中国新文坛秘录》（南强书局，1934年）、《中国新文学运动史资料》（光明书局，1934年）、《现代十六家小品》（光明书局，1935年）到《中国新文学大系·史料·索引》（良友图书公司，1936年），阿英对中国现代文学史料建设的贡献有目共睹。对于《中国新文学大系》这套大书来说，阿英所编《史料·索引》卷至关重要，且工作量最大。另外，还得补上一句：这是个左翼文人，文学资料搜集整理背后，有自己的政治关怀。最典型的，是在"作家小传"中，专门介绍了中共领导人陈独秀、瞿秋白，还有流亡海外的郭沫若，以及被政府枪杀的胡也频[1]。

可我更想强调，阿英很早就对晚清以降的文艺报刊抱有浓厚兴趣，并将其落实到学术研究中。这点殊为难得，有先见之明。须知中国第一部报刊史——戈公振的《中国报学史》1926年6月完稿于上海，1927年商务印书馆刊行；阿英第一时间进入此领域，且将其引入文学研究中。《晚清小说史》特别强调晚清小说与传播媒介的关联，在首章即指出，晚清小说的繁荣缘于新闻事业的发达："所以在当时，

---

[1] 参见陈平原《在"文学史著"与"出版工程"之间——〈中国新文学大系导言集〉导读》，《现代中国》第十五辑，北京大学出版社，2014年7月。

《晚清文艺报刊述略》,古典文学出版社,1958年

《晚清文学丛钞·小说一卷》,中华书局,1960年

不仅新闻纸竞载小说,专刊小说的杂志,也就应运而生。"[1]在此后各章中,阿英不时穿插晚清小说特征与报刊媒介之间关系的分析,如作品质量欠佳与报刊出版时限、小说未能完稿与报纸杂志停刊等。80年代中期我做博士论文,谈论"小说的书面化倾向与叙事模式的转变"时,对半个世纪前阿英的编著多有借鉴[2]。

---

[1] 阿英:《晚清小说史》,第1页,商务印书馆,1937年。
[2] 参见陈平原《中国小说叙事模式的转化》,第254—284页,北京大学出版社,2003年。

第三章　社会概观与小说艺术

谈及学者阿英,一般都会关注其丰富藏书以及各种文学史料编撰,比如《晚清戏曲小说目》(上海文艺联合出版社,1954年)、《晚清文艺报刊述略》(古典文学出版社,1958年),以及《晚清文学丛钞》的小说戏曲研究卷、小说卷、说唱文学卷、域外文学译文卷、俄罗斯文学译文卷、传奇杂剧卷等(中华书局,1960—1961年),还有,同样由中华书局刊行的"中国近代反侵略文学集"之《鸦片战争文学集》(1957)、《中法战争文学集》(1957)、《甲午中日战争文学集》(1958)、《庚子事变文学集》(1959)、《反美华工禁约文学集》(1960)等,这些都极为难得。可以这么说,阿英是中国近代文学这一学术领域最重要的开拓者,没有"之一"。而所有这些编著,都不是短期内能完成的,需长期积累,方能有此业绩。阿英在《晚清戏曲小说目》的《叙记》称,从1934—1941年,他总共编了十多种书录,而后逐渐完善。而关于中法、中日两部文学集,初稿成于1937年,1948年曾以《中法战争文学编》《中日战争文学编》为题,作为"近百年来国难文学大系"之一、之二,由北新书局初版。

考虑到五六十年代特殊的政治环境,很多人言不由衷,时过境迁,其著述大都作废。阿英很幸运,有"反侵略"大旗遮风挡雨,加上做的是资料整理,只要耕耘,必有收获。回过头看,众多资料集的整理出版,留下了宝贵遗产,阿英所下"笨功夫",比很多聪明人洋洋洒洒的"大著作"更有意义。

二、小说史的写作及修订

1935年,阿英在上海各文学杂志上刊文,分别谈论《六月霜》《文明小史》《上海游骖录》《市声》《宪之魂》等晚清小说[1]。那时候,踌躇满志的批评家阿英,正着手撰写一部厚重的史著,那就是商务印书馆1937年版《晚清小说史》。为"晚清小说"撰史,左翼文人阿英为何成竹在胸?第一,清朝覆灭二十多年,距离已经拉开,可以写史了。这就好像今人热衷于谈论80年代的文学与文化,同样是因为有一道壕沟,可以隔岸观火、冷静思考、准确描述了。第二,当年鲁迅作《中国小说史略》第二十八篇"清末之谴责小说",以及胡适写《五十年来中国之文学》第九节,不仅距离太近,且只读到若干名著,明显不周全。第三,阿英喜欢买书藏书,关注文学杂志,比鲁迅、胡适占有更多原始资料。第四,也是最为重要的,作为左翼文学批评家,阿英熟悉马克思唯物主义的反映论,有能力给小说史建构理论框架。物质第一性,意识第二性,认识是人脑对客观世界的反映,文学创作也不例外;以此类推,很容易将文学史与社会史直接挂钩。从社会结构与经济生活入手,讨论一个时代的文学思潮

---

[1] 如《关于秋瑾的一部小说——〈六月霜〉》,《人间世》第27期,1935年5月5日;《〈文明小史〉——名著研究之一》,《新小说》第1卷第5期,1935年6月15日;《〈上海游骖录〉》,《人间世》第32期,1935年7月20日;《清末的商人小说》,1935年7月24日《申报》副刊《自由谈》;《中国维新运动期的一部鬼话小说》,1935年《文艺画报》第4期等。

第三章　社会概观与小说艺术

及创作,今天看来平淡无奇,当初却因大刀阔斧,轮廓极为鲜明,让人耳目一新。

阿英撰写《晚清小说史》时,直接对标的,是鲁迅的《中国小说史略》。1956年第20号《文艺报》刊有阿英的《关于〈中国小说史略〉》,开篇很有力:"中国小说之有专史,始于鲁迅先生的《中国小说史略》。"接下来的论述,则显得没什么神采,只得出一个简单的结论,即鲁迅"不但把晚清以来的研究发展到了顶点,也替以后用新的观点和方法研究小说的人,准备了宽广的道路"[1]。比起二十年前撰《晚清小说史》时,阿英的立场大踏步后退,将自家锋芒完全磨去,实在可惜。1936年11月25日出版的《光明》半月刊第1卷12号上,刊有张若英(阿英)《作为小说学者的鲁迅》,也提及"中国的小说,是因他而才有完整的史书",但主要表扬鲁迅的古小说钩沉。此文的写作动机及主要篇幅,是谈论鲁迅小说史著的不足,尤其是晚清小说部分:"第一,就是在每一蜕变期间,社会经济背景叙述的不足";"其次,是对作者以及思想考察部分的缺乏";"再其次,是由于当时的未见,许多重要的书,无从得其概略";"最后,即鲁迅先生写作态度虽说是'谨严',由于延误以及未见,著者时代的不能断定,卷帙的误记,作家假定的非是,亦偶一有之。"[2]

---

[1]《关于〈中国小说史略〉》,《阿英全集》第七卷,第703—708页。
[2]《作为小说学者的鲁迅》,《阿英全集》第二卷,第789—797页。

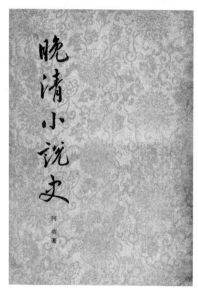

《晚清小说史》，人民文学出版社，1980年

这才是年轻一辈奋起挑战权威应有的姿态，而指出鲁迅史著的四个缺憾，正是自家所长及突进的方向。

因缩小范围，仅限晚清小说，阿英阅读多且考辨精，这没什么好吹的；关键在第一点，即如何处理"社会经济背景叙述"，那涉及整个小说史的立意及论述策略。阿英承认"至定晚清小说为'谴责'，以别于'讽刺'的《儒林外史》，自然是由于其论断的一贯谨严的标准而来"；可所谓"辞气浮露，笔无藏锋，甚且过甚其辞，以合时人嗜好"这种风格学的描述，不是他所关心的。阿英批评鲁迅谈论"谴责小说"时仅涉及晚清政治腐败，而没有追溯其"社会经济背景"："帝国主义进攻中国是经济的原因，义和团的反洋也有

第三章 社会概观与小说艺术

手工业开始崩溃的经济背景,其他很多现象,根底的原因,也都是由于经济组织变动的原因而来。"[1]这种今天看来简单粗暴的将近现代中国文学及文化完全归之于"经济组织变动"的论述,在30年代左翼文人及学者那里非常流行。

这就能理解为何阿英那么自信,《晚清小说史》不同于鲁迅、胡适的作品之处,主要不在具体作品分析,而是这个建立在反映论基础上的注重"经济组织变动"的整体框架。《晚清小说史》除了首尾,中间各章题目连缀起来,就是一部"晚清社会史"——先以"晚清社会概观"打头,接下来就是"庚子事变的反映""反华工禁约运动""工商业战争与反买办阶级""立宪运动面面观""种族革命运动""妇女解放问题""反迷信运动""官僚生活的暴露"等,如此强烈地以题材分类、以小说证史,目的是更好地呈现晚清以降中国社会的方方面面。所谓左翼立场,在这里主要不体现在对于革命的提倡——《晚清小说史》第八章开篇就是"晚清小说活动中之最激急最进步的洪流,为伴着民族革命运动而起的'种族革命小说'";可对于这批"往往说教多于描写"的作品,阿英评价并不高[2]。你可以说阿英的现代文学批评与晚清小说研究中,全都寄寓着某种"革命想象";可在具体处理时,二者明显还是有很大差异。在《晚清小说史》这里,

---

[1]《作为小说学者的鲁迅》,《阿英全集》第二卷,第795页。
[2]《晚清小说史》第八章,《阿英全集》第八卷,第95页。

关键在小说反映社会的广度与深度，而不是政治立场如何激进。借助唯物主义反映论、现实主义文学趣味、加上社会科学的方法，力图全面、广阔且科学地表现整个时代，这方面的努力，文学创作可以茅盾小说为代表，文学史则不妨举出阿英的《晚清小说史》。

学术研究除了个人才华，还受制于社会思潮以及政治环境。阿英的这个小说史框架，当初别开生面，日后修订却步履艰难。人民文学出版社1980年版《晚清小说史》后面，附录吴泰昌《校勘后记》："1955年和1960年前后，阿英曾两度着手修改此书，并已改出部分章节，但因体力不支和其他客观原因，未能终结，诚为憾事。"[1] 收录在上海古籍出版社1979年版《小说三谈》中的那组关于晚清小说的文章，让我们明白五六十年代阿英的努力，以及为何没能成功。撰于1955年的《晚清小说史》改稿三节，谈《老残游记》和《二十年目睹之怪现状》两文当初公开发表，谈《官场现形记》的则未刊出；同样属于未刊稿的，还有1963年所作《关于晚清小说》。不妨就以后两文为例（因未经编辑删改），看看阿英的写作困境。

《关于〈官场现形记〉——〈晚清小说史〉改稿的一节》先引鲁迅如何谈论"谴责小说"，以确定标准；再花全文五分之一篇幅，批判胡适《〈官场现形记〉叙》的"唯心

---

[1] 参见阿英著《晚清小说史》，第191页，人民文学出版社，1980年。

观点"、"对文学的无知"以及"帝国主义奴才的真面目"[1]。在批胡大潮中,阿英小心翼翼地划清界限;至于早年发挥自家特长,挑战鲁迅权威的勇气,则荡然无存了。到了1963年撰写《关于晚清小说》,阿英进一步强化政治立场,表扬晚清作家"对小说认识的提高——战斗武器",称谴责小说"最主要的缺点,就是徒有愤慨,而无解决,不能指点出路"[2],这与早年凸显"晚清社会概观"的努力相比,趣味何其狭隘。

三、《文明小史》三说

最能体现阿英学术趣味的,莫过于对李伯元《文明小史》的阐释与捍卫。光绪癸卯(1903)五月初一,晚清四大小说杂志之一《绣像小说》横空出世。这本由著名小说家李伯元主编的半月刊,打头的正是"南亭亭长新著"《文明小史》。此小说连载至第五十六期,1906年由老东家商务印书馆推出单行本,但未署作者姓名,且删去了插图及自在山民的评语。与李伯元另一部代表作《官场现形记》之备受宠爱故刊本繁多不同,《文明小史》的重刊一波三折。1955年7月,北京的通俗文艺出版社终于重排此书,但也未收插图及

---

[1]《关于〈官场现形记〉——〈晚清小说史〉改稿的一节》,《阿英全集》第七卷,第675—685页。
[2]《关于晚清小说》,《阿英全集》第七卷,第733页。

评语，并删去了书中那些"污蔑"义和团及革命党的部分。这个好不容易面世的重刊本，书前有阿英推荐性质的《叙引》。这里就以二十年间阿英之三谈《文明小史》，探究这位小说史家学术立场的演变。

不管是1955年的《〈文明小史〉叙引》，还是1937年版《晚清小说史》第二章涉及《文明小史》部分，其实都是根据《新小说》第1卷第5期（1935年6月15日）上寒峰（阿英）的论文《〈文明小史〉——名著研究之一》改写的。可惜的是，越改越差。有文体及篇幅限制的原因，但更重要的是，1935年的论文立意在挑战权威，一开始就亮出底牌"《文明小史》绝版了，大概也因为难于访求的原因罢"，故鲁迅、胡适的论述明显缺失。经过一番铺陈，阿英认定："一般人谈起李伯元来，总会强调他的《官场现形记》，而我却不作如此想。《官场现形记》诚然是一部杰作，但就整然的反映一个变动的时代说，《文明小史》是应该给予更高的估计的。"[1]

在《晚清小说史》第二章《晚清社会概观（上）》，阿英着重讨论《文明小史》《二十年目睹之怪现状》《孽海花》和《老残游记》，而把李伯元最负盛名的《官场现形记》搁到了第十一章《官僚生活的暴露》。若一定要排列晚清小说"四大名著"，阿英首选《文明小史》："这部书应该和《官

---

[1]《〈文明小史〉——名著研究之一》，《阿英全集》第五卷，第389页。

第三章　社会概观与小说艺术

场现形记》《二十年目睹之怪现状》《老残游记》同时被忆起,而格外的加以强调的。"[1]二十年后,阿英再次强调:"总之,李伯元的《官场现形记》与《文明小史》,虽同为暴露晚清官场黑暗之书,但各有目的,各有所长,实为姐妹篇章。读此两书,再益以吴趼人《二十年目睹之怪现状》,曾朴《孽海花》,则晚清数十年的社会情况,也大体可以知道一些。"[2]为了不拉下名气极大的《官场现形记》,阿英排列晚清小说四大名著,早年抹杀《孽海花》,二十年后则委屈《老残游记》。其实,为什么一定要"四大",若认定《文明小史》非进入不可,"五大"又有何妨?

30年代中期的阿英,已从激进的文学批评家转为厚实的文学史家,只是仍坚持马克思主义立场,强调社会存在对于文学表现的决定性影响。在他看来,晚清小说最值得关注的,首先是"充分反映了当时政治社会情况,广泛的从各方面刻画出社会每一个角度"[3]。基于此立场,阿英对"整然的反映一个变动的时代"的《文明小史》情有独钟。什么叫"整然的反映",简单说来,就是小说描写的是"各阶层"以及"全中国"在维新运动期间的表现:"全般的反映了中国维新运动期的那个时代,从维新党一直到守旧党,从官宪一

---

[1]《〈文明小史〉——名著研究之一》,《阿英全集》第五卷,第405页。
[2]《〈文明小史〉叙引》,《阿英全集》第四卷,第460页。
[3]《晚清小说史》第一章,《阿英全集》第八卷,第6页。

直到细民,从内政一直到外交。"[1]我基本认同这一看法,在晚清小说中,《文明小史》所呈现的社会最为复杂,官场、学界、商场各种人物交叉出现,不像后来各种"现形记"和"怪现状"那样单打一。小说前十二回围绕"民俗浑噩,犹存上古朴陋之风"的湖南永顺的官场风波展开,可李伯元显然不满足于嘲笑"内地僻陋",因教士的率领,刘伯骥等一干"有志之士"开始出门游历了。随着小说的逐步展开,读者不难发现,那极为"文明开化"的大上海,也好不到哪里去。如此一来,这部小说"所描写的地带,不是某一个省,或者某一个镇,而是可以代表中国的各个地方,从湖南写到湖北,从湖北写到吴江,从吴江到苏州,到上海,再由上海到浙江,到北京,到山东,由山东回到南京,更从南京发展到安徽,香港,日本,美洲,然后回到南北两京"[2]。阿英上述这段话,日后常被史家引用或袭用。作为小说家,难道不能"深耕细作",或"攻其一点不及其余",而非要如此"全面展示"不可吗?这样来追问阿英,明显不合适;因反映论观念及现实主义立场,使得阿英倾向于将小说当作社会史料阅读。至于《文明小史》是否真的"用笔谑而不虐,婉而多讽"[3],似乎不必用心辨析。

---

[1]《〈文明小史〉——名著研究之一》,《阿英全集》第五卷,第389页。
[2]《〈文明小史〉——名著研究之一》,《阿英全集》第五卷,第389—390页。
[3] 参见"上海商务印书馆编印《绣像小说》广告",光绪二十九年(1903)五月初五日《新闻报》。

第三章　社会概观与小说艺术

可以这么说，真正吸引阿英以及后世史家的，确实是那"整然的反映一个变动的时代"。李欧梵称"《文明小史》最足以概括当时中国现代文化方兴未艾而又错综复杂的面貌"，也是基于此立场。与阿英不同，李欧梵并不嘲讽李伯元政治立场的落后，因他接受卢卡奇（Georg Lukacs, 1885—1971）的思路——巴尔扎克是保皇党，但是他的价值并不在此，作者个人的政治取向与小说所展示出的是两码事："将这种眼花缭乱的世界勾勒出来，这是一个了不起的大工程。"[1] 我比李先生走得更远，认定正是因为李伯元的政治立场与艺术感觉存在巨大差异，使得《文明小史》充满内在的张力，避免了那个时代流行的"开口见喉咙"的写作风格，故时至今日还有欣赏价值[2]。

四、与阿英先生结缘

1987年暑假，我刚完成博士论文答辩，大热天南下访书，就因为看到了有关报道，安徽芜湖利用阿英家属的捐赠，设立了"阿英藏书陈列室"。在那里，我读到了创刊于1907年的《中外小说林》。此杂志在晚清很重要，我看过中

---

[1] 参见李欧梵《中国现代文学与现代性十讲》，第15—16页，复旦大学出版社，2002年。
[2] 参见陈平原《作为"绣像小说"的〈文明小史〉》，《西北师范大学学报》2014年第5期，又见陈平原编《〈文明小史〉与"绣像小说"》，贵州教育出版社，2014年。

山大学所藏十六册,阿英这里也有十一册,除去重复的,有六册此前未见。尤其是第一册的发现,解决了好多问题。这个故事,三十多年前我在随笔中讲述过,当初还感慨这一万多册专业性很强的图书捐给了家乡小小图书馆,利用率不高,有点遗憾[1]。2007年5月,我到芜湖的安徽师大讲学,在烟雨墩的阿英藏书室里,仍然有新发现,那就是找到了鲁迅的《中国小说史大略》——此书没有封面,也未署作者,是铅印的北大讲义,上面盖有"阿英藏书"章。大概是一时疏忽,否则,以阿英对史料的熟悉以及对鲁迅的热爱,非专门写文章介绍不可。

早年对前辈学者的艰辛及贡献体贴不够,忙着赶超,偶尔提及时语气不够谦恭。比如,当年编小说理论资料及撰写小说史时,我注意到阿英整理及抄录资料时常删节,有的基于政治立场,有的则是不喜欢谈论文学形式。有感于此,我在《理论兴趣与整体意识》中称:"在新的理论视野中,旧有材料可能呈现新的意义,这没错;可问题是好多有用的材料在旧眼光下毫无价值,根本进不了'资料选集'。何况还有许多前人没有涉足的新领域新课题。你只是依据人家的考证、依据人家编的'资料选集'来花样翻新,有很大的局限性。比如这两年发表了好些颇有新意的评价晚清小说的

---

[1] 参见陈平原《书里书外》[增订版],第33—35页,生活·读书·新知三联书店,2019年。

第三章 社会概观与小说艺术

论文，所用以论证小说观念发展变化的材料都来自阿英编的《晚清文学丛钞·小说戏曲研究卷》。而阿英编的资料集明显受制于其'反映论'的文学史观，好多很能说明问题另一侧面的材料都弃而不取。这就使得这些表面新奇精彩的论文漏洞百出——研究者的推演过程没错，问题出在据以推演的原始资料上。"[1]道理没错，只是口气过于严厉，没有考虑五六十年代阿英凭一己之力选编及抄录资料的艰难。

80年代中后期，我和夏晓虹合编《二十世纪中国小说理论资料》第一卷（北京大学出版社，1989年），很大程度得益于阿英先生的引领，可见《晚清文学丛钞·小说戏曲研究卷》开创之功不容抹杀。资料搜集工作譬如积薪，后来者居上。可惜当初我没有很好体会到这一点，在《二十世纪中国小说理论资料》第一卷的《前言》以及《20世纪中国小说史》第一卷（北京大学出版社，1989年）的《卷后语》中，没有专门向先行者阿英致谢，实在不妥。这其中有整套书体例问题，但我未积极争取，也有责任。直到2005年北大出版社将《20世纪中国小说史》第一卷改题《中国现代小说的起点》刊行，我才得以在《新版序言》中，郑重其事地提及"鲁迅的《中国小说史略》、阿英的《晚清小说史》与《晚清文艺报刊述略》等，固然是常读常新"[2]，另外还有若干著作

---

[1] 陈平原：《小说史：理论与实践》，第115页，北京大学出版社，2010年。
[2] 参见陈平原《〈中国现代小说的起点〉新版序言》，《中国现代小说的起点——清末民初小说研究》，北京大学出版社，2005年。

也给我的研究提供很大帮助。

十多年前,我一时兴起,撰写"小说绣像阅读札记"[1],其中谈论《红楼梦》部分,明显得益于阿英编《红楼梦版画集》(上海出版公司,1955年)和《杨柳青红楼梦年画集》(天津美术出版社,1963年)。而在研究晚清画报的漫长岁月里,我更是从阿英的《中国年画发展史略》(朝花美术出版社,1954年)、《中国连环图画史话》(中国古典艺术出版社,1957年)、《晚清文艺报刊述略》(古典文学出版社,1958年)以及若干单篇论文,获得了写作灵感或资料支持。这一回,在《左图右史与西学东渐——晚清画报研究》(生活·读书·新知三联书店,2018年)的第一章、第五章等处,我多次正面引述阿英的观点,尤其是那篇1940年为《良友》画报第150期纪念号而作的《中国画报发展之经过》。到了开列参考书目,更是洋洋洒洒,一口气列了大小十种阿英著作(含全集)。

凡研究晚清社会及晚清小说者,没有不读阿英编写的书的。我因长期浸淫于此,自然结缘更深。早年没有认真致谢,除了年少气盛,大概也是一种"影响的焦虑"吧[2]。

---

[1] 参见陈平原《看图说书——小说绣像阅读札记》,生活·读书·新知三联书店,2003年。
[2] 参见哈罗德·布鲁姆著、徐文博译《影响的焦虑》,生活·读书·新知三联书店,1989年。

第四章

革命想象与历史论述

——关于《普实克中国现代文学论文集》及其他

《普实克中国现代文学论文集》,
湖南文艺出版社,1987年

事情还得从2006年北大中文系的一场对话说起——那年的10月29日下午，在北京大学五院中文系演讲厅里，举行了一场题为"海外中国学的视野"的对话，参加者有王德威、刘东、吴晓东和我，还有近百位对此话题感兴趣的研究生。此次对话有个副题"以普实克、夏志清为中心"，那是我拟的。为什么？因为2006年是普实克先生（Jaroslav Průšek，1906—1980）一百周年诞辰，国内外举行过三次纪念活动；而当年9月，夏志清先生（1921—2013）荣膺台湾"中研院"院士，用他本人的话说，这不叫实至名归，而是迟到的公正。对话结束后，我请研究生整理成《海外中国学的视野》，初刊《现代中国》第九辑（北京大学出版社，2007年7月），后收入我编的《文学史的书写与教学》（北京大学出版社，2018年）。

重读 The Lyrical and the Epic：Studies of Modern Chinese Literature（Indiana University Press，1980）的两个中译本，即湖南文艺出版社1987年版《普实克中国现代文学论文集》（李燕乔等译），以及上海三联书店2010年版《抒情与史

第四章　革命想象与历史论述

The Lyrical and the Epic: Studies of Modern Chinese Literature, Indiana University Press, 1980

诗——现代中国文学论集》(普实克著，李欧梵编，郭建玲译)，再加这篇对话整理稿，真是感慨万千。当初的若干话题得到很好展开，但也有引而未发的，比如"革命想象与历史论述"之间错综复杂的关系，便亟待深入开掘。为了让讨论得以聚焦，我还是从半个多世纪前海外学界那场沸沸扬扬的普、夏之争说起。

一、"普夏论战"

为什么是"普夏论战"，而不是"夏普之争"呢？因论战的发起者是普实克，夏志清属于被动应战。另外，两人年龄及地位颇有差距——论战那年，普实克乃捷克斯洛伐克科学院东方研究所创办人、社会主义阵营中国现代文学研究的权威，而夏志清则是刚入职美国哥伦比亚大学中日文系的年轻教授。考虑到这篇口气严厉的书评可能中断他的学术前途，夏志清奋起反击。多年后，对于自己当初如何绝境求生，夏志清仍耿耿于怀："他读到我书中一些言论，气急之下便在欧洲知名学报《通报》上发文，把我这本书批得体无完肤。我迫得奋起作辩，不然我在批评界、学术界的声誉恐怕就要毁于一旦。"[1] 论战中双方虽各有立场及意气，主要还是自坚其说。多年后回看，当初颇有硝烟味的争论，也就化成了学界的"美谈"。

　　曾在哈佛受教于普实克的李欧梵，1979年为其所编 *The Lyrical and the Epic* 撰写序言，总结了普实克此书特点：强调新文学与中国古典传统之间的紧密联系；主张晚清文学出现了新趋势，即主观主义和个人主义；表彰茅盾小说的史诗性；凸显中国抒情与史诗两大传统与欧洲文学的联系。最后，李欧梵专门提及"普夏论战"，称夏志清对中国现代文学评价苛刻，"反而是普实克这位欧洲学者对中国作家有更多的同情，对他们的成就也有更多的肯定"。这一点其实很好理解，冷战背景下，两大阵营的学者，政治立场自然迥异。反而是

---

[1] 夏志清：《〈夏志清论中国文学〉序言》，《夏志清论中国文学》，香港中文大学出版社，2017年。

第四章　革命想象与历史论述

《抒情与史诗——现代中国文学论集》上海三联书店，2010 年

后面这句话，值得认真琢磨："他们在'科学'方法上的分歧，某种程度上缘于对文学史家应有的作用看法不同。"[1]

同样是根据李编 *The Lyrical and the Epic* 翻译，1987 年版《普实克中国现代文学论文集》不像 2010 年版《抒情与史诗——现代中国文学论集》那样，附录夏志清的反驳文章，以致 2006 年北京外国语大学纪念普实克会议上，某著名学者坚称，当初普实克把夏志清批得"哑口无言"。其实是不对的。双方都将各自立场阐发得比较充分，至于谁胜谁

---

[1] 李欧梵：《〈抒情与史诗——现代中国文学论集〉序言》，见普实克著、李欧梵编、郭建玲译《抒情与史诗——现代中国文学论集》，上海三联书店，2010 年。

负,取决于阅读者的立场及趣味。冷战大背景显而易见,可以暂时搁置;不妨较多关注各自的学术资源。王德威2006年为上海三联书店"海外中国现代文学译丛"撰写《总序》,此文以《海外中国现代文学研究的历史、现状与未来》为题,刊《当代作家评论》2006年第4期,其中对论战双方学术背景有如下清理:"夏志清承袭了英美人文主义的'大传统'(Great Tradition),以新批评(New Criticism)的方法细读文本,强调文学的审美意识和人生观照,他的《中国现代小说史》(*A History of Modern Chinese Fiction*,1961)堪称是欧美现代中国文学研究的开山之作,至今仍为典范。普实克则取法欧洲自由派马克思主义和布拉格形式主义(Prague Formalism),以革命历史动力和'形式'的实践作为研究重点。一九六三年,夏志清和普实克在法国汉学杂志《通报》(*T'ungpao*)展开笔战,就文学史意识,文学创作的现代性意义,文学批评的功能各抒己见。这次论战虽不乏火药味,但两者择善固执的立场和条理分明的论证,为现代中国文学研究树立了良好典范。"[1]

对比阅读双方论战文字,即普实克的《中国现代文学史的根本问题——评夏志清的〈中国现代小说史〉》与夏志清的《论对中国现代文学的"科学"研究——答普实克教授》,不难看出

---

[1] 王德威:《海外中国现代文学研究的历史、现状与未来》,《当代作家评论》2006年第4期。

第四章 革命想象与历史论述

二人的立场差异,以及思想交锋背后的学术资源与文化关怀。

第一点最为表面,且胜负立见。普实克称:"夏志清的书中同样地缺乏对新派作家与不同的欧洲作家之间关系的系统研究";"尽管他频繁地将中国作家同某些欧洲作家相比较,这些比较却具有一种偶然性而非出自对这些作家之间异同的系统研究。"[1]这与后面批评夏志清"对现存文献资料缺乏了解和运用不足",算是同类项。面对如此批评,夏志清的辩解不太有力:"既然我把读者设定为是那些对现代中国知之甚少而又对其文学感兴趣的人,那么,我在著作中将西方文学与现代小说做那样一番对比就完全是合理的。"[2]可以说,在这个问题上,夏志清只有招架之功,没有还手之力。如此读者设定,与其说立足于当年美国汉学界的实际水平,还不如说与课堂教学效果相关。作为耶鲁大学英国文学博士,讲授中国现代文学时,来点即兴发挥,现场效果很好。只是恰好撞上了正力图将中国现代文学与"一战"后欧洲文学相勾连的欧洲学者,那些即兴发挥就显得太业余了。

接下来的论争,涉及冷战的大背景以及各自的政治立场,可就比较复杂了。普实克引述夏志清关于文学史写作

---

[1] 普实克:《中国现代文学史的根本问题——评夏志清的〈中国现代小说史〉》,见普实克著、李燕乔等译《普实克中国现代文学论文集》,第220页,湖南文艺出版社,1987年。

[2] 夏志清:《论对中国现代文学的"科学"研究——答普实克教授》,见普实克著、李欧梵编、郭建玲译《抒情与史诗——现代中国文学论集》,第231页。

"不是一个为满足外在政治或宗教标准而进行的带偏见的概述",然后用一系列例子,证明"夏志清此书的绝大部分内容恰恰是在满足外在政治标准"[1]。比如,对左翼及共产党作家的热讽冷嘲,对"彻头彻尾的汉奸行为"(指周作人)异常迁就,嘲笑陈独秀关于文学革命的论述是"一篇既反映文学上的无知又严重不负责任的夸夸其谈",还有对毛泽东《在延安文艺座谈会上的讲话》"做了完全歪曲的描述",尤其不能容忍的是,谈及丁玲时,"他竟然使用了最低级的词句来描写这位女作家的私生活"[2]。在普实克看来,最能代表夏志清囿于政治立场而评价失当的,莫过于不能理解鲁迅之选择杂文且"成为一位不妥协的战士",以及批评离开北京后的鲁迅创作能力衰退,"把艺术当作政治的祭献品"[3]。

夏志清从不讳言自己的政治立场,在《〈中国现代小说史〉作者中译本序》坦承:"我自己一向也是反共的。"[4]这本主要完成于1955年,经修订后于1961年由美国耶鲁大学出版社刊行的《中国现代小说史》,最初的缘起是博士阶段最后一年参与美国政府资助的中国研究计划,撰写供美军军官参阅的《中国手册》(*China: An Area Manual*),负责其

---

[1]《普实克中国现代文学论文集》,第212页。
[2]《普实克中国现代文学论文集》,第212—222页。
[3]《普实克中国现代文学论文集》,第224—241页。
[4] 夏志清:《〈中国现代小说史〉作者中译本序》,夏志清著、刘绍铭等译:《中国现代小说史》,香港中文大学出版社,2015年。

第四章 革命想象与历史论述

中"文学""思想""大众传播"三大章[1]。此前在《中国现代小说史》的"结论"部分，夏志清坚称："衡量一种文学，并不根据它的意图，而是在于它的实际表现，它的思想、智慧、感性和风格。"[2]而在这篇反驳文章中，夏志清除了进一步澄清自己对鲁迅、茅盾等作家的评价，强调自己"全以作品的文学价值为原则"，且反唇相讥："我怀疑恰恰是普实克自己犯有'教条的褊狭'的错误，因而对中国现代文学提不出除共产党官方观点以外的任何观点"；"由于执迷于文学的历史使命和文学的社会功能，所以一点儿也不奇怪的是，普实克让人看起来像是一个特别说教的批评家"。[3]

除了因政治立场导致双方对具体作家作品的评价天差地别，还有就是对文学批评与文学史功能的理解大相径庭。普实克批评夏志清："他没有采用一种真正科学的文学方法，而是满足于运用文学批评家的做法，而且是一种极为主观的做法。"[4]问题在于，夏志清并不认可"科学的文学方法"："我怀疑除了记录简单而毫无疑问的事实以外，文学研究真能达到'科学'的严格和准确，我也同样怀疑我们可以依据一套从此不必加以更动的方法论来处理任何一个时代的文学。"[5]一方认为文学史的目标是对"整体复杂过程"作"系

---

[1] 参见夏志清《〈中国现代小说史〉作者中译本序》。
[2] 夏志清著、刘绍铭等译：《中国现代小说史》，第385页。
[3] 参见《抒情与史诗——现代中国文学论集》，第232、239页。
[4] 《普实克中国现代文学论文集》，第220页。
[5] 《抒情与史诗——现代中国文学论集》，第230—231页。

统的"探究;另一方则坚称不存在所谓"客观评价","文学史家"不仅可以而且应该就是"批评家"。

这里的主要症结在于,怎么看待文学史撰述中的系统与印象、整体与局部、客观与主观。到底是专注于整体文学现象的辨析,还是重视具体作家作品的评骘,不同学术立场的文学史家,在这个问题上分歧明显。二十多年前,我在谈论两种不同类型的文学史时提及:"60年代海外关于夏志清《中国现代小说史》的争论,除了政治倾向和文学观念的差异外,还有一点就是双方对小说史体例的看法相去甚远。夏志清受新批评派影响,更注重作品的本文阅读,以为'身为文学史家,我的首要工作是优美作品之发现和评审',故在体例设计中更多考虑'哪几位作家值得专章讨论'。而普实克则有马克思主义理论背景,倾向于把文学本文置于它们所产生的时代,将'文学现象正确地同当时的历史客观相联系',以便在更为广泛的文化氛围中来理解文学的变迁。因此,他批评夏志清的小说史缺乏'系统和科学的研究','满足于运用文学批评家的做法',也就是说,是作品论而非文学史。"[1]

其实,更为关键的,是如何看待"科学的文学方法"。这一点,陈国球的《"文学批评"与"文学科学"——夏志清与普实克的"文学史"辩论》有比我更精细的论述。据他

---

[1] 陈平原:《小说史:理论与实践》,第98—99页,北京大学出版社,1993年。

第四章 革命想象与历史论述

介绍,普实克曾积极参加国际著名的"布拉格语言学会"的活动,和捷克结构主义的核心成员穆卡若夫斯基、伏迪契卡等有着共同的理论思想。对于他们来说,文学研究作为一种知识体系,可以且应该是"科学的":"布拉格学派以为文学科学的目标是掀起文学的神秘面纱,尤其从文学的语言基础切入,理解语言的'文学性'。……观此,可知英美传统与欧陆传统对'文学科学'概念的不同感受。"[1] 如此说来,普实克对夏志清的批评,撇开意识形态部分,确实是布拉格结构主义方法的应用。陈国球在加拿大多伦多大学念书时的导师卢布米尔·德勒泽尔(Lubomír Doležel),正是布拉格学派代表人物,"布拉格之春"后流亡海外,学术立场与被捷克当局软禁在家的普实克很接近。因此,陈国球对普实克的学术立场有较为贴切的理解,可参阅他的《"抒情精神"与中国文学传统——普实克论中国文学》以及《如何了解汉学家——以普实克为例》[2]。

二、抒情与史诗

人们常说,吵架没好话,学者也不例外。还是得回到各自的专业著作,才能真正体会这两位大学者自身的业绩及在学

---

[1] 参见陈国球《"文学批评"与"文学科学"——夏志清与普实克的"文学史"辩论》,《北京大学学报》2011年第1期。
[2] 二文均见陈国球《结构中国文学传统》,华中师范大学出版社,2011年。

术史上的贡献。另外，即便追踪到各自的理论背景，也必须记得，对于史家来说，所背靠的大树之荣枯，与其论述是否精彩有关系，但不能完全等同。对于今人来说，无论形式主义、结构主义还是新批评，全都是过时的老古董，只有在上"20世纪西方文论史"课程时才会阅读。可文学史家对于中国现代文学的研读与阐发，不会因理论资源的相对过时而完全丧失意义。就好像普实克谈论"抒情与史诗"，至今仍有其特殊魅力。

三十多年前，我因在撰写博士论文时不断与普实克对话，自以为颇有心得，于是撰写了初刊1988年2月16日《人民日报》，后收入我的《小说史：理论与实践》的《传统与现代——评〈普实克中国现代文学论文集〉》。80年代的《人民日报》，除关注国内外大事，也希望介入当代文学批评及学术研究，这才有我那篇书生气十足的文章。

这篇书评从《鲁迅的〈怀旧〉——中国现代文学的先声》说起，因其曾被乐黛云编《国外鲁迅研究论集》（北京大学出版社，1981年）收入，广受中国学者赞许。从单篇文章传入到论文集出版，这回引起学界关注的，主要不在关于鲁迅、郁达夫、茅盾、叶圣陶等作家的精彩论述，而是普实克以"抒情与史诗"的交汇构成文学发展的动力这一大胆假设，另外就是强调"五四"新文学和中国古典传统之间的历史联系。书评对普实克"中国现代文学中的主观主义和个性主义"这一中心论题特别欣赏，称其"不是从比较表面的主题、题材、人物形象的演变论证传统与现代的区别，而是从

第四章　革命想象与历史论述

比较深层的审美趣味和形式感来把握传统和现代的联系,实在棋高一着"。另外,对普实克受俄国形式主义和布拉格学派的影响,多次引用施克洛夫斯基和穆卡罗夫斯基的理论,也给予正面评价;指出因作者"对艺术形式的发展有惊人的敏感",谈论中国作家时特别能发掘"以新的形式准确表达革命时代的激情"。也就是说,鲁迅、茅盾、郁达夫等人的历史贡献,主要不在于表达深邃的思想,而是创造了更恰当地表现现代社会生活和现代人感情思绪的新的艺术形式。

对于普实克把中国古典文学分成高雅精致、注重抒情的文人文学和粗俗清新、长于叙事的民间文学两大传统,而中国现代文学之所以顺利展开,很大原因是继续了中国古典小说家综合文人文学、民间文学两大传统的努力,我当初不无担忧:"这个发人深思的理论构想,也有成为'陷阱'的危险——由此推出'五四'新文学只是中国古典文学的必然产物这一显然不正确的结论。实际上普实克一开始确实有这么一种偏向。"比如文集中写作时间最早的《中国现代文学中的主观主义和个性主义》(1957),在追溯新文学跟传统文学的关系时,就强调20世纪中国社会变革始于明代,即使没有任何外力作用也能达到目的。1964年以后写作的那几篇主要论文明显修正了这一说法,承认西方文学的刺激与启迪是晚清及"五四"文学革命的关键[1]。

---

[1] 参见陈平原《传统与现代——评〈普实克中国现代文学论文集〉》,《人民日报》1988年2月16日。

之所以强调这一点,是因为80年代后期,美国学界对"冲击-反应"模式的反省,已经传到了国内[1]。对此潮流,我有赞许也有质疑。1991年香港中文大学访学期间,我撰写了《新文学:传统文学的创造性转化》,谈以下三个问题:第一,寻找剧情主线;第二,重要的是"过程";第三,转化的具体途径。文中有这样一段:"在国外汉学家中,普实克是最为注重中国现代文学与古典文学的内在联系的,他关于古代中国文学的主观抒情传统深刻影响了中国现代文学的发展趋向这一论述,至今仍是这一学科最为精彩的论断之一。……可缺了晚清这一代作家的努力,传统文学如何实现创造性转化,如何影响(制约)新文学的形成与发展,这么一个极为复杂而又极为有趣的'过程',就可能被几句不着边际而又简单枯燥的'结论'所取代了。"[2]我主张把晚清和"五四"两代作家放在一起论述,强调他们共同完成了中国文学整体格局的转变,这本身没有问题;强调"创造性转化"的必要与艰难,也有一定道理。可在具体论述时,抓住普实克个别偏颇的判断,忽视其晚清小说研究的提倡之功,今天看来明显不妥。据李欧梵回忆,普实克当年在哈佛讲课,给本科生讲20世纪中国文学,给研究生讲的正是晚清

---

[1] 参见柯文著、林同奇译:《在中国发现历史——中国中心观在美国的兴起》,中华书局,1989年。
[2] 参见陈平原《新文学:传统文学的创造性转化》,《二十一世纪》第10期,1992年。

第四章 革命想象与历史论述

《中国——我的姐妹》
捷克文版，1940年

小说研究，而"我对于晚清文学和鲁迅的兴趣，大部分也是由他激发的"[1]。

重读《普实克中国现代文学论文集》，有几处引起我的兴趣。首先，1961年撰写《〈中国现代文学研究〉引言》时，普实克主要引用老大哥苏联学界的看法，但也提及王瑶《中国新文学史稿》、刘绶松《中国新文学史初稿》和丁易《中国现代文学史略》[2]。在1940年版《中国——我的姐

---

[1] 李欧梵：《我的哈佛岁月》，第147页，浙江大学出版社，2016年。
[2] 《普实克中国现代文学论文集》，第31页。

妹》中[1]，普实克称："胡适1916年10月写给陈独秀的一封信成为创立新的语言文字和为文学而战斗的号角。"[2]到了《〈中国现代文学研究〉引言》，则变成"右翼资产阶级知识分子胡适采取了过于谨慎的态度，满足于形式上的温和的改良"；而深受马克思主义影响的陈独秀"同胡适的这种态度相反"，"发表了中国文学革命的激进纲领"[3]。这明显是受时代潮流影响，经过50年代轰轰烈烈的"胡适思想批判"运动，中国学者谈及文学革命时，全都转向了褒陈而贬胡。同属社会主义阵营，不管真实感受如何，身在欧洲的普实克也必须及时调整立场。

论及中国现代文学与欧洲文学的关系时，普实克强调"当时的中国所兴起的文学在本质上是更接近于第一次世界大战后的欧洲文学而不是19世纪的欧洲文学"[4]。这个重要判断，普实克在好多地方提及。谈激情，谈抒情性，谈主观主义，更谈政治革命与艺术革新的关系，这背后与其说是舍克洛夫斯基等形式主义理论的支持，不如说是作者的艺术直觉，以及其深厚的欧洲文学修养。同样引进西方文学，留学

---

[1] 此书捷克文第一版：Průšek, Jaroslav. *Sestra moje Čína*. Praha：Vydavatelstvo Družstevní práce，1940；第二版：1947。英文版：*My Sister China*. Translation Ivan Vomáčka. Praha：Karolinum，2002。
[2] 普实克著、丛林等译：《中国——我的姐妹》，第157页，外语教学与研究出版社，2005年。
[3]《普实克中国现代文学论文集》，第41页。
[4]《普实克中国现代文学论文集》，第90页。

第四章 革命想象与历史论述

美国且科班出身的胡适、吴宓、梁实秋等，倾向于19世纪文学（不管是现实主义还是浪漫主义），而留学日本且半路出家的鲁迅、郭沫若、郁达夫等，则选择了"一战"后的现代主义。这是个有趣的现象，值得深究。

普实克多次提及文人集团的文学与说书人叙事作品之间的对峙与融合，并以《儒林外史》和《红楼梦》为例，称"18世纪中国小说中的最伟大作品已经达到了这种综合性"，而鲁迅、老舍、赵树理都是走在这条大路上[1]。这也是个很有意思的假设，需要进一步论证。关于"抒情"和"史诗"的交汇融合是中国文学发展的主要动力，这一构想实际上也贯穿于普实克的中国古代小说研究（如《中国中世纪故事中写实和抒情的因素》）。可惜懂捷克语的学者太少，他的《话本的起源和作用》《中国的历史和文学》等著作至今没有中译本，我不好判断与发挥。

三、学问与友情

在《我的哈佛岁月》中，李欧梵回忆1967年在哈佛大学听普实克讲课的情景："普氏在课堂上介绍了点'布拉格学派'的结构主义"，私下聊天时，"说他如何崇拜毕加索的画，我听后大吃一惊，一位从'社会主义现实主义'文化语

---

[1] 参见《普实克中国现代文学论文集》，第106—111页。

境中出来的学者竟然会崇拜西方现代派艺术。"[1]其实,普实克崇拜西方现代派艺术,这一点儿也不奇怪,因在其成长岁月,捷克是中欧最有文化艺术及学术氛围的国家。

"一战"后奥匈帝国解体,捷克斯洛伐克共和国成立;"二战"结束,新成立的捷克斯洛伐克人民民主共和国从属于社会主义阵营,并加入1955年成立的华沙条约组织。1989年11月捷克政局发生剧变,那已经是普实克去世多年后的事了,可以不论。从"一战"结束到冷战开始,正是普实克的青壮年时期,整个思想立场及文学艺术趣味已经成型。那个时代的捷克文化,毫无疑问属于欧洲,我们熟悉的捷克新艺术运动倡导者穆夏(1860—1939)、《好兵帅克》的作者亚·哈谢克(1883—1923)、《绞刑架下的报告》的作者尤·伏契克(1903—1943),尤其是那位毕业于布拉格查理大学的卡夫卡(1883—1924),更是西方现代主义文学的前驱。今天世界各国文学爱好者游览布拉格,大都会去拜访布拉格城堡附近小巷深处的卡夫卡故居。

普实克1928年毕业于布拉格查理大学,这是神圣罗马帝国境内成立的第一所大学,创建于1348年,比维也纳大学(1365)和海德堡大学(1386)都早。大学毕业后,普实克去德国、瑞典留学,在汉学名家高本汉门下进修,1932年来中国考察两年,又在日本逗留两年半,1937年赴美国加州

---

[1] 参见李欧梵《我的哈佛岁月》,第145—150页。

第四章　革命想象与历史论述

大学暑期班讲中国文学史，而后回国任教。1953年普实克创立了捷克科学院东方研究所，1968年"布拉格之春"后被开除党籍，无法发表文章，直至1980年去世。哈佛教书时，虽来自"东欧阵营"，普实克思想一点都不封闭，要说学术视野及艺术趣味，比绝大多数美国教授都好。

2009年5月，在原"东欧阵营"的匈牙利，由罗兰大学主办"中国与中东欧文章因缘"国际学术研讨会，我不做这方面的研究，但作为特邀代表，提交了《在"学问"与"友情"之间——普实克的意义及边界》。文章中，我主要讨论普实克作为"中国学家"、作为"东欧学者"以及作为"中国人朋友"三者之间的缝隙，还有这些裂缝对于今人的启示。回国后，我撰写了《三读普实克》，提及我1988年的书评、1998年参加布拉格查理大学为纪念建校六百五十周年而举办的汉学会议，还有2006年布拉格查理大学的"现代性之路——纪念普实克百年诞辰"国际学术研讨会[1]。2006年的布拉格之行，一路上我读《中国——我的姐妹》中译本，很是感动。记得米列娜教授提及，对于他们那一代汉学家来说，此书是他们喜欢中国、学习中文的关键。而我则从里面读出了"不一样"的中国，作者对广州、澳门、北平、西安、洛阳等城市生活的描述，对学汉语的困难、中国人的饮

---

[1] 参见陈平原《三读普实克》，此文初刊《欧洲语言文化研究》第四辑，时事出版社，2008年；后收入《花开叶落中文系》，生活·读书·新知三联书店，2013年。

食与文化、街头艺人及寺庙僧侣的介绍,让人大开眼界。另外,普实克与诸多中国文人有直接接触,比如拜访胡适、了解创造社作家、结识郑振铎、受邀去冰心家吃饭、在齐白石家做客等。当然,普实克最得意的还是跟鲁迅通信(书中影印了鲁迅手迹),请教中国古典小说研究,以及回国后翻译出版了捷克语版《呐喊》。

普实克称自己不是在写游记:"我主要是谈知识阶层,作家,新文学,这是我最熟悉的,而大多数有关中国的书籍对此缄默不语。"[1]对于那些被政府迫害的左翼作家,普实克充满同情,比如写"女作家丁玲"那一章篇幅最长,为什么?就因为"丁玲失踪了"[2]。此书不是研究著作,但好多论断很有见地,可与他日后的专业著作相参照。如下面这一段:"鲁迅以其强劲有力而又简明扼要的笔锋创作了中国的第一部现代文学作品。他的作品在中国文学史上,从某些方面看,可与杜甫的诗相媲美。后者也同样是在自己的作品中,寥寥数笔便描绘出了社会的凄凉和悲惨景象。"[3]远隔千载,不分古今,超越文类,将鲁迅与杜甫相提并论,这倒是挺有启发性的。

另外,普实克对中国很有感情,与一般游客走马观花、隔靴搔痒不同,《中国——我的姐妹》之"结束语"是这样的:"我热爱这个国家,她对我来说亲如姐妹。但即便如此,我对

---

[1]《中国——我的姐妹》,第425页。
[2] 参见《中国——我的姐妹》,第356—368页。
[3]《中国——我的姐妹》,第370页。

第四章 革命想象与历史论述

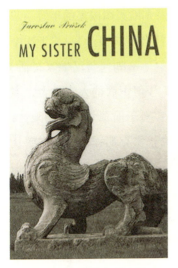

《中国——我的姐妹》英文版，2002年

《中国——我的姐妹》中译本，外语教学与研究出版社，2005年

她也很严厉，我看到了她的贫困，知道她的缺点。我为她振奋过，失望过，伤心过，但是我从来不能无动于衷。人们不可能对自己的亲人无动于衷。"[1]这种与研究对象感同身受，是普实克著作的魅力所在，也是日后引起巨大争议的地方。

在2006年布拉格会议上，我观察到：老学者对普实克很有感情，年轻一辈则对普实克的学术思路不太感兴趣，更愿意和研究对象"中国"保持一定距离。这不是一个特殊现象，我接触到的欧美以及日本年轻一代汉学家，大都有这种

---

[1]《中国——我的姐妹》，第425页。

倾向。另外，90年代以后，苏联及东欧集团国家的年轻一辈学者，不愿直面其曾经有过的"社会主义遗产"。关于这个问题，我在《国际视野与本土情怀——如何与汉学家对话》中有进一步的阐发："任何时代、任何国度的人文学者，多少都受特定时代意识形态的制约，对于前辈学者的局限性，当有'理解之同情'。更何况，像普实克那样，将自家所从事的'中国文学研究'，与如何看待中国革命的经验与教训这样的重大命题相衔接，不仅没必要讥笑，还值得尊崇。在我看来，优秀的汉学家/中国学家，并非只是'外部观察'，他们也有自己的'内在体验'与'生命情怀'。这些，我们同样应该关注与体贴。"[1]

四、多元化的中国学

在撰于1992年的《新文学：传统文学的创造性转化》中，我曾谈及："国外汉学家反倒有注重传统文学内部的变革动力的，比如著《抒情的与叙事的》的普实克和著《鲁迅及其前驱者》（苏联科学院1967年版，有中英文译本）的B.谢曼诺夫。"[2]这位谢曼诺夫先生，1957年留学北京大学，曾任莫斯

---

[1] 陈平原：《国际视野与本土情怀——如何与汉学家对话》，初刊《上海师范大学学报》2011年第6期；后收入《读书的风景》增订版，北京大学出版社，2019年。

[2] 陈平原：《新文学：传统文学的创造性转化》，《二十一世纪》第10期，1992年。

第四章　革命想象与历史论述

科大学亚非学院东方文学系主任，著作《鲁迅和他的前驱》由老同学李明滨译成中文，1987年湖南文艺出版社刊行。我80年代读过此书，对其印象很好，曾向北大俄文系李明滨教授打听作者情况。据他称，转型期的俄国经济非常困难，教授们穷得叮当响，谢曼诺夫90年代访问北京，手头拮据，老同学轮流请吃饭。听闻此言，我将信将疑，前天读到也是北大校友的李福清（苏联科学院通讯院士，专研中国古典小说、民俗学及民间文学等）的一封信，方才彻底坐实。1989年徐州召开首届国际金瓶梅学术研讨会，李福清给会议组织者之一吴敢来信，第一封抱怨会议规定代表"在华食宿一律自理"，他手头没有美金，而卢布和人民币又都不可兑换；第二封写于1989年5月9日，照样还是谈钱："譬如4月我去美国，我科学院借给我三十美元，回国要还给我院。……有几天早晨没有人邀请我，那要等午饭，没有办法。同时来参加讨论会的中国代表每个人带八十美金，还可以过活。"[1]如此窘迫的处境及心情，我深有体会。1993年我赴瑞典参加学术会议，除了机票和住宿，会议组织者还单独给王元化先生等中国代表发零用钱。这种"特殊优待"，实在让人难堪。

经济困顿之外，还有意识形态转型中，原社会主义阵营各国之间的猜忌与隔阂。2009年那次匈牙利会议，因机票缘故，须在布达佩斯多待几天，我想去看看卢卡奇（1885—1971）故

---

[1] 参见吴敢《我与苏俄学人》，载"古代小说网"，2020年4月4日。

居。会议间隙,向匈牙利教授打听,都说不知道。一位50年代在北大留学的长者走近,悄悄对我说,别打听了,没人告诉你的,因为卢卡奇现在匈牙利名声很不好。研究西方马克思主义的,特别推崇他的《历史与阶级意识》(1923);我关注的则是其早期著作《心灵与形式》(1910)、《小说理论》(1916)等。此君"二战"后回匈牙利,讲学兼议政,虽在1956年匈牙利事件及1968年"布拉格之春"前后受批评,但毫无疑问属于很有学问的马克思主义者。如今政权更迭,人们习惯性地把他跟已被推翻的旧制度联系在一起,让人感叹嘘唏。

苏联解体后,原苏东集团各国的中国研究陷入困境,除了经济危机,还有政治立场也需重新确立。不知道他们的中国学家是如何开展研究的——即便有好成果,也极少被介绍到中国来。正因此,我特别感慨,改革开放初期,我们接触的海外汉学,比今天更多元。今天中国人所了解的海外汉学,几乎就是美国的中国学。至于俄国、日本、韩国乃至欧洲各国的中国学,其身影及声音都十分零落。中国日渐强大,也能出钱支持那些配合我们"讲好中国故事"的外国学者;但此类拿中国政府的钱,主要写给中国人看的中国学著作,在国际上不见得受欢迎。回想起来,我才特别关注兼及捷中两国立场,既有自家精神又能独立思考的普实克,且对其"革命想象与历史论述"充满敬意。

第五章

杰作的发掘与品评

——关于《中国现代小说史》及其他

《中国现代小说史》,香港中文大学出版社,2015年

1989年年底王瑶先生去世，第二年出版的《王瑶先生纪念集》中，老同学季镇淮《回忆四十年代的王瑶学长》称，抗战结束回到北京，"在清华西院，他对我说过，'我相信我的文章是不朽的'"〔1〕。当初读到这一段，我心头一震，被前辈追求"立言"之崇高志向所震慑。香港岭南大学荣誉教授刘绍铭撰《名世与传世》，有这么一段："夏志清先生去世后，夏太太王洞给我电邮说，先生在医院等候医生处方时，王德威来看他。先生对德威说：'我不怕死，因为我已经不朽。'这句话有点不合礼数，但在熟知他中英文著作的学生和朋友听来，他并没有夸大。他在中国文学研究史中的确会名垂不朽。"〔2〕我关心的不是学术判断，而是说话人的口气，这话很能显示夏志清的得意与自信。故事还是当事人讲述更精彩，2017年10月19日王德威在京参加《天涯万里，尺

---

〔1〕 参见季镇淮《回忆四十年代的王瑶学长》，《王瑶先生纪念集》，第21—22页，天津人民出版社，1990年。
〔2〕 刘绍铭：《名世与传世》，夏志清著、刘绍铭等译《中国现代小说史》，第435页，香港中文大学出版社，2015年。

素寸心：夏氏兄弟书信中的家国情事》主题活动，其发言稿《王德威：夏志清看起来那么欢乐，其实非常压抑和寂寞》见 2017 年 10 月 26 日"凤凰网·凤凰文化"，敬请参阅。

夏志清（1921—2013）之所以认定自己将名垂不朽，其自信主要来自《中国现代小说史》(*A History of Modern Chinese Fiction*) 这部大书。

一、大传统与新批评

《中国现代小说史》确实是一部里程碑式著作，在 60 年代的美国汉学界，几乎是独力为中国现代文学研究打开一片新天地。该书英文版 1961 年、1971 年由耶鲁大学出版社刊行，1999 年印第安纳大学出版社推出由王德威导读的第三版。刘绍铭主持的中译本 1979 年香港友联出版社刊行，而后有台湾及大陆多个版本。香港中文大学出版社 2001 年在友联版基础上，增收王德威为英文第三版撰写的导论《重读夏志清教授〈中国现代小说史〉》；2015 年重新排版并全面订正，增收若干纪念文章，成了目前最完整且最权威的中译本。

研究中国现代文学的大陆学者，大都阅读过或收藏有此书的英文版或中译本，我最早读的是 1991 年台湾传记文学出版社版。90 年代中期，我与北京大学出版社商议在大陆出版此书。因书中有好些赤裸裸的反共言论，出版社希望删

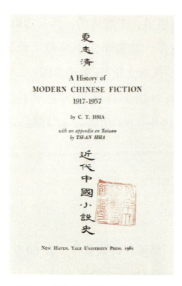

A History of Modern Chinese Fiction, New Haven: Yale University, 1961

《中国现代小说史》,(香港)友联出版社,1979年

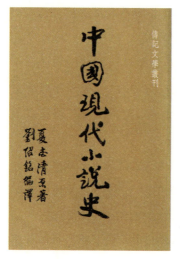

《中国现代小说史》,(台北)传记文学出版社,1991年

第五章 杰作的发掘与品评

节,而夏志清不同意,只好搁置。过了若干年,夏先生很得意地告诉我,你不是说不删节没办法出版吗,人家陈子善就有办法,你看复旦大学出版社出版了,还印得挺好的。那已经是2005年了,可我还是不太相信,说你仔细看看。果然,不久他就告诉我,人家直接删,根本没跟他商量。这就是北京人与上海人的差异——北大君子,觉得若删节须征求作者同意,那样,事情就办不成了;复旦精明,先斩后奏,料准作者虽一时不高兴,很快就会过去的。现在此书又有了2014年广西师大版,2016年浙江人民版,应该都有删节。所以我才会说,2015年香港中文大学版是最完整的本子。

考虑到夏志清此书名声很大,读者大都阅读过,近年学界也有不少推介、评述乃至批判,我们不必从头讲起,可以跳着说。此书功绩很明显,发掘张爱玲、钱锺书、沈从文、张天翼等;缺陷也很突出,那就是歧视左翼作家——虽表扬了张天翼、吴组缃,但取其不怎么左翼的部分。对鲁迅则只承认其早期创作,离开北京以后的,都不看好。夏志清从未隐讳自己的立场,只不过认为这并不影响自己的文学趣味与学术判断,也就是《中国现代小说史》之"结论"所标榜的:"我所用的批评标准,全以作品的文学价值为原则。"[1] 学者著述(尤其是文学史写作)很难摆脱外在的政治因素干扰,所谓保持纯粹的审美判断,更像是一句自我安慰的口

---

[1] 夏志清著、刘绍铭等译:《中国现代小说史》,第379页。

号。不过,王德威说得没错,在冷战大背景下,两大阵营截然对立,海峡两岸文坛/学界彻底政治化,相对而言,"夏是少数不为表面政治口号所动,专心文脉考察的评者之一"[1]。这里不谈夏著中若干今天看来明显的偏见或刺眼的谩骂,而是追问此书初版序言所提出的目标——"文学史家的首要任务是发掘、品评杰作"——是否真的达成。

《中国现代小说史》的写作深受四五十年代欧美两大批评重镇李维斯(F. R. Leavis)的理论及新批评(New Criticism)学派的影响,这点人所共知;在《重读夏志清教授〈中国现代小说史〉》中,王德威做了进一步拓展:"夏在耶鲁攻读博士时,曾受教于波特(Frederick A.Pottle)及布鲁克斯(Cleanth Brooks)等著名教授;布鲁克斯无疑是新批评的大将之一。夏也本着类似精神,筛选能够结合文字与生命的作家,他此举无疑是要为中国建立现代文学的'大传统'。夏志清在批评方法学上的谱系还可以加以延伸,包括20世纪中叶前后的名家,如艾略特(T. S. Eliot)、屈林(Lionel Trilling)、拉甫(Philip Rahv)、豪尔(Irving Howe)、泰特(Allen Tate),以及史坦纳(George Steiner)。"[2]上述这些,既有文论史的背景,也有夏志清自述可以佐证。

我的任务是进一步敲定,哪些属于那个时代共通的阅读

---

[1] 王德威:《重读夏志清教授〈中国现代小说史〉》,载夏志清著、刘绍铭等译《中国现代小说史》卷首。

[2] 王德威:《重读夏志清教授〈中国现代小说史〉》。

第五章　杰作的发掘与品评

经验,哪些真正影响夏志清的学术道路,又有哪些最后落实到这部《中国现代小说史》的写作上。如此经历,夏志清多次讲述,我择其要点,加以拼接、阐释或剔除。

1978年夏志清为《中国现代小说史》中译本撰写序言,系统回顾自己的学术道路,讲述此书的酝酿及写作过程,其中涉及从英诗转向小说研究的理论准备:"到了50年代初期,'新批评'派的小说评论已很有成绩。1952年出版,阿尔德立基(John W. Aldridge)编撰的那部《现代小说评论选》(Critiques and Essays on Modern Fiction, 1920—1951),录选了不少名文(不尽是'新批评'派的),对我很有用。英国大批评家李维斯(F. R. Leavis)那册专论英国小说的《大传统》(The Great Tradition, 1948),刚出版两三年,读后也受惠不浅。"[1] 整部《中国现代小说史》,只在第九章《张天翼》中有这么一句:"这一段使人想起狄更斯的小说《艰苦时光》(Hard Times)中开始的一个场面,这一个场面,李维斯(F. R. Leavis)曾经在《伟大的传统》(The Great Tradition)书中加以精辟的剖析过。"[2] 但只要稍为翻阅李维斯的《伟大的传统》,都能深切体会此书对于夏志清《中国现代小说史》的决定性影响。

《伟大的传统》第一章开门见山:"简·奥斯丁、乔

---

[1] 夏志清:《作者中译本序》,见夏志清著、刘绍铭等译《中国现代小说史》卷首。
[2] 夏志清著、刘绍铭等译:《中国现代小说史》,第172页。

治·艾略特、亨利·詹姆斯、约瑟夫·康拉德——我们且在比较有把握的历史阶段打住——都是英国小说家里堪称大家之人。奥斯丁的情况特异,需颇费笔墨详加研讨,因而本书所论将只限后三人。"[1]此章结尾是:"这样,我的观点便已和盘托出,悉听方家评判。我之所想所断,我已勉力给予了清晰而负责的陈述。简·奥斯丁、乔治·艾略特、亨利·詹姆斯、康拉德以及 D. H. 劳伦斯——他们即是英国小说的伟大传统之所在。"[2]作者点评两百年的英国小说,气势恢宏,不仅关注形式技巧,且重心理分析,还涉及道德意识的提升。更要紧的是,作者信心满满,斩钉截铁,以决绝的口吻,论证"英国小说的伟大传统"就在这四个作家身上。

《中国现代小说史》之"结论",与李维斯的大著异曲同工:"衡量一种文学,并不根据它的意图,而是在于它的实际表现,它的思想、智慧、感性和风格。……中国现代小说家中,大概只有四个人凭着自己特有的性格和对道德问题的热情,创造出一个与众不同的世界。他们是张爱玲、张天翼、钱锺书、沈从文。"[3]都是四个大家支撑着这个国家小说的伟大传统,说来有点儿巧合;但强调披沙拣金,注重史家的眼光与别择,不从流俗,别立新宗,确实是夏志清的成功之道。

---

[1] F.R. 利维斯著、袁伟译:《伟大的传统》,第 1 页,生活·读书·新知三联书店,2002 年。
[2] F.R. 利维斯著、袁伟译:《伟大的传统》,第 45 页。
[3] 夏志清著、刘绍铭等译:《中国现代小说史》,第 385 页。

第五章　杰作的发掘与品评

学界谈及夏志清的理论背景及研究方法，都会列举"大传统"与"新批评"。前者印记明显，后者则似有若无。我之所以存疑，主要不在经历，而在思路及趣味。作为英美现代文学批评中曾经如日中天的流派，新批评在20世纪20年代发端于英国，30年代在美国成型，四五十年代达到高潮。夏志清在此流派的大本营耶鲁大学念书，自然深受其影响。但新批评提倡立足文本的语义分析，其主要概念如含混、反讽、张力、隐喻等，适合于讨论篇幅短小意蕴丰富的文本，如玄妙的现代派诗歌或复杂隐晦的短篇小说，用来处理结构宏大的长篇小说，似乎非其所长。像夏志清借助"讽刺和人道的写实主义传统"与"宣传的""迷信理想"的小说传统之间的对抗与消长，来构建《中国现代小说史》的基本框架，与新批评的立场及方法风马牛不相及。

我注意到，夏志清1978年为《中国现代小说史》中译本作序，称："虽然我一直算是专攻英诗的，研究院期间也没有专修一门小说的课程。"[1]而2004年接受采访时，夏志清改口："我早年专攻英诗，很早就佩服后来盛极一时的新批评的这些批评家"；特别谈及与燕卜荪、蓝瑟姆以及布鲁克斯的学术因缘，特别是后者："我选了他的'20世纪文学'，上学期讨论海明威、福克纳、叶慈三个人，下学期讨论乔伊

---

[1] 夏志清:《作者中译本序》。

斯和艾略特。"[1]随着记忆的打开，夏志清回顾当初耶鲁读书时如何受诸位大师影响，学会阐释诗歌与理解小说，知道什么是好文学，什么是坏文学，可以说一辈子学问根基在此[2]。这些说法都很诚恳，但如何从新批评的训练顺利过渡到《中国现代小说史》的写作，还是不太踏实。

1973年夏志清撰《文学杂谈》，其中有曰："'新批评'在美国业已式微，这是不可否认的事实。原因很多，最主要的是'新批评'的批评方法大家会用，一般英文系的年轻教授，为求职业的保障，非写文章不可，而用'新批评'方法分析一首诗、一部小说，是最容易的事，这类文章愈积愈多，大家看得烦了，连把'新批评'过去的成就也估计低了。"接下来介绍了兰荪、勃罗克斯、屈灵、华伦、坡易斯等，为他们的失落抱屈，特别提到坡易斯（John Cowper Powys）的《自传》喜欢推荐自己爱读的书："当年我听了坡易斯的话，读了不少书，对他的 taste 这样佩服，他自己的小说对我自然也是极大的引诱。"[3]这段话让我恍然大悟——关键在不仅读名家书，也读名家所谈论的书；而这一切，都是为了养成好的审美品味（taste）。就好像夏志清极为推崇《伟大的传统》，但不满足于读李维斯的书，

---

[1] 参见季进《对优美作品的发现与批评，永远是我的首要工作——夏志清先生访谈录》，《当代作家评论》2005年第4期。
[2] 参见夏志清《耶鲁三年半》，台湾《联合文学》2002年6月号。
[3] 参见《谈文艺 忆师友——夏志清自选集》，第279—284页，（香港）天地图书公司，2006年。

第五章　杰作的发掘与品评

《谈文艺　忆师友——夏志清自选集》,（香港）天地图书公司,2006年

而是"珍·奥斯丁的六本小说我早在写博士论文期间全读了,现在选读些爱略脱、康拉德的代表作,更对李氏评审小说之眼力,叹服不止"[1]。

多年后回望,夏志清自己总结:"我跟人家有一点不同,我不仅看批评家的东西,也看他所批评的作家。这个批评家批评了十部作品,你有八部没看,那你等于没看他的理论。这个理论好不好,一定看他的原文和他批评的对象。"举的例子,正是看了李维斯《伟大的传统》,跟着读他评论的诸

---

[1]　夏志清:《作者中译本序》。

多小说，方才真正叹服[1]。这真是经验之谈，所谓"评审小说之眼力"，不是靠读理论书或文学史读出来的，而是像刘勰《文心雕龙》所说的，"凡操千曲而后晓声，观千剑而后识器"。对于批评家来说，最关键的是养成趣味，确定标准；至于研究方法，倒在其次——这是老一辈的读书策略，与今天学院批量生产的博士大相径庭。对于这一点，李欧梵在《光明与黑暗的闸门——我对夏氏兄弟的敬意和感激》中有很好的阐述："起码在权威大师如李维斯、崔林乃至威尔逊所处的年代里，博览群书是理所当然的基本功。……美国现在的学界里，理论凌驾阅读和研究。特别是在比较文学的领域里，各种理论争先恐后，文学早已不是重心。在文化研究的领域里更不用说，文学早已被排挤忽略。"[2]

这么说来，夏志清称自己开始研究中国现代小说时，"我只能算是个西洋文学研究者"[3]，那是真的；2004年接受采访，说"我也只是根据自己的感觉，好感与恶感，来评价这些作家作品的"[4]，也没错。不是新批评的某些理论或方法决定了《中国现代小说史》的成败，而是深厚的英美文学修

---

[1] 参见季进《对优美作品的发现与批评，永远是我的首要工作——夏志清先生访谈录》。
[2] 李欧梵：《光明与黑暗的闸门——我对夏氏兄弟的敬意和感激》，见王德威编《中国现代小说的史与学》，第28页，（台北）联经出版事业公司，2010年。
[3] 参见夏志清《作者中译本序》。
[4] 参见季进《对优美作品的发现与批评，永远是我的首要工作——夏志清先生访谈录》。

养,以及长期阅读养成的良好品味,使得夏志清的写作得以一空依傍,摆脱主流论述的支配。夏志清曾称:"中外人士所写有关中国现代小说的评论,我能看到的当然也都读了,但对我的用处不大。"[1]这很有可能,因他进入中国现代文学的途径与其他专家迥异,不以史料搜集或感同身受见长,只是直面文本,凭借自己的趣味横冲直撞。这一探索过程,若有什么同道,除了哥哥夏济安,我首先想到了香港的宋淇(笔名林以亮)——那也是个文学品位极高的人物,夏志清最初读张爱玲、钱锺书的作品便是他推荐的。宋淇对于燕京大学同窗好友、著名诗人吴兴华不遗余力的举荐与褒扬,更是让人难忘。

二、被忽略的另一场论战

2004年《夏志清论中国文学》由美国哥伦比亚大学出版社出版,夏先生在序言里总结个人学术生涯,特别提到四十多年前与普实克那场论争,并以当年论辩文章的结语,说明自己"作为中国文学的评论家"的立场:"不可甘于未经证实的假设与人云亦云的评价判断,做研究时必须思想开通,不念后果,不因政治立场有所偏颇。"[2]关于那场发生在《通

---

[1] 夏志清:《作者中译本序》。
[2] 夏志清:《〈夏志清论中国文学〉序言》,见万芷均等译、刘绍铭校订《夏志清论中国文学》,香港中文大学出版社,2017年。

《夏志清论中国文学》，香港中文大学出版社，2017年

报》上的论战，夏志清的答辩文章既收入李欧梵编《抒情与史诗》中译本，也在《夏志清论中国文学》英文本及中译本中。因冷战的大背景，论战双方立场鲜明，但都只是据理力争，没有恶言相向。其实，更能显示夏志清的立场及趣味的，是因时过境迁不大被提及的另一场论战。

论战的关键文本《中国古典文学——作为传统文化产物在当代的接受》，那本是夏志清1984年在一场专题研讨会上的口头报告，补充成中文本《中国古典文学之命运》，刊1985—1986年纽约季刊《知识分子》，后又改写成英文本，刊 CLEAR 杂志。据夏志清自述，英文本1988年7月出刊，他1990年初才收到，其间编辑不让他改校样，让他很愤怒。

第五章　杰作的发掘与品评

好在三个月后，收到了美国著名汉学家梅维恒明信片，称夏文"对中国文学之评价实乃五四以来最中肯之陈述"。为何特别在意梅维恒的表扬？因此文当初颇受非议。夏志清没提批评者，只说前两篇文章对事不对人（与普实克论战以及批评浦安迪引入明清评点），下面这一篇"公开地表示我对中国古典文学的兴致日衰"，"不仅把原本对中国古典文学颇有兴趣的学生都给吓跑了，而且还冒犯了全世界的汉学家"[1]。在我看来，此文冒犯的不仅仅是汉学家，更包括亿万中国民众；好在那时两岸还没解冻，论战没有燃烧到大陆学界，否则会被无限上纲上线的。

本来讨论的是具体问题，即中国古典小说为何不如现代文学受欢迎，"缺乏大众读者群，古典文学在销量上也不甚理想"；而那些一字不漏且增加注解的中国古典文学译本，更是远离美国读者的兴趣。这些描述都没问题，可由此推导出中国传统文学根本无法与西方文学传统相抗衡，可就显得有点儿突兀了。所谓"中国封建时期的文学之所以逊于文艺复兴以来的欧洲文学，根本原因还在于缺乏人文主义精神"；即便不算莎士比亚等剧作家，"从乔叟到叶慈短短六百年间，英国诗人所作出的灵魂探索都远远大于所有中国诗人相加的总和"；中国著名的小说、戏剧以及最优秀的诗词作品"都缺乏对人性和人文世界的远大视野，而不能立足于善

---

[1] 夏志清：《〈夏志清论中国文学〉序言》。

与理想，以真正的勇气毫不动摇地与一切邪恶对抗"……此等全称判断，不说立场问题（欧洲中心观），起码有失学者风范。如此重大命题，岂能三言两语随便打发？作为中国文学教授，夏志清竟这样告诫美国学生：若想系统学习外国文学，"我会毫不犹豫地建议大学生去修希腊文学"，"也会毫不犹豫地鼓励学生去主修俄国古典文学"[1]。

夏志清先生去世后，《中国现代小说史》译者刘绍铭撰文纪念："夏先生'明里'是哥伦比亚大学的中国文学教授，'暗地'却私恋西洋文学。这本是私人嗜好，旁人没有置喙余地——只要他不要在学报上把中国文学种种的'不足'公布出来。"[2]只是笼统说说也就罢了，在这篇英文论文的前身、初刊1985—1986年纽约季刊《知识分子》的《中国古典文学之命运》中，夏志清称自己虽然写了《中国古典小说》，可对《红楼梦》也不能真心满意："难道《红楼梦》真比得上《卡拉马助夫兄弟》和乔治·艾略特的《密德马区》吗？"这下子激怒了无限热爱《红楼梦》的历史学家、同样在纽约教书的唐德刚。

唐德刚的《海外读红楼》原是为1986年哈尔滨《红楼梦》国际研讨会所撰论文，在台湾的《中国时报·人间副

---

[1]《中国古典文学——作为传统文化产物在当代的接受》，见《夏志清论中国文学》，第3—26页。
[2] 刘绍铭：《一介布衣：纪念夏志清先生》，见夏志清著、刘绍铭等译《中国现代小说史》卷首。

刊》及《传记文学》发表，其中提及《红楼梦》"其格调之高亦不在同时西方，乃至现代西方任何小说之下"，顺便扫了夏志清一笔。论战由此而起。夏志清的《谏友篇——驳唐德刚〈海外读红楼〉》刊中国台湾《联合报》《传记文学》和美国《世界日报》，称："唐德刚当年专治史学，根本算不上是文学评论家。对海内外内行来说，《海外读红楼》此文立论如此不通，但见大胆骂人，而无细心求证，我尽可置之不理。……但文章是为德刚写的，我希望他好好静下心来多读几遍，以求有所觉悟，有所悔改，在做人、治学、写文章各方面自求长进。"唐德刚刊《中国时报·人间副刊》的反驳文章也很不客气，题为《红楼遗祸——对夏志清"大字报"的答复》，共十八个小标题，包括"自骂和自捧""疯气要改改""以'崇洋过当'观点贬抑中国作家""崇洋自卑的心态""对'文学传统'的违心之论"等[1]。可这场论战，除了红学圈，大陆读者基本不关注。

其实，夏志清贬抑中国文学的立场，早见于1978年为《中国现代小说史》中译本所撰序："我国固有的文学，在我看来比不上发扬基督教精神的固有西方文学丰富。"若以《红楼梦》对比陀思妥耶夫斯基的《卡拉马佐夫兄弟》及托尔斯泰的《复活》，明显相形见绌，关键就在于缺乏宗教精

---

[1] 参见刘梦溪《红楼梦与百年中国》，第391—396页，河北教育出版社，1999年。

神[1]。这与《中国现代小说史》第十九章"结论"中这段话遥相呼应:"现代中国文学之浅薄,归根到底说来,实由于其对原罪之说,或者阐释罪恶的其他宗教论说,不感兴趣,无意认识。"[2]如此中西比较,以宗教精神之厚薄,定文学价值高低,只能说是夏志清的一家之言。

多年后,李欧梵称夏志清所有文章中最具争议的,便是这篇谈中国古典文学的:"这些的确是很沉重的指责,甚至比他认为中国现代文学不外乎'感时忧国'的指责来得沉重。我发觉我对这些指责的感受也颇为复杂。"我也一样,面对如此悍然立论,感受很复杂,明知这里洞见与偏见并存,如何区分,需平心静气。李欧梵倾向于正面理解:"他的眼界如此深远,以至于他对整体中华文化的评价似乎较为负面。当代的专家总是躲进自己狭小的研究领域,只有夏志清先生不愿划地自牢,勇于更上一层楼。……从某些方面来说,我认为夏志清先生的学问继承了五四的批判精神,但更具原创性。他深入文本,提出洞见,无人能及。"[3]我则以为,这种夹杂西方标准与政治偏见的论述,恰好是"五四"新文化不好的一面。就好像从晚清到30年代,不断有学者追问中国为何没有史诗,并由此证明中国文学低人一等,日

---

[1] 夏志清:《作者中译本序》。
[2] 夏志清著、刘绍铭等译:《中国现代小说史》,第383页。
[3] 参见李欧梵《光明与黑暗的闸门——我对夏氏兄弟的敬意和感激》,王德威编《中国现代小说的史与学》,第31—35页。

第五章 杰作的发掘与品评

后证明是伪命题[1]。

不过,夏志清这种印象式的中西比较与居高临下的论述姿态,撰写《中国现代小说史》时就已基本定型,此后几十年,以不变应万变,既无长进,也不动摇,每当涉及此话题,总是老调重弹,确实可作为六七十年代冷战背景下美国汉学的标记与化石。2006年夏志清接受《南方周末》记者采访,依旧"妙语连珠":"英国作品比美国作品、中国作品要好。中国作品大都千篇一律,其实唐诗也不好的,诗太短了。""中国古代就不如人家,中国人太乖,唐朝、汉朝都是听上面的话。中国的文学好的太少。中国文人应酬太多。"如此这般,全是简单的判断句,不加论证,但贬抑中国文学的立场倒是很鲜明。下面这段话,几十年前就说过了:"洋人看中国书看得少的时候,兴趣很大;看得多了,反而没有兴趣了。……所以,中国文学弄不大,弄了很多年弄不起来,要起来早就起来了。法国的《包法利夫人》大家都在看,中国的《红楼梦》你不看也没有关系,中国没有一本书大家必须看。"[2]有趣的是,这么偏激的言论,在文化复兴以及大国崛起热潮中,竟没受到强烈抵制——不是大家赞同他的见解,而是晓得他就是这个调子,懒得理会。

---

[1] 参见陈平原《说"诗史"》,初刊《文化:中国与世界》第二辑,生活·读书·新知三联书店,1987年10月;收入《中国小说叙事模式的转变》,上海人民出版社,1988年。

[2] 参见王寅《中国文学只有中国人自己讲》,《南方周末》2007年1月11日。

三、批评家的才华与偏见

半个世纪后重读夏志清《中国现代小说史》,深感作者的艺术感觉很好,但论述相对简单。先是传记资料,后有情节复述,再加戏剧性场景分析,作者明显偏好"悲剧心理"与"讽刺手法",还有宗教道德。按今天学院派眼光,此书逻辑分析欠缺,理论深度不够。记得当年普实克也曾批评其"在评论作家的作品时,除对情节做简短介绍外,他总是停留在几句主观的评论和判断,从未尝试对他们的创作个性做一系统阐述"[1]。对比普实克与夏志清二书,前者的学术视野与理论概括,都在后者之上。可你又明显感觉到,论述相对简单的夏书,更能穿越时间的迷雾。在我看来,所谓"大传统""新批评",都只是撑门面的话,《中国现代小说史》之所以经受得住时间考验,关键在于作者杰出的艺术品鉴能力。

认准"文学史家的首要任务是发掘、品评杰作",夏志清借助大量阅读欧美名著所获得的眼光与趣味,将筛选杰作以及确立经典作为自家的首要任务。如此文学史写作,不讲兼及历史与审美,也不考虑什么进程与现象,主要凭借自己的艺术趣味,一意孤行,大胆立论。2015年香港中文大学出

---

[1] 参见李燕乔等译《普实克中国现代文学论文集》,第224页,湖南文艺出版社,1987年。

第五章　杰作的发掘与品评

版社版《中国现代小说史》附录刘绍铭的《经典之作》，其实是1978年香港友联版及1991年台湾传记文学版《中国现代小说史》的《编译者序》，其中提及："在思想上和对文学的定义上持着与夏志清不同看法的人看来，《现史》无疑是充满了'偏见'的。……偏见人人会有。刘若愚先生说对了，'一个批评家如果没有偏见，就等于没有文学上的趣味'（见 *Major Lyricists of the Northern Sung*, 1974）。"[1]既然我们承认夏志清对于张爱玲、钱锺书的发掘与表彰站得住脚，那么"偏见"也就成了"先知"。

2004年接受季进采访，谈及当下学术潮流，夏志清的口气很严厉："现在流行的这些批评家，你不要去学他们，都是在胡说八道。崔林、威尔逊，还有温特斯、波依斯这些人才是真正的大家，才是真正在研究文学、研究问题，告诉你什么是好文学，什么是坏文学"；"文学史是永远写不完的，要有好坏评判，功力就在于你怎么看出一个作品的好坏"[2]。称文学批评家的主要职责在于准确判断"什么是好文学，什么是坏文学"，这种思路显得很传统，也很老派。还是在那次采访中，夏志清大骂萨义德以及其他新潮理论家，说他们名气很大，但根本不懂文学。类似的话，我在纽约时听他讲

---

[1] 刘绍铭：《经典之作》，见夏志清著、刘绍铭等译《中国现代小说史》，第428页。
[2] 参见季进《对优美作品的发现与批评，永远是我的首要工作——夏志清先生访谈录》。

过多次，这大概是他晚年最大的心病——眼看文学及文学批评没落，而自己无能为力，只能跟朋友及后辈唠叨。在新派学者眼中，不该追问什么是"好文学"，因为不同种族、不同性别、不同阶级各有其标准，就好像鸡跟鸭讲，说不通的。如此反唇相讥，自然也有道理，但还是没能解决文学爱好者的困惑——难道作品真的没有好坏之分？据说，有名家传授经验，只要学好某某理论，面对一纸账单，也能写出一篇漂亮的文学／文化论文。这当然是漫画化的，不足为凭。理论有新旧，趣味有雅俗，只要能自圆其说，就值得尊重。别的老派学者虽也看不惯新潮，但知道挡不住，不说就是了；可夏志清不，他非到处说不可，而且语调十分尖刻，难怪被诸多新派人士视为怪物。

2006年北大座谈会上，有同学询问王德威是否继承夏志清的"学术衣钵"，王德威的回答避实就虚，很有趣："他是一位'语不惊人死不休'的老先生。到了八十五六岁了，仍然'活蹦乱跳'，这个词只能用在夏先生身上，他是极其活泼的一个人。我但愿有他的五分之一的风格，我就觉得很高兴了。这一点我恐怕没有继承。……我们这一代的学者身上或多或少都沾染了一些犬儒的色彩，就算是我们自命眼界更开阔，看到的世界、看到的人生更复杂细腻，可是可能不再像夏先生那一代，对人文主义信仰有那么坚定的信心。"[1] 撇

---

[1] 参见王德威等《想象中国的方法——以小说史研究为中心》，《当代作家评论》2007年第3期。

第五章　杰作的发掘与品评

开政治立场不说，有坚定的信念，喜欢"语不惊人死不休"，这更像是批评家的性格，而不是史学家立场。我猜想，早年相对收敛，获得长聘教授职位，加上《中国现代小说史》暴得大名，夏志清说话更加无所忌惮。说话非说到顶点不可，有时为吸引眼球，甚至故意挑起论战，这种写作策略，让我想到了晚清的刘师培以及"五四"时期的钱玄同[1]。

夏志清晚年的不少答问，我怀疑是刻意求异，追求发言效果。比如多次抨击鲁迅，到了不讲道理的地步。2004年接受采访，夏志清称："我对鲁迅的评价是很低的……鲁迅就懂一点东欧文学和苏俄文学，可是《战争与和平》《卡拉马佐夫兄弟们》都不看，他最喜欢看的是一些画册、木版画什么的，一些大部头的作品，他是不看的。"[2]2006年夏志清又对记者大谈："鲁迅学问并不好，兄弟两个人，他弟弟的学问比他好。说起来最可怜，他是洋文没有学好。鲁迅开头懂点德文，因为念医学。后面忘记了，英文也没有学好。"这还不算，接下来还有："他晚年只写散文，别的事情不做，翻译《死魂灵》，翻得一塌糊涂。鲁迅就写了几篇短篇小说，只有绍兴乡下的作品那些是好的，《故事新编》并不好，长篇都没有。……他作为一个小说家的虚构能力和创造能力是

---

[1] 参见陈平原《激烈的好处与坏处：关于刘师培的失节》，初刊《东方文化》1999年第2期，后收入《当年游侠人——现代中国的文人与学者》增订版，生活·读书·新知三联书店，2006年。
[2] 参见季进《对优美作品的发现与批评，永远是我的首要工作——夏志清先生访谈录》。

没有的。"[1]确实如夏志清所言,"其实骂鲁迅的人和批评他的人很多呀",可夏先生不一样,你是海内外著名的小说史专家,这样谈论鲁迅的小说创作,有点近乎儿戏。有趣的是,别人这么说会被骂死,夏志清不会,因读者不跟他计较——此类话说多了,连杀伤力都没有,这其实挺可悲的。

不纯然是"老顽童",晚年的夏志清,有时得意忘形,有时使气命诗,不是每个人都喜欢他这种风格的。但我以为,坚守立场,特立独行,不管世风,不顾毁誉,直截了当且大声地说出自己的"偏见",这样的批评家,其实很难得。我们这些意志不坚、读书驳杂、努力平衡各种理论及现实的学者,做不到他那样的"快意人生"。上述2017年北京活动现场,王德威回忆夏志清对他的批评,便很有见地:"他说王德威你不能够成为一个批评家,你的致命伤就是你的胆子太小了,你不敢骂人,不敢得罪人。"[2]

四、小说三史与学术四会

按照中国人的传统,2010年10月,夏志清先生九十华诞生日会在纽约举办,友朋及学生济济一堂。我路远没能出席,但为王德威主编的祝寿文集《中国现代小说的史与

---

[1] 参见王寅《中国文学只有中国人自己讲》。
[2]《王德威:夏志清看起来那么欢乐,其实非常压抑和寂寞》,"凤凰网·凤凰文化",2017年10月26日。

学——向夏志清先生致敬》提供一篇旧作《中国学家的小说史研究》。这本论文集的副题是"向夏志清先生致敬"。据说夏先生拿到新书,开始很兴奋,过一会儿又不太高兴了,冒出这么一句:"怎么只说我的现代小说研究?"我那篇2000年的旧作倒是提及夏先生的《中国古典小说导论》,可惜限于篇幅及体例,只是点到为止:"夏著虽也是'旧书'(初版于1968年),但作者艺术品位甚佳,不因所用理论模式'过时'而丧失生命力。"[1]不过,无论公开场合还是私下聊天,我都表扬这部篇幅短小但别出心裁的"导论"。因为,导论性质的书不好写,需要高屋建瓴,举重若轻,还得在详略取舍之中,凸显自家的眼光和趣味。其中,分寸感的掌握尤其要紧,所谓高低雅俗,往往就在字里行间。

2013年底,夏志清先生去世,那时我正在香港中文大学教书,赶紧在《明报》上撰文纪念,提及当年我刚进入晚清小说研究领域,读夏先生的《新小说的提倡者:严复与梁启超》《〈老残游记〉新论》《〈玉梨魂〉新论》等,深受启示。考虑到夏先生还有若干谈论清代小说或清末民初小说的论文,散落在各种中英文集子,二十年前我曾建议将其集成新书,与"古典""现代"两本小说史"鼎足而三"。夏先生听完连声叫好,说是深得我心。文章最后称:"很可惜,

---

[1] 参见陈平原《中国学家的小说史研究》,王德威编《中国现代小说的史与学》,第95—103页。

夏先生最终没能完成此书。但我相信,借助哥伦比亚大学出版社刊行的《夏志清论中国文学》(*C.T. Hsia on Chinese Literature*, 2004),以及他的若干中文集子,选编一册以近代小说为中心的论文集,奉献给中国读者,还是可以做到的。若如是,则夏氏三史,将成为所有研究中国小说的学者都无法绕过去的丰碑。"[1]

为参加台湾"中研院"2015年4月召开的"夏志清先生纪念研讨会",我翻箱倒柜,找到了夏先生三封来信,主要是商谈在北大出版社刊行《中国古典小说》以及撰写新序事。夏先生1998年3月11日来信:"此序早应该写出,《张爱玲给我的信件》仍在《联合文学》连载,我一心不能两用,待《信件》刊毕后,再写新序不迟。"除了自家新序,夏先生还拉上作家白先勇,请他为《中国古典小说》写篇文章,说是北大版有此二文助阵,"当可得到广大的注意"。同年6月12日,夏先生又有指教:"好友白先勇已为台版《古典小说》写了一篇一万三四千字的推介之文,我已过目,标题为《经典之作》。届时我也把此文寄上,请兄代为发表。先勇在国内名气很大,拙著当可更引起学界注意也。"白先勇的推介文章写得很认真,不过,白先生是了不起的小说家,学术研究则非其所长。所谓"1968年夏志清先生的《中国

---

[1] 参见陈平原《追忆夏志清先生:"小说三史"》,《明报》2014年1月3日。

古典小说》由哥伦比亚大学出版,这部书的问世,在中国文学批评史上应是划时代的一件大事",这评价明显过高。至于表扬夏志清讲《西游记》时举出班扬的《天路历程》,讲《红楼梦》则"以陀思妥耶夫斯基小说《白痴》中的主角米希金王子与贾宝玉互相观照",又挠不到真正的痒处[1]。这与其说体现了比较文学研究方法的精妙,不如说英国文学博士出身的作者技痒难忍;此等比附最多也只是逗引对中国文化知之甚少的英文读者的阅读兴趣,没必要特别表彰。

夏先生《中国古典小说》的两个译本,日后在大陆、港台刊行,不再劳我费神。不过,我提议他出版与"现代小说""古典小说"鼎足而立的"近代小说",甚得他欢心;于是1997年11月5日来信,大谈新书构想:"我其他论中国小说的文章上除了大函上提到的三篇(严梁、老残、玉梨魂)外,还有其他诸篇,可以出本专书。有关古典、近代的有:《隋史遗文》重刊序;文人小说家与中国文化——《镜花缘》新论;中国小说、美国评论家——有关结构、传统和讽刺小说的联想;Plake红楼梦专著长评见哈佛学报;此外论汤显祖那篇也可放入。"2004年哥伦比亚大学出版社的 *C.T. Hsia on Chinese Literature*,以及2017年香港中文大学出版社的《夏志清论中国文学》,已将上述各文悉数收录,

---

[1] 参见白先勇《经典之作——推介夏志清教授的〈中国古典小说〉》,《树犹如此》,第148—152页,(台北)联合文学出版社,2002年。

我的建议算是有了着落，虽然不叫"近代小说史"。

从1978年为《中国现代小说史》中译本撰序，提及《晚清小说史》的写作计划，或者"索性把题目扩大，写部《红楼梦》之后和'文学革命'之前的中国长篇小说研究"，到与我通信的1997年，夏先生为何没能完成"小说三史"的夙愿？主要原因是最后十几年身体不好，且精力放在编注张爱玲信件，先是连载于《联合文学》1997年4月至2002年7月，后正式成书。夏志清编注的《张爱玲给我的信件》[1]，让"张迷"欢呼雀跃，也给文学史家留下很多有用的资料。至于拟议中的近代小说史，即便勉力成书，也都可能老手颓唐，无复早年的灵性与霸气了。

我和夏志清先生不算熟，记忆中与他相关的活动，主要是下面四次演讲/对话/研讨会。第一，1997年我和夏晓虹在哥伦比亚大学访学那四个月，多有请益。我应邀在哥伦比亚大学做专业演讲，他跑前跑后拍照，热心得我都不好意思了。对他的最初印象，首先是无限热爱美国（尤其纽约），说是好得不得了；其次，口快心直，如见面就跟我说，你英语不好，别留在美国；最后，格外自信，经常自我表扬，说到得意处，不断追问你：我是不是很聪明？是不是很伟大？

第二，2005年10月，因哥伦比亚大学出版社刊行英文

---

[1] 夏志清编注：《张爱玲给我的信件》，（台北）联合文学出版社，2013年；长江文艺出版社，2014年。

第五章　杰作的发掘与品评

版《夏志清论中国文学》，王德威在纽约组织"夏氏兄弟与中国文学国际学术研讨会"，我共襄盛举，但没有发言。事前王德威告知，喜欢热闹的夏先生，现在很寂寞，大家帮衬着，让他开心开心。记忆中，与会专家都很捧场，欣然接受夏志清的表扬与自我表扬。夏志清说，王德威为他办会，是因为感到愧疚，不该从哥大跑到哈佛去；转过身来，又称韩南是排在他之后的最伟大的小说史家。

第三，当初报名参加2015年台湾"中研院"召开的"夏志清先生纪念研讨会"，一直拿捏不准，这会议的主旨到底是"纪念"还是"研讨"。到了会场，除了谈刚出版的《夏志清夏济安书信集》，白先勇、李欧梵等一大批夏先生的老朋友话锋一转，从学问到性情再到诸多八卦，连夏夫人王洞也都大爆料，让参会的年轻学者很兴奋，觉得这老辈学者真有趣。

第四，上次课上提及2006年10月北大座谈会，记录稿《海外中国学的视野》收入我编的《文学史的书写与教学》。因座谈会副题"以普实克、夏志清为中心"，吴晓东教授提及他为夏志清《中国现代小说史》撰写书评，受到纽约大学张旭东教授严厉批评："他说此书在理论上不堪一击，在意识形态上偏见重重，在文学阅读上是小儿科，……这些冷战学术还有多少人要读呢？除了作意识形态史的研究的史料。"吴教授很谦虚，说是遭受这顿劈头盖脸的批评，很有挫败感，想向王德威当面请教。这样的问题，让王德威怎么回应？我当时真有点担心，没想到他四两拨千斤："在1961年出版了他的《中国现代小说史》，这本书不可讳言的，在今天已经显示了它的所谓历史里程碑式的意义。里程碑的意义有两种，一种是它的绝对不可推翻的断代意义，另外它的确当然也是过时了。"以"里程碑"作答，反过来谈我们后辈学者该如何反省："是不是有太多的时候，我们也是迫于我们这个时代的——就算是不以冷战为名，而以其他不同的政治主张为前提的各种各样的学术姿态，而忽略了文学史本身的驳杂和多样性呢？"[1]

理解上一代人的贡献，也明白他们的局限，具体到夏志清这样"老派"的批评家，我始终记得李欧梵的提醒：他们不喜欢也不擅长挥舞某些现成理论，而是"从欧洲人文主义的深厚传统中提炼出他们自己的理论形态"，你可以不同意他们的立场，但其借助阅读"伟大的文学作品"来"探索受苦灵魂的深处以及人性里邪恶的根源"，进而"重建人类尊严"[2]，是值得我们尊重乃至敬仰的。

---

[1] 参见王德威等《海外中国学的视野》，载陈平原编《文学史的书写与教学》，第69—128页，北京大学出版社，2018年。
[2] 参见李欧梵《光明与黑暗的闸门——我对夏氏兄弟的敬意和感激》，王德威编《中国现代小说的史与学》，第28—29页。

第六章

色情小说与翻译研究

——关于《中国近代小说的兴起》及其他

《中国近代小说的兴起》,
上海教育出版社,2004年

前哈佛东亚系教授、哈佛燕京学社社长韩南先生（Patrick Hanan, 1927—2014）2014年4月27日去世，同年9月12日，哈佛东亚系及哈佛燕京学社联合举行追思会，我路远无法参加，发去短信，请人代读："今年2至6月，我在北京大学为研究生开设'中国现代文学学科史'专题课，涉及海外中国研究的贡献，专门讨论了韩南先生。这既是基于学术史判断，也缘于友情，以及某种不祥的预感。课讲完了，轮到研究生讨论，时间定在5月8日。上课那天，发言的两位研究生表情异常严肃，将课程报告做成了学术纪念会，向刚刚去世的韩南先生致敬。正因为带着很大的敬意与热情，这两位同学当初的报告以及期末提交的论文，都出乎意料地好。从1990年在《人民日报》上为韩南的《中国白话小说史》撰写书评起，二十多年间，我一直关注韩南先生的研究与著述。只不过，双方都习惯于'君子之交淡如水'，真正见面请教的机会其实极少。让我感到特别高兴的是，韩南先生的工作不仅赢得了我们这一辈学者的尊敬，也能被下一辈学者欣然接纳与传扬。"[1]今天再一次讲授韩南,因疫情阻隔,改为线上教学,反而可以说得更仔细些。

一、如何被中国读者接纳

在陈思和、王德威主编《史料与阐释》第三期中,有《韩南纪念文集》,收录李欧梵、伊维德、白芝、大木康、陈平原、商伟等发言及文章共二十四则。其中哈佛大学终身荣誉教授伊维德(Wilt L. Idema)的发言中有这么一段:"光看帕特的著作就会发现他是个一丝不苟的作家,不仅对基本的原始材料了如指掌,还能凭借独到的批判眼光和扎实的功底吸收二手研究成果。他把自己的研究范围严格限定在同一个文类里——那就是传统白话小说——并且关注该文类在一个整个世纪里的发展。从这个意义上说,他对此后各阶段的研究大都得益于对早期传统的熟稔。在英语世界,没有哪个现代学者能如此清楚地了解从《金瓶梅》《平妖传》到传教士作品和傅兰雅的小说大赛这一整个传统白话小说的发展过程,也没有哪个现代学者能如此充分地掌握原始材料以及传统白话短篇小说的兴衰由来。把他的著作译成中文是理所当然的事。我很希望看到他在 1973 年完成的《中国短篇

---

[1] 参见陈思和、王德威主编《史料与阐释》第三期,第 18 页,复旦大学出版社,2015 年 12 月。

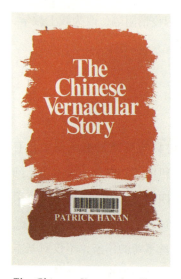

The Chinese Vernacular Story, Harvard University Press, 1981

《中国白话小说史》,浙江古籍出版社,1989年

小说：年代、作者、作品研究》(The Chinese Short Story: Studies in Dating, Authorship, and Composition)能尽快翻译出版，我一直觉得这本书是研究早期话本必读的基础性著作，其清晰的论证方法任何人都能读懂。"[1]

我赞成伊维德先生的见解，以韩南著述之精彩，"把他的著作译成中文是理所当然的事"。不过，不仅《中国短篇小说：年代、作者、作品研究》早就被译成中文，韩南的主要著作基本上都译成中文了，这在海外汉学家中是不多见

---

[1] 参见陈思和、王德威主编《史料与阐释》第三期，第15—16页。

第六章 色情小说与翻译研究

的。据段怀清《韩南著述目录简编》,作为学者及翻译家的韩南,有英文著述(包括单篇文章)二十三种,英译中国小说八册;至于其著述(包括单篇文章)被翻译成中文的,共十四种[1]。70年代,台湾学界开始译介韩南的论著;80年代以后,大陆学界急起直追,这与韩南出任哈佛燕京学社社长(1987—1996)不无关系。这里丝毫没有讥讽的意思,而是想指出,韩南性格内敛,温文尔雅,若非特殊的位置,不会那么广受关注。

1981年北京大学出版社刊行乐黛云编《国外鲁迅研究论集》,对其时中国学者的冲击,我记忆犹新。其中收录张隆溪译《鲁迅小说的技巧》,更是让中国学者大开眼界。1987年上海古籍出版社推出徐朔方编选校阅、沈亨寿等译《金瓶梅西方论文集》,开篇就是韩南的《〈金瓶梅〉探源》。几乎从一开始,中国学界接纳韩南,就是兼及古代与现代。不算单篇论文,韩南译成中文的著作有以下六种:

1. 韩南著、王秋桂等译:《韩南中国古典小说论集》,(台北)联经出版事业有限公司,1979年。
2. 韩南著、尹慧珉译:《中国白话小说史》,浙江古籍出版社,1989年(*The Chinese Vernacular Story*,

---

[1] 参见段怀清编《韩南著述目录简编》,陈思和、王德威主编《史料与阐释》第三期,第63—72页。

Cambridge, Mass.: Harvard University Press, 1981)。

3. 韩南著,王青平、曾虹译:《中国短篇小说》,(台北)"国立"编译馆,1997年(*The Chinese Short Story*; *studies in dating, authorship, and composition*, Cambridge, Mass.: Harvard University Press, 1973)。

4. 韩南著、王秋桂等译:《韩南中国小说论集》,北京大学出版社,2008年。

5. 韩南著、徐侠译:《中国近代小说的兴起》,上海教育出版社,2004年;[增订版],2010年(*Chinese Fiction of the Nineteenth and Early Twentieth Centuries*: *Essays*, New York: Columbia University Press, 2004)。

6. 韩南著、杨光辉译:《创造李渔》,上海教育出版社,2010年(*The Invention of Li Yu*, Cambridge, Mass.: Harvard University Press, 1988)。

1979年联经版《韩南中国古典小说论集》收文七篇,2008年北大版《韩南中国小说论集》纳入我主编的"文学史研究丛书",收文十四篇。后者之所以取消"古典"二字,因包含《白话翻译小说的第二个阶段》和大名鼎鼎的《鲁迅小说的技巧》[1]。书稿很整齐,版权又是作者亲自交涉,交给北大

---

[1] 记得书稿是韩南托人送来的,其中含一英文论文《白话翻译小说的第二个阶段》,我请夏晓虹指导的博士生李静帮助翻译。

第六章　色情小说与翻译研究

《韩南中国小说论集》,北京大学出版社,2008年

出版社后,我就不再过问了。等拿到样书,才发现缺少原作者序言——在他是一贯的低调,在我则大意失荆州。好在每篇文章都加注了初刊及译本出处,读者很容易了解他与国内外学界的对话关系。

反而是2004年版《中国近代小说的兴起》没有为每篇文章注明出处,实在可惜。这一点,2010年增订版的《译者后记》做了说明:初版九章中,《〈风月梦〉与烟粉小说》《中国19世纪的传教士小说》《新小说前的新小说》此前有英文刊本,"除了这三篇以外,《中国近代小说的兴起》初版中的其他论文均属首次发表,甚至比韩南先生英文原作的发表时间还要早"[1]。这个说法不准确,因书中《论第一部汉译小说》最初在 2000 年 8 月北大召开的"晚明与晚清"国际学术研讨会上发表,收入湖北教育出版社 2002 年版《晚明与晚清:历史传承与文化创新》(陈平原、王德威、商伟编)。

二十年前,我曾撰写《中国学家的小说史研究——以中国人的接受为中心》,称以前我们对国外学界了解甚少,接纳严重滞后,改革开放后逐渐摸索,现已"能够较为准确地判断海外中国学的高低优劣,并在原著出版后不久(五年左右)推出中译本,这证明中国的学术界毕竟有了长足的进步"[2]。没曾想,到了韩南晚年,《中国近代小说的兴起》竟然可以同年刊行英文版和中文版——后者甚至在 2010 年推出了增订版。可以这么说,今天关注韩南小说史研究的,中国学界占主导地位。这对于毕生从事中国小说研究的汉学家来说,应该说是莫大的欣慰与荣耀。

二、说书人与叙述者

我与韩南先生见面较晚,但读他的书,甚至为其撰写书

---

[1] 韩南著、徐侠译:《中国近代小说的兴起》[增订版],第 241—242 页,上海教育出版社,2010 年。
[2] 参见陈平原《中国学家的小说史研究——以中国人的接受为中心》,《清华汉学研究》第三辑,清华大学出版社,2000 年 2 月。

第六章　色情小说与翻译研究

评,却在此前十年。1989年韩南的《中国白话小说》中译本刊行,我在1990年9月27日《人民日报》上发表书评,题为《说书人与叙述者——读〈中国白话小说史〉随想》,大意如下:

20世纪以前的中国白话短篇小说,历来不大为学者所重视。这可能跟以下两种论调有关:一是胡适在《论短篇小说》中指出的,"白话的短篇小说,发达不久,便中止了"[1];二是郑振铎在《中国小说的分类及其演化的趋势》中提及的,此类小说承袭说书风格,关键"在讲述而不在于著作"[2]。这两种说法合起来,使学界满足于区分所谓的"话本"与"拟话本",而对"三言二拍"以后的作品大都不屑一顾。于是,中国小说史也就成了"唐传奇—宋元话本—明清章回小说"这么一个体裁进化的序列。

美国哈佛大学教授韩南所著《中国白话小说史》中译本的出版,或许有利于纠正这种偏向。从1967年的《早期的中国短篇小说》,到1973年的《中国短篇小说:年代、作者与作法研究》,再到1981年的《中国白话小说史》,韩南一直致力于中国白话短篇小说的研究:一、引进"叙述者"这个概念,反对将早期白话小说与口头文学混同起来,摒弃学界盛行的"话本"与"拟话本"二分法;二、主张"中国的

---

[1] 参见《胡适古典文学研究论集》,第688页,上海古籍出版社,1988年。
[2] 参见《郑振铎古典文学论文集》,第333页,上海古籍出版社,1984年。

短篇小说有其清晰的向来未受人重视的历史",并非只是凝定不变或越变越酸腐说教。这一学术思路,在《中国白话小说史》中得到最为明显的表露,也取得了较令人满意的成绩。

以往学界强调中国白话小说承袭说书风格,多从发生学角度追踪说书风格是如何进入小说创作,而不是小说创作如何逐步摆脱说书风格。于是,关于说书人的家数、说书艺人的生平、说书体制的确立及其演变,成了小说史研究界的热门话题。韩南也不否认对说书人的模仿是中国白话小说的一个重要特征,并将这一模仿概括为:"把故事说得非常明白显露,假设向听众提问,和听众相互交谈,换用各种不同的语气,每件作品的风格都相对统一。"[1] 只是照韩南的思路,这些都还只限于"叙述者层次",白话小说的发展还牵涉"风格层次""结构层次""语音层次"等;即使限于"叙述者层次",由于文人介入创作过程,也由于"文言文学向白话文学的扩展",小说中的叙述者实际上已经发生很大变化。至于绝大部分白话小说仍沿用说书人口吻,那只是表面现象,不能说明其叙事方式不曾发生变化。随着早先"带普遍性的叙述者"逐渐为"有个性的叙述者"所取代,作家有可能借助于叙述者来调节其与人物故事之间的关系,体现其

---

〔1〕 韩南著、尹慧珉译:《中国白话小说史》,第20—21页,浙江古籍出版社,1989年。

第六章　色情小说与翻译研究

审美意向。当然其间有利有弊（如凌濛初小说中的叙述者是个性化的，可人物却趋于一般化），可毕竟为艺术的多样化发展开辟了道路。

从故事情节看，白话短篇小说家确实没多大出息，不外在原有的口头传说或文言小说上，再做一些改造加工。难怪好多学者做完本事考辨，为每篇小说找到"娘家"后就不耐烦再弄下去了。韩南则相当器重这些不大起眼的"改造加工"，因为在他看来，好作家好作品都并非"横空出世"，总是"在传统常见的类型上加上了自己的特色"。正是这特色体现了作家的追求，也决定了其在小说史上的地位。在众多可能出现的特色中，韩南论述最为成功的是叙述者的变化。同一事件的不同叙述，可能获得完全不同的艺术效果。叙述者作为作者与读者的中介，其叙述语调、倾向性与可信赖程度，蕴涵着丰富的意识形态内涵。若着眼于"叙述者"而不是"故事情节"，则冯梦龙、凌濛初不同于不知名的早期白话小说家，李渔又与冯、凌二氏有别，而艾衲的《豆棚闲话》则"标志着和中国白话小说本身的基本模式和方法的决裂"[1]。所有这些，无疑都值得认真研究。找到了"叙述者变迁"这个观察角度，韩南方才能发前人所未言，肯定艾衲等人在小说发展史上的贡献（这绝不只是搜遗钩沉），并借以重新勾勒中国白话小说的发展线索。

---

[1] 参见韩南著、尹慧珉译《中国白话小说史》，第191页。

作为一位美国汉学家,在研究中国小说时,很难不受本国小说理论发展的影响。这既是其长处——提供中国学者所不具备的新视角,又可能是陷阱——弄不好削足适履,强使中国小说为本国小说理论作证。韩南在设计该书的研究框架时,无疑借鉴了从卢伯克《小说技巧》、弗莱《批评的解剖》、瓦特《小说的兴起》,到布斯《小说修辞学》等诸家著述;可贵的是,在具体操作时,作者非常注意掌握分寸,避免用19世纪以后西方小说的叙事技巧来苛求或硬套15、16世纪的中国小说。叙事学理论是当今西方学界最引人注目的批评方法之一,有一整套概念术语及操作规则,大大超过了20世纪以前中国白话小说的理论承受力。韩南实际上主要抓住带普遍适应性的叙述者与隐含作者之间的关系来展开论述,这种简化理论设计的处理方式,我以为是可取的。因为,对于文学史家来说,最困难的很可能不是对某一理论模式的选择,而是在如何选择中进行转换,使其在具体的操作过程中能得心应手,而不至于由于理论与对象之间的距离显得僵硬粗疏。

其次,白话小说的发展不只是叙述者的演变,韩南尽管把"叙述者层次"作为该书展开论述的主要角度,但绝不是唯一的角度。在构建该书的理论框架时,他"有意识地调和各家学说",区分小说分析的十个不同层次(如叙述者层次、风格层次等),并以之作为剖析一部叙事作品的基本方法[1]。

---

[1] 参见韩南著、尹慧珉译《中国白话小说史》,第15—19页。

第六章　色情小说与翻译研究

对不同作家作品,韩南根据其特点侧重某一层次的分析;在注重叙述者层次分析时,又强调其与其他层次的沟通。比如,分析凌濛初小说中叙述者的个性化时,指出"这些特点是由于凌濛初小说的主调是喜剧和讽刺";分析《豆棚闲话》中出现背景叙述者与前台叙述者的分别,是因为小说的重心已从对故事的讲述转向对故事的解释[1]。这些阐释都有利于读者对小说的阅读和理解,而不是单纯的技术性炫耀。作为一种理论尺度,以复杂多变的"叙述者",取代统一单调的"说话人",可以使人们对中国白话小说的理解大为加深:在表面的说书风格长期滞留中,实际上有过若干艺术家的探险,而且并非毫无成效,古代小说家并不像以往人们想象的那么缺乏创新意识。

最后,在国外汉学家中,韩南以兼长理论分析与实证研究著称。灵活的思辨与严谨的学风,在这部著作中同样得到体现。对早期短篇小说的年代确认,对《醒世恒言》作者的考辨,都可见作者的学术功力(参阅作者的《中国短篇小说:年代、作者与作法研究》)。而该书之所以考证不陷于琐碎,分析不流于空泛,与作者的兼治二者大有关系。这种治学路向,或许正是国内不少学者所缺乏的。

如果说对该书有什么不满足的话,主要还不在于十个层次的分析方法未能贯彻全书,而是作者没有正面回答半个多

---

[1] 参见韩南著、尹慧珉译《中国白话小说史》,第142、195页。

世纪前胡适的挑战：为什么中国白话短篇小说17世纪以后迅速衰落；或者如该书所称的，艾衲的变革为什么不为后世作家所继承？章回小说、文言小说在20世纪的中国，被挤到小说界的边缘，那是因为西方近代小说的冲击；而白话短篇小说的衰落早在此之前，是什么原因促成的？是社会变迁还是小说体制自身的缺陷？作为一部以白话短篇小说变迁为对象的研究专著，不涉及这问题未免可惜。因为，在我看来，一种体裁的衰落，与其兴起一样，潜藏着制约规定其发展路向的某种特质。可惜人们往往注意了后者，而不恰当地忽略了前者[1]。

上述写于三十年前的书评，其基本立论今天看来依旧成立。据说韩南先生对此文相当欣赏，认为评价中肯。作为哈佛燕京学社社长，韩南向北大提议让我去哈佛进修一年；校方认为有更合适的人选，这位绅士也就不再坚持了。回美国后，韩南多次深表惋惜，可从未跟我提及此事。

报纸书评篇幅有限，只能点到为止。当然，另外也可藏拙。比如括号里的"参阅作者的《中国短篇小说：年代、作者与作法研究》"，当初我并未读到完整的英文或中文版。尹慧珉在《中国白话小说史》的《译者说明》中提及此即将由春风文艺出版社刊行的大著，称"《中国白话小说史》则是

---

[1] 参见陈平原《说书人与叙述者——读〈中国白话小说史〉随想》，1990年9月27日《人民日报》；又见陈平原《小说史：理论与实践》第52—56页，北京大学出版社，1993年。

第六章　色情小说与翻译研究

在前书研究成果的基础上,进一步探讨各时期、各作者的风格特色以及中国古代白话小说史中各层次的发展规律,对有些篇章重点地作了深入探讨"。其实,王青平、曾虹译《中国短篇小说》1997 年才由台北的"国立"编译馆刊行。我当初读到的,仅有刊登在《明清小说研究》第三辑(中国文联出版公司,1986 年 4 月)上的《中国短篇小说研究:时期、作者、作法》(之一),以及 1979 年台北联经版《韩南中国古典小说论集》中的《早期的中国短篇小说》。借助此二文,我大致了解韩南此书的研究思路及理论模型,但不敢细说,深怕说多了露怯。日后读韩南《中国短篇小说》,对其透过严谨的考据,"发掘早期白话小说史,主要的是系统地找出这些小说可靠的写作年代,同时也要弄清楚小说的作者、写作地点和如何写作的问题"[1],深感敬佩,并庆幸自己当初发言谨慎,没有大言欺世。

有一点本该更为关注,可惜我错过了,那就是李渔这一章。受林语堂《生活的艺术》启发,我也曾对李渔产生浓厚兴趣。作为才华横溢的文人,李渔著述多样(如理论著作《闲情偶寄》,剧本《笠翁十种曲》,短篇小说集《无声戏》《十二楼》,还有诗文集等),且基本上都保存下来了。别的作家也会谈写作宗旨,但大都端着架子;不像李渔将文人

---

[1] 参见韩南著,王青平、曾虹译《中国短篇小说》,第 6 页,(台北)"国立"编译馆,1997 年。

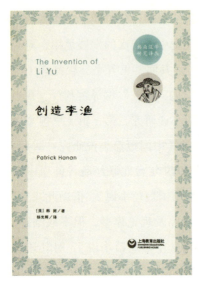

《创造李渔》,上海教育出版社,2010年

生活的正面、侧面与背面,连同出版的经过、演出之艰辛以及打秋风的尴尬,全都写下来了。要想理解或解剖中国古代文人生活,这是个极为精彩的案例。更重要的是,那种喜剧精神、享乐主义以及审美的生活态度,在中国十分难得[1]。为什么当初我没有更多关注这一章,因此书谈论的是短篇小说,只涉及《无声戏》和《十二楼》,而没有讨论到那部备受争议的长篇小说《肉蒲团》。没想到这只是铺垫,日后韩南将与李渔展开更为深入的对话。就在英文版《中国白话小说史》刊行七年后,韩南在哈佛大学出版社刊行《创造李渔》(The

---

[1] 参见韩南著、尹慧珉译《中国白话小说史》,第162—169页。

Invention of Li Yu, 1988）；又过了两年，英译本《肉蒲团》（1990）及《无声戏》（1990）出版；再过两年，又从《十二楼》中选译了《夏宜楼》等六篇（1992）。可以这么说，李渔之进入欧美读者及学界，韩南厥功至伟。

三、从《金瓶梅》到《肉蒲团》

韩南1960年在伦敦大学亚非学院以《金瓶梅》研究论文获博士学位，现收入《韩南中国小说论集》中的《〈金瓶梅〉的版本及其他》《〈金瓶梅〉探源》二文，便是在博士论文的基础上修订而成。后者尤其显示其治学风格，那就是兼及考证功力与理论修养，徐朔方编选《金瓶梅西方论文集》将其放在第一位，不是没有道理的。《金瓶梅》从《水浒传》说起，这点众所周知；韩南长文分节钩稽其与白话短篇小说、文言短篇小说、宋史、戏曲、清曲、说唱文学的联系，这与中国学者的研究路数比较接近。可在"结论"部分，韩南强调"重要的不是引用本身，而是它的性质和目的"。具体到《金瓶梅》的引用，韩南强调以下几点："作者仰仗过去文学经验的程度远胜于他自己的个人观察"；"引文包括明代文学的全部领域"；"内在的一致性是小说的又一特征"[1]。这种带

---

[1] 参见韩南著、王秋桂等译《韩南中国小说论集》，第261—264页，北京大学出版社，2008年。

有欧洲汉学特色,而又浸染美国学术风格的治学路数,跟他所受教育及工作环境有密切关系。无论《中国短篇小说》还是《中国白话小说史》,令人眼花缭乱的考证只是技术手段,背后的理论预设才最为关键。李欧梵在《韩南教授的治学和为人》中提及,"但令我最吃惊的是:韩南教授对于西方文学理论——特别是法国的'叙事学'——十分精通,却深藏不露,最近在讨论翻译理论时,他又不慌不忙地说:'我看了不少理论的书,觉得……'"[1]这种深研理论但从不炫耀、所有著述仍以资料丰赡考证精微见长的治学风格,在美国学界独树一帜。

《金瓶梅》有很多色情描写,不用提醒,所有读者都明白。但另一方面,"《金瓶梅》和中国早期的色情传统有关,这一点以前从未提及"。在《〈金瓶梅〉探源》中,韩南特别指出《金瓶梅》与文言色情短篇小说《如意君传》的联系,尤其是"《金瓶梅》惯于在大段色情描写中插入日常对话,《如意君传》也有同样情况"[2]。这是学者的考证溯源,可也包含某种阅读趣味。老派的欧美绅士,喜欢不动声色地阅读、品鉴色情小说,这是一个悠久传统,不仅不粗俗,而且很优雅。

1927年生于新西兰的韩南,1948年毕业于新西兰大学

---

[1] 参见李欧梵《韩南教授的治学和为人》,韩南著、徐侠译《中国近代小说的兴起》,第243页,上海教育出版社,2004年。

[2] 参见韩南著、王秋桂等译《韩南中国小说论集》,第242—245页。

第六章　色情小说与翻译研究

后，转入伦敦大学，开始研究英国中古历史传奇，后改读中国古典小说戏曲，博士论文以《金瓶梅词话》为题。1957—1958年得到留学奖学金，得以在北京进修一年。在这期间，韩南得到郑振铎、吴晓铃等著名学者的悉心关照。吴将家藏善本让韩南带回住处抄录[1]，郑则特批卖给伦敦大学图书馆一部《金瓶梅词话》——那套1957年人民文学出版社（以文学古籍刊行社名义）刊行的影万历本《金瓶梅词话》（配崇祯本插图），当初只印行一千套，专供高级干部和专家学者使用。

在中国学界，吴晓铃（1914—1995）不以著书立说见长，其学问功力主要体现在校注《西厢记》、编校《关汉卿戏曲集》，以及《古本戏曲丛刊》上。擅长校注的学者，一般短于理论思辨，也缺乏整体把握能力，但在其关注的领域，往往出入经史子集，以知识渊博著称。吴先生在古代小说、戏曲、宝卷方面收藏甚丰，这在学界早已不是秘密。与在公共图书馆借阅善本书之艰难形成鲜明对照，到吴先生家读书，很舒适，且更有效率。1998年，韩南与米列娜合编英文书《追怀吴晓铃》（*Wu Xiaoling Remembered*，PRAGUE，1998），有十二位欧美学者参与撰文。汉学家们集中追忆的，都是吴晓铃如何帮助他们从事中国文化研究。中国人对待汉

---

[1] 参见商伟《韩南先生的最后礼物》，陈思和、王德威主编《史料与阐释》第三期，第19页。

学家的态度,一般都相当友善,为何韩南等格外感怀吴晓铃?我想,个中缘由,除双语交流的便利之外,一是丰富的藏书,二是广博的学识,三是优雅的生活趣味,借用其中一篇短文的题目,那便是"吴晓铃——学者的典范、真正的北京人、难以忘怀的朋友"[1]。

韩南当初在吴晓铃家所见古籍珍本,到底有哪些,是否包括李渔的《肉蒲团》,没有确凿资料。但我注意到,韩南1988年英文版《创造李渔》第六章即题为"情色作者";2006年12月为《创造李渔》中译本撰序,结尾是:"我要特别感谢中国社会科学院的吴晓玲教授、日本东京大学的伊藤漱平教授,感谢他们允许我使用他们自己收藏的李渔作品的珍稀版本。"这里所说的珍稀版本,很可能包括"第一淫书"《肉蒲团》。

吴晓玲收藏清代木刻本《肉蒲团》,且喜欢介绍给汉学家。1964年1月中法建交,第一批派到中国去的留学生中,班文干(Jacques Pimpancan)的中国导师便是中国社科院文学研究所的吴晓铃先生。接受这位法国学生后,你猜吴先生怎么教?送一本乾隆年间刊行的"绣像风流小说"《肉蒲团》,然后师生对讲。日后学生归去,便有了第一个《肉蒲团》的法译本。拿《红楼梦》当课本,学习汉语及中国文学,这样的雅事,我听说过。但拿《肉蒲团》作汉语教材,

---

[1] 参见陈平原《汉学家眼中的中国学者》,《群言》1998年第12期。

第六章　色情小说与翻译研究

可就真的有点儿匪夷所思了。不过，话说回来，明清色情小说中，《肉蒲团》确实是最优秀的。再说，传统中国，小说本就是消闲读物，要说文字娴熟而又"不登大雅之堂"，没有比《肉蒲团》更合适的了。2004年我到法国东方语言文化学院客座，班文干教授已在几年前退休，无缘当面请教。不过，法国科学研究中心的陈庆浩先生称，这逸事绝对不假，因为，是吴晓铃亲口告诉他的。陈先生主编收录了五十种明清色情小说的"思无邪汇宝"（台湾大英百科股份有限公司，1994年），其中《肉蒲团》一书，底本用的就是东京大学东洋文化研究所、哈佛大学哈佛燕京图书馆、北京吴晓玲以及巴黎班文干均有收藏的这乾隆年间刊本[1]。

在《论〈肉蒲团〉的原刊本》中，韩南提及这"半页，十行，二十五字"的清代木刻本，称此版本"保存在东京大学东洋文化研究所图书馆和哈佛燕京图书馆，并且还至少见于一家私人藏书"[2]。1990年我第一次出访日本，东京大学的朋友赠送我一批国内难得一见的古籍珍本影印件，其中就包括藏东京大学东洋文化研究所的《肉蒲团》。书我是读了的，但从不敢向人炫耀，更不要说拿来当教材。今天的教授没那个胆量，学生也不是当年的韩南或班文干。不动声色地谈论色情小说，需要个人修养，也需要政治、文化氛围。目前的

---

[1] 参见陈平原《大英博物馆日记（外二种）》，第259—260页，生活·读书·新知三联书店，2017年。
[2] 参见韩南著、王秋桂等译《韩南中国小说论集》，第312页。

中国大学课堂很难做到,起码我是不敢开这样的专题课的。

陈建华这样描述韩南在哈佛给研究生上课:"很幸运,我上过他两门研讨班课,各读一部小说,即《金瓶梅》和《海上花列传》。开始我不那么习惯,每次课上讨论数回,但渐渐地我领会到那种精读细品的好处。韩南先生不提自己的研究,也避免任何先入之见,完全放开让同学各抒己见。那种课堂讨论的状况很像是五方杂处、众声喧哗。"[1]我知道欧美大学的研究生课程怎么上,碰上《金瓶梅》这样"活色生香"的文本,还不七嘴八舌,说到天上去?讲中国小说史,我会涉及这部名著;但开专题课,带学生文本细读,那我做不到。

李欧梵曾提及自己90年代初到哈佛客座,夜里独览韩南的《肉蒲团》英译本,时而看中文,时而看英文,发现原文粗糙,"远不及英文译文之令人莞尔,真是妙在不言中"。这还不够,又加了这么一句:"韩南先生平日不苟言笑,不知他译《肉蒲团》时作何态度?我猜他一定和我一样,将这本'淫书'作为'笑书',从文字转译中得到无比的乐趣。"[2]能把"淫书"当"笑书"读,欣赏译文与原文之间的差异,这固然是学者的个人修养,也与社会的宽容度大有关系。是否真可以由李渔的喜剧性联想到英美文学中的王尔德

---

[1] 参见陈建华《怀念韩南先生》,《南方周末》2014年6月6日。
[2] 参见李欧梵《韩南教授的治学和为人》,见韩南著、徐侠译《中国近代小说的兴起》,第244页。

第六章　色情小说与翻译研究

和萧伯纳,这很难说;但不回避这"情色作者"之撰写《肉蒲团》,对于理解李渔这么一位纵横文坛、剧场及商海几十年,尊崇享乐主义的个性化作家,是十分必要的。

四、传教士与翻译小说

韩南进入近代小说研究领域,已经是晚年。不算1974年的《鲁迅小说的技巧》,收入2004年中英文版《中国近代小说的兴起》中各文,写作时间最早的是初刊1998年《哈佛亚洲研究学报》的《〈风月梦〉与烟粉小说》。考虑到韩南学风严谨,没把握不轻言著述,七十岁前后的学术转向,此前应已多有伏笔。即便如此,商伟的总结还是值得注意:"自90年代以来,韩南先生主要转向晚清小说研究。他结合考据、历史和文学史的解释,以及翻译注释,为晚清小说拓展出了一个新的空间,也迫使我们重新估价19世纪中国小说叙述的内在活力和创造性。尽管很早就写过关于鲁迅小说的论文,但对先生来说,晚清研究毕竟是一个新的领域,而且小说作品和各种报刊史料浩如烟海,漫无际涯,先生以近七十岁的高龄,转入19世纪的文学,却在很短的时间内,通过一系列精彩的个案研究,为自己找到了突破点。"[1]

---

[1] 商伟:《韩南先生的最后礼物》,陈思和、王德威主编《史料与阐释》第三期,第19页。

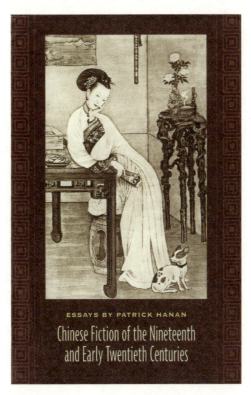

Chinese Fiction of the Nineteenth and Early Twentieth Centuries: *Essays*, Columbia University Press, 2004

第六章 色情小说与翻译研究

韩南先生的衰年变法,短短十几年,竟有如此业绩,实在值得庆贺。收入《中国近代小说的兴起》中各文,按作者的自述,大致分为三组:第一个主题是关于19世纪至20世纪初中国小说家的技巧的创造性;第二个主题即西方人对中国小说的介入;第三个主题乃关于20世纪早期的写情小说[1]。

重小说技巧而轻道德立场,表彰狭邪小说《花月痕》《海上花列传》《风月梦》艺术上的创造性,既是海外汉学的特点,也与韩南本人历来关注艺术形式的演进有关。不把梁启超的"新小说"当作中国现代小说的开篇,称扬《风月梦》描写扬州以及活跃其中的文人,故"堪称是中国的第一部'市井小说'",再连上"第一部也是最伟大的一部上海小说"《海上花列传》[2],由此建立都市文学以及现代小说的谱系,虽也自成一说,且眼下颇为时尚,我是不太以为然的。

至于韩南之讨论吴趼人及写情小说,主要贡献在于将《恨海》与《禽海石》相勾连:"《恨海》与仅比它出版早五个月的小说《禽海石》的关系,可以通过相近情节元素的累积,而不是任何文字上的借用来建立。"没有直接证据而大胆断言二者之间必有联系,这是一种高难度动作:"在《恨海》中,吴趼人没试图模仿《禽海石》的方式";"他写这部小说的动机——是同《禽海石》唱反调"[3]。作者对吴趼

---

[1] 参见韩南著、徐侠译《中国近代小说的兴起》,第1—8页。
[2] 参见韩南著、徐侠译《中国近代小说的兴起》,第2—3页。
[3] 参见韩南著、徐侠译《中国近代小说的兴起》,第201、203页。

人"写情小说"中的"情"包括各种感情与激情,而不仅仅是男女私情的阐释是对的,但所谓"《恨海》的特定文学语境",必须有更为丰富的史料支撑,单靠与《禽海石》同年出版,既无法解释吴趼人的写作动机,也很难准确描述此"无情的情场"[1]。

韩南《中国近代小说的兴起》中最有学术价值的,还是中间四篇,即西方人对中国小说的介入。除了自家的翻译经验,还有就是前面引述李欧梵所说的关注翻译理论,使得韩南在谈论翻译小说时,不以是否忠实原著为标准,而是看重文化碰撞中翻译小说的新变。

当初我讨论晚清域外小说的刺激与启迪,除了国人如何开眼看世界,以意译为主的时代风尚,翻译小说的实绩,还认真考虑了"接受中的误解"——在这里"误解"不一定是坏事,有南橘北枳,有歪打正着,也有创造性的转化[2]。但限于视野及趣味,除了李提摩太的《回头看纪略》,我确实忽略了传教士的工作及贡献。韩南凭借其学术敏感与语言天赋,在《中国19世纪的传教士小说》中钩稽了米怜、郭实猎、理雅各、叶纳清、宾为霖、杨格非、李提摩太、傅兰雅等人的小说译作,由此开启了"传教士小说"这一研究领

---

[1] 参见韩南著、徐侠译《中国近代小说的兴起》,第195—215页;陈平原《20世纪中国小说史》第一卷,第207—217页,北京大学出版社,1989年。
[2] 参见陈平原《20世纪中国小说史》第一卷,第23—64页。

第六章　色情小说与翻译研究

域。作者对传教士的翻译模式有清醒的认识，称"在大多数情况下，有中国助手帮忙"；而"后者不仅仅是一个抄写员，更是一个合作者"[1]。这一点在《早期〈申报〉的翻译小说》中有进一步表述：《昕夕闲谈》和另外三部作品，"是一个双人翻译的流程"；"如果美查和蒋其章的确合作将《夜与晨》译成中文，那么他们可能也是这三部作品的译者"[2]。关于这四部作品译者的假设未必成立，但我同意韩南的主张——即便中文很不错的《申报》馆主人美查（Ernest Major, 1830—1908），进行译书或撰文时，还是需要中国助手的，不能单看署名便认定哪些就是美查作品。我唯一想补充的是，韩南认为宾为霖（William Burns, 1815—1868）翻译班扬《天路历程》时，"很少应用传统小说的新特征"[3]；而我用同治十年（1871）羊城惠师礼堂刊本《天路历程土话》之添加三十幅插图，讲述从"指示窄门"到"将入天城"的整个过程，明显追摹中国绣像小说传统，说明在中国读者眼中，此书的小说性质并没被完全忽略[4]。

《论第一部汉译小说》当初在北大会议上发表时，博得满堂掌声，大家都为韩南教授寻找到1873—1875年在上海《瀛寰琐记》上分二十六期连载的《昕夕闲谈》的原本而喝

---

[1] 参见韩南著、徐侠译《中国近代小说的兴起》，第69页。
[2] 参见韩南著、徐侠译《中国近代小说的兴起》，第141页。
[3] 参见韩南著、徐侠译《中国近代小说的兴起》，第91页。
[4] 参见陈平原《作为"绣像小说"的〈天路历程〉》，《大英博物馆日记（外二种）》，第148—164页。

彩。我注意到，那个漫长的寻找过程以及灵光一闪的发现，在论文中一笔带过，甚至连译者的考辨也不是论文主体，韩南主要关注的是译著的同化技巧、形式特征、风格笔调、对外来文化参照的接纳，以及对中国文化参照的传播等[1]——也就是说，并未将《昕夕闲谈》视为原著衍生出来的次要产品，而是当作具有一定独立性和主体性的文学作品来看待。这样来讨论翻译文学，才有可能做深、做透、做大。研究翻译史或翻译学的，很多人喜欢选择晚清而不是更为规范的现当代译作，大概因后者只能褒贬，不像前者千姿百态，无奇不有，阐释的空间更大。

《中国近代小说的兴起》中最出彩的，还属《新小说前的新小说——傅兰雅的小说竞赛》。1895年5月傅兰雅举办时新小说竞赛，"他在竞赛中寻找的是有社会意义的小说，必须对他眼中的中国社会的'三弊'——鸦片、时文和缠足予以抨击并提出救治办法"[2]。此等小说观念，确实与七年后梁启超之提倡"小说界革命"异曲同工。韩南钩稽诸多史料，复原整个小说竞赛的选拔及颁奖过程，指出此举可能影响《熙朝快史》（西冷散人）和《花柳深情传》（詹熙）这两部章回小说的创作，且断言"傅兰雅关于小说揭露当前社会弊端并提出良方的概念更为晚清谴责小说的特性"[3]。不过，在我看来，

---

[1] 参见韩南著、徐侠译《中国近代小说的兴起》，第102—130页。
[2] 参见韩南著、徐侠译《中国近代小说的兴起》，第149页。
[3] 参见韩南著、徐侠译《中国近代小说的兴起》，第147—168页。

第六章　色情小说与翻译研究

可以表彰傅兰雅主持小说竞赛的开启之功,但不宜评价太高,因当初这些作品并没有出版,也就谈不上影响文学潮流。

虽然韩南、黄锦珠等学者都对傅兰雅这次时新小说征文比赛感兴趣,认为其事关中国现代小说的起源,但缺乏文献支持。真是无巧不成书,2006年11月22日伯克利加州大学东亚图书馆迁入新馆时,发现了此次征文的原始手稿。当初共收到一百六十二篇稿件,现存一百五十篇;获奖作品二十部,现存十五部[1]。馆长周欣平领衔整理,于是有了上海古籍出版社2011年刊行的十四册影印本《清末时新小说集》。

晚清之开展小说征文活动,傅兰雅并非开创者,但确实规模最大、目标最明确,也发生了若干实际影响。在这个意义上,称扬传教士傅兰雅"幸运地扮演了号手的角色"[2],是应该的。《清末时新小说集》刊布后,学界极为兴奋,研究论文大量涌现[3],这也是大好事。但若认定此次征文活动扭转了晚清小说的发展方向,或反过来贬抑梁启超提倡"小说界革命"的业绩,则又属于矫枉过正。谈论传教士、租界文化以及晚清翻译小说等题目,都需学习韩南先生立论时的谨慎、矜持与笃定。

---

[1] 参见周欣平《〈清末时新小说集〉序》,《清末时新小说集》第一册,第14、23页,上海古籍出版社,2011年。
[2] 参见潘建国《物质技术视阈中的文学景观——近代出版与小说研究》,第155—164页,北京大学出版社,2016年。
[3] 参见潘建国《物质技术视阈中的文学景观——近代出版与小说研究》,第175—176页。

第七章

教材编写与严谨求实的一代

——关于《中国现代小说流派史》及其他

《中国现代小说流派史》,
人民文学出版社,1989 年

2013年北京大学出版社刊行《问学求实录——庆贺严家炎教授八十华诞论文集》(方锡德、高远东、李今、解志熙编),书首载有严先生的照片、书影多幅和《严家炎教授学术纪事》一文,主体部分则是先后受教于严先生的二十三位研究生的二十三篇论文。我虽也多有请教,但不算严先生的正式学生,故没有入列。不过,2002年我主持的北京大学20世纪中国文化研究中心组织编印"学术叙录丛刊",第一种就是《严家炎教授学术叙录》(解志熙编),故我对作为学者的严先生多有了解。

从80年代中期参加"20世纪中国小说史"课题组起,我得到严先生很多指导与支持——包括放手让我撰写《20世纪中国小说史》第一卷、邀我参加他主编的"20世纪中国文学与区域文化丛书"等;但严先生做事谨严,不爱说话,也不轻易流露感情。只有两次例外,一次是2009年9月严先生在香港中文大学开会时,突感身体不适,那时我正在港中大教书,赶紧将他和夫人卢晓蓉请到我宿舍休息。歇过来后,严先生开始"语重心长"地聊天,暗示我有关方面征求他意见，将委我以重任。因对行政工作没有能力及兴趣，我不想进一步打听。另一次是2019年10月一起搭乘高铁到苏州参加"东吴论剑：杰出校友金庸国际学术研讨会"，路上聊得挺开心，下车时严先生突然冒出一句："这是最后一次到外地参加学术活动了。"我当时心里咯噔一下，这才想起，严先生已经八十六岁了，难怪步履有点蹒跚，发言也不如以前严谨。回家后，重新翻阅严先生的若干著作，感叹他从"春华"一直走到"秋实"，着实不容易。

一、从《创业史》到金庸小说

1933年生于上海的严家炎先生，1956—1958年北京大学副博士研究生肄业，因工作需要提前留校任教。1984—1989年任北大中文系主任，1984—1997年任第二、第三届国务院学位委员会中国语言文学学科评议组成员，1989—2002年任中国现代文学研究会会长。同时代学者中，严先生的经历不算坎坷，无论政治还是学术，路都走得比较顺，也得到了相应的职位与荣誉。

作为学科的中国现代文学，奠基者一般公推王瑶、唐弢、李何林，第二代学者中，严家炎占据极为重要的位置，除了曾与唐弢合作主编《中国现代文学史》，还有就是1978年便开始与王瑶先生合作招收硕士生，再加上80年代初出版论文集《知春集——中国现代文学散论》（人民文学出版

第七章　教材编写与严谨求实的一代

《知春集》,人民文学出版社,1980年

社,1980年)、《求实集——中国现代文学论集》(北京大学出版社,1983年),同代人中明显早走了半步。称其为第二代现代文学研究者中的"领军人物",一点都不过分。

《求实集》开卷头三篇,《从历史实际出发,还事物本来面目》《现代文学的评价标准问题》《现代文学研究方法答问》,乃作者"中国现代文学史研究笔谈"之一、二、三,写于1979—1982年,是这个学科拨乱反正期间的重要文献。可相对来说,还是《知春集》更值得重视:收文二十一篇,大部分写于"文革"前,最值得推荐的是关于《创业史》的四文,尤其是初刊《文学评论》1961年第3期的《谈〈创业史〉中梁三老汉的形象》——此文日后收入《中国新文艺大系》《中国新文学大系》两套文献丛书和《新中国六十年文学大系·文学评论精选》。

因出身农村,参加过土改,对农村生活及农民心理比较熟悉,"对柳青同志刻画梁三老汉形象的出色成就尤其钦佩",初出茅庐的严家炎,此文写得颇有气势,也得到柳青本人的赞许,以为"对梁三老汉形象的意义阐发较深,符合他的创作意图"[1]。邵荃麟曾表彰严家炎此文,故1964—1965年文艺界批判邵荃麟"写中间人物论"时略有波及,好在邵先生"没有怨天尤人,推卸责任,而是自己勇敢地掮住闸门,放年轻人过去"[2]。严家炎还有一篇名文《关于梁生宝形象》,初刊《文学评论》1963年第3期,柳青读后很不高兴,在《延河》杂志撰文反驳。二十年后,有人重提此事,认定严文乃"敌意的毁损",严家炎不得不奋起辩驳:"《关于梁生宝形象》一文是我年轻气盛时的产物,当然并非没有偏颇、缺点,但究竟是否对柳青同志及其作品作了'敌意的毁损'呢?文章尚在,自有公断。柳青同志后来曾对我解释说:他之所以发表《提出几个问题来讨论》一文,是由于怀疑我背后有大人物想搞他,否则他不会写这篇文章。"[3]青年严家炎所撰关于《创业

---

[1] 严家炎:《回忆·感想·希望——为〈我与文学评论〉一书作》,《论现代小说与文艺思潮》,第300—306页,湖南人民出版社,1987年。
[2] 贺桂梅:《从"春华"到"秋实"——严家炎教授访谈录》,《文艺研究》2009年第6期。
[3] 严家炎:《回忆·感想·希望——为〈我与文学评论〉一书作》,《论现代小说与文艺思潮》,第305页。

第七章 教材编写与严谨求实的一代

史》四文,很能显示其认真阅读、缜密思考以及锐意创新。这种批评风格,在同时代青年学者中,并不多见。

并非倚马立就之才,严家炎"写文章很少一气呵成,更做不到涉笔成趣",但历来做事认真、阅读仔细,比如70年代末到80年代中期曾撰写多篇关于姚雪垠长篇小说《李自成》的论文,为此,"在一位明清史专家的指点下,我先后阅读了百余万字的近二十种史籍,做了大量笔记,连崇祯逐年撤换的五十名内阁大学士的有关情况,都一一做了查阅考核"[1]。可惜的是,虽下了很大功夫,但严家炎关于《李自成》的系列文章,不被学界看好,其影响远不及论柳青、说金庸。

作为评论家的严家炎,三十岁前论柳青,因牵涉60年代文艺思潮而被再三提及;六十岁后说金庸,更是在中国文坛及学界掀起轩然大波。1994年10月24日,在北京大学授予查良镛(金庸)名誉教授的仪式上,严家炎发表《一场静悄悄的文学革命》,坚称:

> 金庸小说的出现,标志着运用中国新文学和西方近代文学的经验来改造通俗文学的努力获得了巨大的成功。如果说"五四"文学革命使小说由受人轻视的"闲

---

[1] 严家炎:《回忆·感想·希望——为〈我与文学评论〉一书作》,《论现代小说与文艺思潮》,第302页。

书"而登上文学的神圣殿堂,那么,金庸的艺术实践又使近代武侠小说第一次进入文学的宫殿。这是另一场文学革命,是一场静悄悄地进行着的革命。金庸小说作为20世纪中华文化的一个奇迹,自当成为文学史上光彩的篇章。[1]

授予金庸名誉教授,乃校方决策,与文学教授无干;反过来,北大学者之论证金庸为代表的武侠小说可以"堂而皇之"地进入大学讲堂,也与校方无涉。1990年秋冬,我在北大开设关于武侠文学的专题课,从司马迁讲到金庸,并没有引起传媒的关注。长期以来,喜欢或不喜欢武侠小说,纯属个人爱好;学界各说各的,基本上相安无事。只是到了试图将其纳入正规的教学体系,这才激活了本就存在着的根深蒂固的矛盾。"拒绝"还是"接纳"金庸,于是成了传媒最愿意操作的话题。撇开诸多偶然因素,北大此举确实非同小可——"因其无意中触及了学界必须面对但又尚未真正面对的课题:通俗小说在20世纪中国的地位。"[2]

敏感、执着且颇有论战激情的评论家严家炎先生,再一次站到了舆论的风口浪尖。一不做二不休,1995年春季学期,严家炎在北大中文系开设了"金庸小说研究"专题课,

---

[1] 严家炎:《一场静悄悄的文学革命》,初刊香港《明报月刊》1994年12月号,又见《世纪的足音》,第199页,作家出版社,1996年。
[2] 参见陈平原《"通俗小说"在中国》,《上海文化》1996年第2期。

第七章　教材编写与严谨求实的一代

1996年在《文学评论》上发表《论金庸小说的现代精神》等，1998年出席美国科罗拉多大学主办的"金庸小说与20世纪中国文学国际学术研讨会"[1]，2000年主持"2000'北京金庸小说国际研讨会"，成为大陆学界最著名的金庸小说研究专家。而1999年北京大学出版社初版的《金庸小说论稿》，除收录《金庸热：一场奇异的阅读现象》《金庸小说与传统文化》《金庸的"内功"：新文学根柢》《文学的雅俗对峙与金庸的历史地位》等十二篇专业论文，还有《一场静悄悄的文学革命》等五则附录。此书《序言》日后改题《我为什么要研究金庸》，收入《五四的误读——严家炎学术随笔自选集》，其中有这么一段：

> 在大学开设"金庸小说研究"课，平心而论，并非为了赶时髦或要争做"始作俑者"，而是出于文学史研究者的一种历史责任感。早在80年代初，我就主张现代文学史不应排斥鸳鸯蝴蝶派小说和旧体诗词（见1980年发表的《从历史实际出发，还事物本来面目》一文），并首次将张恨水写入文学史教材。至于金庸这样的杰出

---

[1] 此乃到目前为止水平最高、影响最大的金庸小说研讨会，葛浩文、刘再复主办，有中英文论文集：《金庸小说与二十世纪中国文学国际学术研讨会论文集》（[香港]明河社，2000年）、*The Jin Yong Phenomenon: Chinese Martial Arts Fiction and Modern Chinese Literary History*（by Ann Huss and Jianmei Liu, New York: Cambria Press, 2007）。

作家,当然更应入史并可开设课程。[1]

此文提及一个细节,即1991年曾在美国旧金山的华文文化中心做了两次金庸小说讲座。实际上,1986年9月至1987年9月以及1991年2月至10月两次担任斯坦福大学客座研究员,对严家炎的文学观念及治学方法有较大影响,其中包括谈论鲁迅与表现主义,以及对张爱玲、金庸的高看等。

2007年北大出版社推出《金庸小说论稿》增订版,正文略有增加,但更重要的是"附录二:论争史料存真",收入《如果这类逻辑能够成立——质疑袁良骏先生对金庸小说的批判》等六则论战文字。袁良骏先生原本也是北大中文系教师,后调中国社会科学院文学研究所,双方互相知根知底。撇开风言风语,单就文章而言,袁先生对于金庸的批判过于苛刻,且缺乏学理性。这场意气之争,一般认为严家炎占上风。

在所有金庸小说论著中,若讲文章趣味或理论深度,《金庸小说论稿》都难拔头筹;但你不能不承认,北大中文系前主任、中国现代文学研究会前会长、著名文学史家严家炎先生的一系列讲课及著述,对于金庸进入文学史及大学课堂,起了决定性作用。

---

[1] 严家炎:《〈金庸小说论稿〉序言》,《金庸小说论稿》,北京大学出版社,1999年;又见《五四的误读——严家炎学术随笔自选集》,第295—300页,福建教育出版社,2000年。

二、两部文学史与两套丛书

在我看来，严家炎作为文学史家比作为批评家更出色，也更知名；而其中的关键，在其主编的两套重要的文学史教材，以及多套学术丛书。

1961年，年仅二十八岁的北大中文系教师严家炎，被抽调到周扬主持的全国文科教材办公室，参加《中国现代文学史》的编写。可以说，此举决定了他一生的学术方向。八九十年代曾长期使用的主流教材《中国现代文学史》，1979年人民文学出版社刊行上卷一、二册，署唐弢主编；1980年推出下册，署唐弢、严家炎主编。全书合印，统一署唐弢、严家炎主编。1984年人民文学出版社刊行《中国现代文学史简编》，署唐弢、严家炎、万平近合编；1996年高等教育出版社刊行严家炎主编《中国现代文学史教学大纲》。随着唐、严主编教材在各高校的广泛流通，作为文学史家的严家炎先生，被一代代修习此课程的学子记住。

2002年，年近七旬的严家炎受教育部高教司委托，重披战袍，主持列入"十五"规划的国家级教材《二十世纪中国文学史》。历经八年奋斗，严家炎主编、十位学者通力合作的三卷本《二十世纪中国文学史》2010年终于由高等教育出版社正式推出。2011年5月，中国现代文学馆、中国现代文学研究会、北京大学中文系联合召开座谈会，与会者的发言整理成文，刊《中国现代文学研究丛刊》2011年第9期。作

《金庸小说论稿》,北京大学出版社,1999年

者很看重这组发言,《名作欣赏》2020年第1期别册《问学求实——严家炎画传》中,"学界印象"部分,收录最多的便是诸多名家关于《二十世纪中国文学史》的笔谈(如范伯群、朱德发、刘增杰、张恩和、钱理群、吴福辉等)。

同样是三卷本文学史,都属殚精竭虑之作,但晚年主编的《二十世纪中国文学史》,影响力无法与早年合作主编的《中国现代文学史》相提并论。之所以效果不太理想,与整个大环境有关,已然百花齐放,不再是你一枝独秀;而选择使用哪种教材,权力在各高校教师而不是教育部。与此相关的,还有主编的刻意求新,主张20世纪中国文学应该从19世纪80年代讲起,以黄遵宪《日本国志》提倡"语

第七章　教材编写与严谨求实的一代

言与文字合",还有陈季同用法文写作为标志[1],此立场并没有得到学界的广泛响应。据说编写组内部也有不同意见,但严先生很是坚持,为的是说明80年代后期他在三卷本《中国现代文学史》完成后就认准的方向——"我把'现代文学'定义为'与世界各国取得共同的思想、语言的新文学'"[2]。

将近十年前,我曾写过一则短文,其中有这么一段:说实话,对严先生花那么多精力主编教材,我是不太以为然的。因为,教材编写受各种主客观条件的限制,必须不断妥协,不太可能写得很有学术分量。但严先生说,就对一代学生的影响而言,个人专著无法跟教材比。他说得对,可不是每个人都有这种能耐。十年前,我也曾受北大出版社委托,主编《二十世纪中国文学史》,可很快就放弃了。明白当主编需要协调内部各种矛盾,需要忍受外部各种误解,而且还得跟各种官方机构打交道,实在非我所长。但严先生的特点是,认准了,一直往前走,持之以恒,感天动地,总有实现

---

[1] 北大中文系现代文学教研室曾组织《二十世纪中国文学史》出版座谈会,年轻一辈学者均不同意将19世纪80年代陈季同用法文在法国发表的《中国故事》(《聊斋志异》法译)、《黄衫客传奇》(《霍小玉传》法译改写)以及与法国人蒙弟翁合著的《中国人自画像》《中国人的快乐》《中国人的戏剧》等(这些书的中译本大都于21世纪方才刊行),作为中国现代文学的起点。因争议太大,怕起反作用,录音稿整理后没有正式刊发。

[2] 参见贺桂梅《从"春华"到"秋实"——严家炎教授访谈录》。

的一天[1]。

由于长期编写文学史教材，严家炎先生知识全面，视野开阔，能够耐心协调各方立场及利益，掌控局面的能力很强，论述稳妥，领导放心，群众接受，出新而不违规，推进而又有序。另外，因教材传播面广，主编的名声及收益较大，这也是无可讳言的。半个多世纪以来，北大中文系的社会影响力，与若干套由北大教授主编的教材有直接关系。但若作为学术著作衡量，则教材又明显受意识形态限制，有难以逾越的陷阱。

二十多年前，我在《读书》发表《独上高楼》，提及教材"很难进入深层次的探讨，更不要说有出人意表的突破"，原因是：

> 教科书对任何问题都必须给出明确的答案，不能模棱两可，让学生无所适从。这样一来，教科书作者考虑的，是如何将已有的知识和社会认可的答案介绍给学生，而不是探讨什么一下子很难有定论的疑难问题。就像教师的任务是传道授业解惑一样，教科书作者的姿态是居高临下，传播知识时不大考虑可能存在的反对意见（实际上争论太大的意见也不该写入教科书）。[2]

---

[1] 陈平原：《为何"严"上还要加"严"》，《文汇报》2010年12月13日。
[2] 陈平原：《独上高楼》，《读书》1992年第11期；又见《小说史：理论与实践》，第30页，北京大学出版社，1993年。

第七章　教材编写与严谨求实的一代

教材与专著，属于两种不同的书写风格，各有其评判标准。打个比喻，教材犹如水桶，最短之处决定其容量；专著好比标枪，投得最远的那次计算成绩。

我不擅长也不喜欢编写教材，但承认教材的功用及影响巨大。严家炎先生自1961年参加集体编写《中国现代文学史》，接受唐弢先生为编写文学史确立的原则："一、采用第一手材料，反对人云亦云。作品要查最初发表的期刊，至少也应依据初版或者早期的印本。二、期刊往往登有关于同一问题的其他文章，自应充分利用。文学史写的是历史演变的脉络，只有掌握时代的横的面貌，才能写出历史的纵的发展。三、尽量吸收学术界已有的研究成果。个人见解即使精辟，没有得到公众承认之前，暂时不写入书内。四、复述作品内容，力求简明扼要，既不违背原意，又忌冗长拖沓，这在文学史工作者是一种艺术的再创造。五、文学史采取'春秋笔法'，褒贬从叙述中流露出来。"[1]严先生日后多次谈及唐弢的文学史编写原则，且表示心悦诚服[2]。对于这部严家炎协助唐弢完成的部编教材，文学史家黄修己曾从四个方面总结其贡献，称其"成为前三十年新文学史编纂中很有代表性的一部"，"雄踞于诸峰之间，似有一览众山小的感觉"[3]。

---

[1] 唐弢：《〈求实集〉序》，严家炎《求实集》，北京大学出版社，1983年。
[2] 只是在《唐弢先生对中国现代文学学科建设的贡献》中，有这么一句："这些意见，除了第三点可予商讨之外，大多起了很好的作用。"参见《五四的误读——严家炎学术随笔自选集》，第183页。
[3] 参见黄修己《中国新文学史编纂史》，第200—216页，北京大学出版社，1995年。

不仅主编文学史教材，作为中国现代文学专业的领军人物，严家炎还主编了多套学术丛书，其中与我相关的是"20世纪中国小说史"及"20世纪中国文学与区域文化丛书"。

虽然《20世纪中国小说史》第一卷封面标明"本卷作者：陈平原；主编：严家炎、钱理群"，但我记得是严先生申请的国家社科基金项目。当初规划各卷作者如下：第一卷陈平原，第二卷严家炎，第三卷吴福辉，第四卷钱理群，第五卷洪子诚，第六卷黄子平，除了我是刚出道，其他人应该说都是一时之选。严先生在总序中称："20世纪是中国文学在东西方文化交汇、撞击下发生大变革，走向现代化的时期。《20世纪中国小说史》不仅着眼于打通近、现、当代，扩大研究的范围，更注重于研究格局与方法的创新。"[1]不仅主编及同人信心满满，学界以及北大出版社都对这套书寄予很大希望。可惜的是，六卷小说理论资料集如期完成，而小说史则只有1989年12月刊行的第一卷。主编不催促，课题组同人各有各的学术兴奋点，始终无法集中精力，这套拟想中的大书于是搁浅。眼看十五年过去了，第二册还在酝酿中，北大出版社只好改变策略，劝我将此书单独刊行。说是日后全史若能成编，再让我打点行装重新归队[2]。随着时间

---

[1] 严家炎：《〈20世纪中国小说史〉前言》，陈平原《20世纪中国小说史》第一卷，北京大学出版社，1989年。
[2] 参见陈平原《〈中国现代小说的起点〉新版序言》，《中国现代小说的起点》，北京大学出版社，2005年。

第七章 教材编写与严谨求实的一代

推移,这套雄心勃勃的大书再也没有成为全璧的机会了。

为什么主编自己负责的第二卷迟迟不能交稿?原因是,当初虽多次讨论,但第一卷是由着我的性子写,出版后严先生才发现,若按他自己的趣味及写作计划,这第二卷跟第一卷的风格差别太大。改变自己的风格,不可能;不改,不合适;放弃,不愿意。只好这么拖着,说是想想办法;可这一想,就是二三十年。本来很简单,各写各的,每卷作者自己负责,合起来,不就行了吗?可严先生说,不,作为一套书,要有"整体感"。这可就惨了,这六个人都是很有学术个性的,怎么可能捏在一起?于是,严先生不催,我们各干各的活儿去了[1]。

严先生规划"20世纪中国小说史"不太完美,但主持"20世纪中国文学与区域文化丛书"则很成功。在论及区域文化"不仅影响了作家的性格气质、审美情趣、艺术思维方式和作品的人生内容、艺术风格、表现手法,而且还孕育出了一些特定的文学流派和作家群体"后,严家炎断言:"因此,从区域文化的角度来探讨20世纪中国文学,就构成一个新的重要的研究视角和研究途径,它将使人们对20世纪中国文学的认识获得进一步的深入和拓展,反过来,也将加深人们对不同区域文化特质的理解。这就是我们所以要编

---

[1] 陈平原:《为何"严"上还要加"严"》。

撰《二十世纪中国文学与区域文化丛书》的缘由和宗旨。"[1]大概是吸取"20世纪中国小说史"失败的教训，这一回严先生不再强求一律，只是指明大方向，然后就是不断催稿。终于，这套1995—1998年由湖南教育出版社推出的丛书大获成功，共收录吴福辉《都市漩流中的海派小说》、朱晓进《"山药蛋派"与三晋文化》、李怡《现代四川文学的巴蜀文化阐释》、逢增玉《黑土地文化与东北作家群》、费振钟《江南士风与江苏文学》、魏建等《齐鲁文化与山东新文学》、彭晓丰等《S会馆与五四新文学的起源》、李继凯《秦地小说与"三秦文化"》、刘洪涛《湖南乡土文学与湘楚文化》、马丽华《雪域文化与西藏文学》等专著十种，质量大都上乘。

多年后回望，这套丛书的规划与制作很有前瞻性，不得不佩服主编的远见卓识与执行力。我忝列丛书编委，没有什么贡献，只是1992年9月24日在长沙举办的"20世纪中国文学与区域文化"学术研讨会上，做了题为《文学意趣与史学品格》的专题发言，特别强调："区域文化不只落实在几位先贤遗留的典籍中，更体现为乡风民俗、饮食起居、娱乐庆典等生活方式。即便无法多做田野调查，也必须尽量阅读有关资料。也就是说，少点哲学的思辨，多点史学的实证。"[2]

---

[1] 严家炎：《区域文化：研究二十世纪中国文学的重要视角》，《世纪的足音》，第268—269页，作家出版社，1986年。
[2] 参见陈平原《文学意趣与史学品格——关于〈二十世纪中国文学与区域文化丛书〉》，《群言》1996年第8期；又见陈平原《依旧相信》，第212页，江苏凤凰文艺出版社，2019年。

第七章　教材编写与严谨求实的一代

吸取五六十年代众多集体项目的教训，80年代成长起来的新一代学者，大都喜欢单打独斗，这在学术探索上有其合理性。毕竟，人文学更多依赖个体智慧，没必要都搞成大兵团作战。可另外一方面，学界确实需要少数德高望重且公正无私的学术组织者。因此，谈论学人之得失，著作之外，还得兼及其组织能力与引领作用。

三、小说流派史之开拓

最能体现严家炎作为文学史家的功力及见识的，无疑是《中国现代小说流派史》。此书1989年8月由人民文学出版社初版；1997年11月韩文译本刊行；2009年8月长江文艺出版社推出增订本；2014年10月高等教育出版社再版。该书1992年获国家教委颁发的第二届普通高校优秀教材"全国优秀奖"，2008年获改革开放三十年北京大学人文社会科学"百项精品成果奖"，学界普遍将其视为严家炎先生的代表作。

改革开放初期，中国现代文学研究的焦点，迅速从文学运动走向作家论述（背后是政治上的平反昭雪），略为调整步伐后，又走向思潮流派研究，再接下来才是文体及制度研究。关于思潮流派研究，北大中文系教授们可谓引领风骚。除了严家炎1989年推出《中国现代小说流派史》，还有孙玉石的《中国初期象征派诗歌研究》（北京大学出版社，1983

《世纪的足音》,作家
出版社,1996年

年)、《中国现代主义诗潮史论》(北京大学出版社,1993年),以及孙庆升的《中国现代戏剧思潮史》(北京大学出版社,1994年)。当然,这几部思潮流派史著述中,严书影响最大。

关于此书的写作过程,严家炎在《后记》中有清晰的交代。1982年和1983年曾在北大中文系讲授专题课,听讲者包括高年级本科生、研究生以及进修教师。每次开讲,近十台录音机同时启动,讲课内容传播甚广,部分观点被他人的文学史、小说史著作吸纳,讲者于是下决心整理成书。"这是根据我的讲稿整理、补充、修订而成的一部著作",而成书的关键是1986—1987年严先生出任斯坦福大学东亚研究中心

第七章　教材编写与严谨求实的一代

《论现代小说与文艺思潮》，
湖南人民出版社，1987 年

访问教授，这才使得"60 年代以来的一点愿望和追求即将实现"[1]。除了长期研究的结晶，制约该书写作的，主要是北大课堂听众以及美国校园文化。后者不仅提供了整理的时间与心境，也包括若干思路的调整[2]。

在考察大量第一手资料的基础上，钩沉和总结现代文学史上的小说家群落，开创新时期以来中国现代小说流派史研究的新格局，这一披荆斩棘的过程，不可能一蹴而就。在逸兴遄飞的北大课堂与正式刊行的专门著作之间，还选编了

---

[1] 参见严家炎《中国现代小说流派史》，第 336 页，人民文学出版社，1989 年。
[2] 如第四章第五节"心理分析小说的发展和张爱玲的出现"，便明显受美国之行的影响，参见严家炎《中国现代小说流派史》，第 166—174 页。

《新感觉派小说选》(人民文学出版社，1985年)、《中国现代各流派小说选》四册(北京大学出版社，1986年)，以及出版《论现代小说与文艺思潮》(湖南人民出版社，1987年)。1983年秋，严家炎应上海《小说界》之邀，连续撰写并刊出五篇"中国现代小说流派论"，从"五四"时期的"问题小说"一直说到30年代的现代派小说。至于全书打头的综论性质的《中国现代小说流派史漫笔》《中国现代小说流派鸟瞰》，也都是北大课堂的产物。相对于日后一锤定音的专著，这些陆续刊出的论文，同样认准"现实主义、浪漫主义、现代主义这三种思潮、三条线索在不同历史条件下相互扭结，相互对抗，同时又相互渗透，相互组合，这就构成了现代小说流派变迁的重要内容"[1]，只是在具体流派的确认与划分上不尽一致。如解放区的"山药蛋派"及"荷花淀派"到底算不算流派，作者态度有点犹豫，最终定稿时采用变通的办法——存而不论[2]。

《中国现代小说流派史》的《绪论》，大部分文字照录《中国现代小说流派史漫笔》。其中包括批评以往的小说史，如田仲济、孙昌熙《中国现代小说史》(山东文艺出版社，1984年)将小说史按照人物形象分类论述，容易产生割裂作品的毛病；"更通常的研究小说史的方法，是按历史顺

---

[1] 参见严家炎《论现代小说与文艺思潮》，第15页。
[2] 参见严家炎《论现代小说与文艺思潮》，第9—10、37页，以及《中国现代小说流派史》，第10页。

第七章　教材编写与严谨求实的一代

《中国现代小说流派史》（增订本），
长江文艺出版社，2009年

序、时间顺序逐个逐个地写作家作品，写出小说作家思想的变化、艺术的发展及其与时代潮流的关联。这样的小说史，有时容易成为作家、作品的评论集，并不一定能真正完成小说史应该完成的任务"[1]。后者没有点名，但明显是指赵遐秋、曾庆瑞著《中国现代小说史》上下册（中国人民大学出版社，1984—1985年），以及杨义三卷本《中国现代小说史》（人民文学出版社，1986—1991年）。在严家炎看来，这些都不是理想的小说史著述形式。从流派及思潮的角度来研究小说史，或许会有更大的收获，理由是："流派是时代要求、

---

[1] 参见严家炎《中国现代小说流派史》，第1—2页。

文学风尚和作家美学追求的结晶;而且由于它不是只表现在个别作家身上,而是表现在一群作家身上,因此,这种文学现象也更令人注目。"[1]接下来,既反对轻率地乱划小说流派,也不赞成抹杀小说流派存在的严家炎,开始简要介绍他心目中的十种小说流派与三种思潮[2]。

中国现代小说流派的研究,并不自严家炎始;但《中国现代小说流派史》首次发掘了新感觉派、社会剖析派、七月派、后期浪漫派等小说流派,引发后来相关流派的研究热潮,有很大功绩。其中,第七章《七月派小说》很有特点,第八章《后期浪漫派小说》不太成立,最为人称道的,还是第四章、第五章。

第四章《新感觉派和心理分析小说》如此开门见山:"稍晚于太阳社、后期创造社的'革命小说',20年代末期和30年代初期,中国文坛上出现了一个以刘呐鸥、穆时英、施蛰存、叶灵凤为代表的新的小说流派——新感觉派。这是中国第一个现代主义小说流派。"[3]此前学界或因立场限制对其视而不见,或以为不过是对日本新感觉派的拙劣模仿,基本持否定态度。严家炎借为人民文学出版社编《新感觉派小说选》之机,认真梳理了横光利一、川端康成等的理论主张及其对中国作家的影响,还有刘呐鸥等上海作家如何借助《无

---

[1] 严家炎:《中国现代小说流派史》,第2—3页。
[2] 参见严家炎《中国现代小说流派史》,第5—15页。
[3] 严家炎:《中国现代小说流派史》,第125页。

第七章　教材编写与严谨求实的一代

轨电车》《新文艺》《现代》等杂志,尝试将日本新感觉派初期主张的新感觉主义与后期提倡的新心理主义结合起来,最终闯出自己的道路,成为"中国现代都市文学开拓者中的重要一支"[1]。第四章的内容主要根据作者的《论新感觉派小说——〈新感觉派小说选〉前言》一文改写[2],主要差别在于增加了第五节"心理分析小说的发展和张爱玲的出现"。从思潮流派转到了创作手法,拉进了那时在海外影响极大而国内尚未认真关注的张爱玲,看得出作者的"趋新"。好在作者最终还是守住了边界,没有更多离题的发挥,只是引证张爱玲《流言·写什么》中谈初学写文章,借鉴各种资源及文体,其中包括新感觉派:"可见,说张爱玲曾得益于新感觉派,大概是可以的。但自然,不能据此简单地把她当作新感觉派作家。"[3]

相对来说,第五章《社会剖析派小说》最能显示史家严家炎的立场、趣味与功力。第一节"《子夜》的出现和社会剖析派的形成"、第二节"小说家的艺术,社会科学家的气质"、第三节"横断面的结构,客观化的描述"、第四节"复杂化的性格,悲剧性的命运",单看各节标题,就能大致把握此章要义。其中第二节最有创意,日后左翼文化研究崛

---

[1] 参见严家炎《中国现代小说流派史》,第141页。
[2] 参见严家炎《中国现代小说流派史》,第125—174页;《论现代小说与文艺思潮》,第154—191页。
[3] 严家炎:《中国现代小说流派史》,第167页。

起，社会科学在30年代中国的流播与影响日益凸显，此类小说的研究得以深入展开。可惜受制于体制及篇幅，当初严家炎只是点到为止。

"几乎是在新感觉派的都市文学和心理分析小说获得发展的同时，以《子夜》为代表的另一种路子的都市文学也应运而生了。《子夜》的出现还带来了社会剖析派小说的崛起。这样，在30年代，新感觉派的都市文学与左翼作家的都市文学，心理分析小说与社会剖析小说，这两类作品就互相映衬，互相竞争，并在某种范围内互相影响，互相渗透。"[1]这段话很能显示严家炎的特点——站位较高，概括力强，简明扼要，用词准确，不愠不火。这是长期编写教材锻炼出来的本事，得益于作者阅读量大，眼界开阔，有明显的自家立场，但照顾到方方面面，说话不会太偏颇，声音也不会太尖锐。日后李欧梵的《上海摩登》风靡一时，北京的好些青年学者很不服气，认为李著抹杀了左翼的都市文学。我在北大讲"都市文化研究"专题课时，曾有所辩证。

差不多同一时期，两本《新感觉派小说选》分别在北京与台北刊行（人民文学出版社，1985年；[台北]允晨文化，1988年）。严编出版在前，李欧梵访问施蛰存时，施已提及严来征求版权[2]。日后严家炎出版《中国现代小说流派

---

[1] 严家炎:《中国现代小说流派史》，第175页。
[2] 参见李浴洋《在中国发现"现代主义"——晚年施蛰存与李欧梵的学术交谊》，《当代作家评论》2017年第5期。

第七章　教材编写与严谨求实的一代

史》(1989)，李欧梵则撰写名著《上海摩登：一种都市文化在中国(1930—1945)》(英文版1999年由哈佛大学出版社推出，中译本2001年北京大学出版社刊行)。单看书名，一谈"小说流派"，一讲"都市文化"，各自的侧重点及理论资源明显不同。更何况，教材必须面面俱到，专著不妨千里走单骑。严家炎长期撰写教科书，养成准确、清晰的表达习惯，如第四章第三节"新感觉派小说创作的特色"，包括三个加框的论述要点——第一，"快速的节奏以表现现代都市生活"；第二，"主观感觉印象的刻意追求与小说形式技巧的花样翻新"；第三，"潜意识、隐意识的开掘与心理分析小说的建立"[1]。全书风格大致如此，每章四至五节，每节若干要点，单看精心提炼的章节标题，就能大致了解该书的主要观点，读者很容易记忆与把握。

除了论述清晰，再就是观点稳妥。如《绪论》提及十个流派，为何只有八章？因"东北作家群"只是"准流派"，而解放区的"山药蛋派"和"荷花淀派"50年代后才得到真正发展，故存而不论。对于史家立论之谨严，弟子温儒敏充分体会，并给予高度评价。2009年增订版《中国现代小说流派史》收录多篇书评，其中写得最好的，当属温儒敏的《现代小说"群落"的开拓性研究——读严家炎著〈中国现代小说流派史〉》。温文点明严著最重要的特点是：

---

[1] 参见严家炎《中国现代小说流派史》，第141—155页。

严家炎教授主编过《中国现代文学史》，熟悉和掌握大量第一手资料，对作家作品的分析比较也很细致，这使他有条件从复杂多样的创作趋向和审美结构中分离出某些有影响的风格类型，以总体风格的确认作为辨识流派的基本标准。这当然比只从社团、题材或一些表面的文学主张去区分流派更有充分可靠的根据。[1]

温儒敏和钱理群、吴福辉、赵园、凌宇等同为"文革"结束后王瑶、严家炎合招的硕士生，当年导师开列的阅读书目，是一大批全集、文集和作品集，而且要求真读。90年代以后，学术风气变化，此"北大中文系中国现代文学专业研究生阅读书目"形同虚设，我当教研室主任时只好重新调整。十年前，年轻教师们集体讨论，认真考虑学生们的时间、需求及能力，又做了一次调整。所谓"调整"，除增加若干理论书籍，更重要的是减少作品阅读量。这是没有办法的事，今天的研究生，不可能像80年代初那代人那样心无旁骛地读书。平日也在读书，但更多考虑毕业论文问题；等选题确定后，才可能真正"沉湎书海"。个案研究可以藏拙，一旦需要高屋建瓴的综论，很容易露怯。这个时候，方才知道自己与前辈学者的博览群书，存在明显差异。或许正是看到这一

---

[1] 温儒敏：《现代小说"群落"的开拓性研究——读严家炎著〈中国现代小说流派史〉》，《文艺报》1989年11月11日；又见严家炎《中国现代小说流派史》(增订本)，第361页，长江文艺出版社，2009年。

点,黄修己在《中国新文学史编纂史》中特别表扬严家炎此书"建立在扎扎实实的研究基础上,比较注重科学性,既有新见又有比较充分的论证";"这部著作的出版,结束流派研究初期的混乱,使这一研究踏上了科学性的新台阶"[1]。

四、严谨求实的一代

晚清至"五四"时期,现代中国学术处于全面开拓阶段;30年代以后,学术日渐专精,从业人员不再四面开花,而是集中精力从事某一方面研究,如政治学、思想史或中国文学、外国文学等。具体到每个学科,从开山立派到继承创新,发展路径千差万别。作为学科的"中国现代文学",真正成型是在新中国成立以后。第一代高举大旗,站稳脚跟;第二代忍辱负重,继往开来。

若论治学风格,这第二代学者的特点是,严谨求实之中,不乏开拓进取,努力开枝散叶,往各个方向发展,如文学史、思潮流派、文体风格,还有学科史等。在这个过程中,中国现代文学研究会及其会刊《中国现代文学研究丛刊》,起了重要的组织与引导作用。而作为会长王瑶先生的左膀右臂,樊骏负责学会,严家炎负责学刊,两人配合默契,使得八九十年代的中国现代文学界风清气正。

---

[1] 参见黄修己《中国新文学史编纂史》,第276—277页。

比严家炎略为年长的樊骏（1930—2011），1949年入北京大学中文系念书，1953年本科毕业后，进入今天的中国社科院文学研究所，一直工作到退休。80年代中国现代文学学科之所以发展十分顺畅，一时间甚至成为"显学"，除了改革开放的大环境，还有王瑶、唐弢、李何林的大旗，再就是一大批中生代学者的同心协力。在一次座谈会上，我曾感叹樊骏学术上的"洁癖"，编选自家两卷本《中国现代文学论集》（人民文学出版社，2006年）时，不该将大量写于80年代的学科史、学科评论的文章剔除在外。因为那些曾收入樊骏《论中国现代文学研究》（上海文艺出版社，1991年）的早期文章，"其实更能反映学科发展的历史和问题脉络，具有不可替代的历史价值"[1]。我们这一代"文革"后培养的研究生，目睹这个学科的迅速崛起与逐渐成熟，且大都得到严、樊等先生的引领与庇护，没有他们的传帮带，我们这一代的成长会碰到更多障碍。

与王瑶先生等披荆斩棘、创建中国现代文学这一学科不同，樊骏的著述其实不多，其影响力之所以持续，主要靠立身谨严以及对于学术的执着。在怀念文章中，我曾援引原哈佛大学教授杨联陞的典故，称樊骏乃中国现代文学界的"学术警察"。在我看来，维护学问的神圣，推动学术的发展，

---

[1] 参见程凯《樊骏先生〈中国现代文学论集〉学术讨论会纪实》，《文学评论》2007年第1期。

第七章　教材编写与严谨求实的一代

靠什么？主要不是靠高高在上的政治权威，也不是捕风捉影的大众传媒，而是学界及师友间的互为"诤友"——互相敬畏，互相监督，互相批评。在此意义上，我们需要各种外在的以及内在的"学术警察"[1]。

如今，樊先生去世多年，仍然健在的严先生也已年近九旬。他们所代表的学术时代已然过去，但仍值得我们深深怀念。早年我谈80年代学术风气，曾提及"隔代遗传"——"80年代的我们，借助于七八十岁的老先生，跳过了五六十年代，直接继承了30年代的学术传统。"[2] 此说虽有一定的洞察力，但在日后的流播与阐发中，被误解为对50年代大学生的漠视，引起了一些长辈的不满。严家炎先生很隐晦，在《文艺研究》那篇答问中略为辩驳。我完全同意严先生的观点："20世纪五六十年代受教育的学者有自己的局限和弱点，但他们在学术上还是起着承前启后的作用"；而且，"应该说还是三代人的合力，才勉强弥补和消除了'文革'十年造成的文化断层"[3]。只是我更多关注80年代中国思想、文化、学术的大转折，探究当代大学如何接上老北大或西南联

---

[1] 参见陈平原《告别一个学术时代》，《中华读书报》2011年2月16日；又见中国社会科学院文学研究所编《告别一个学术时代——樊骏先生纪念文集》，社会科学文献出版社，2013年。

[2] 参见《我的"八十年代"——答旅美作家查建英问》，初刊《社会科学论坛》2005年第6期；又见陈平原《大学何为》修订版，第361页，北京大学出版社，2016年。

[3] 参见贺桂梅《从"春华"到"秋实"——严家炎教授访谈录》。

大的血脉，而较少考虑具体人物的成败得失。

任何时代的学校，都在培养人才，问题在于人才多少以及境界高低。严家炎先生等无疑是他们那个时代中国文学研究的佼佼者，之所以不揣冒昧，讨论他们所能达到的学问及精神的高度，其实包含严肃的自省——后人对我们这代人的评价，或许更为严苛。

第八章

雅俗鸿沟与团队合作
——关于《中国现代通俗文学史》及其他

《中国现代通俗文学史》，
北京大学出版社，2007年

二十多年前，我曾撰文谈论"四代学者的文学史图像"，其中第三代的特点是："以马列主义为指针，以'改造旧大学'为己任，以'文学史写作'为入门——这代人的提前登台，日后以不断的补课为代价。古与今、中与外、史与论、文与史等的相当隔膜，使得如何扩大学术视野，成了当务之急。更因受特殊时代政治思潮所裹挟，其批判性思维特征，与建立新规范的渴望，二者不大容易协调。但是，对社会现实的关注，对唯物史观的接受，对'大叙事'的强烈兴趣，依然是这代人的长处。而80年代以后的自我调整与重新选择，更使得其有可能得到较好的发挥。目前，这代人中的佼佼者，成了各学科、各专题研究的组织者与带头人。"当初称第三代文学史家中，现当代文学研究影响较大的有钱谷融、严家炎、樊骏、孙玉石、黄修己、范伯群、谢冕、洪子诚等[1]。今天看来，这个判断基本准确；而以上八位学者中，主要专攻小说研究的是严家炎和范伯群（1931—2017）。

――――――――――

[1] 参见陈平原《四代学者的文学史图像》，《北京大学学报》1997年第4期。

第八章　雅俗鸿沟与团队合作

范、严两位先生，都是"从研究纯文学起步的"，八九十年代开始转向或兼及通俗文学研究[1]；虽说经由"起步"—"转移"—"回归"三部曲，最终达成"整体观"的努力不见得很成功[2]，但起码在突破纯文学藩篱方面取得了举世瞩目的成绩。而范伯群之组织学术团队与严家炎之主持部编教材[3]，同样具有典型性，其利弊得失值得专门辨析。

一、从鸳蝴资料到苏大团队

曾备受歧视的中国近现代通俗小说，80年代初开始出现转机，最初只是拾遗补缺，而后逐渐走到学界的聚光灯下，到了世纪末，甚至在某些方面成了显学。如此风气变化，除了后现代文化传入以及海外（美国）汉学影响，国内若干学者（尤其苏大团队）的努力功不可没。

90年代初中国通俗文学的重新崛起，与80年代初鸳鸯蝴蝶派文学的重新发现不无关系。在此过程中，因地利之便，上海及苏州的学者发挥了很大作用。这里不妨从1984年出版的魏绍昌编《鸳鸯蝴蝶派研究资料》以及芮和师等编

---

[1] 参见严家炎《一场静悄悄的文学革命》，（香港）《明报月刊》1994年12月号；《金庸小说论稿》，北京大学出版社，1999年；[增订版]，2007年。
[2] 参见范伯群《〈中国近现代通俗文学史〉后记》，范伯群主编《中国近现代通俗文学史》下册，第844页，江苏教育出版社，2000年。
[3] 参见陈平原《教材编写与严谨求实的一代——关于〈中国现代小说流派史〉及其他》，《文艺争鸣》2020年第10期。

《鸳鸯蝴蝶派文学资料》，
福建人民出版社，
1984 年

《鸳鸯蝴蝶派文学资料》说起，至于阿英对于通俗文学研究的贡献有目共睹，此处按下不表[1]。

魏绍昌编《鸳鸯蝴蝶派研究资料》，上海文艺出版社1984年刊，属于"中国现代文学史资料丛书"（甲种），版权页注明"内部发行"。上卷史料部分，下卷作品部分。最具学术价值的是上卷第四辑，包括范烟桥《民国旧派小说史略》（第268—363页）、郑逸梅《民国旧派文艺期刊丛话》（第364—533页）、严芙孙等《民国旧派小说名家小史》（第

---

[1] 参见陈平原《作为物质文化的"中国现代文学"》，《中国文化》2009年春季号（5月）；《社会概观与小说艺术——关于〈晚清小说史〉及其他》，《文艺争鸣》2020年第6期。

第八章　雅俗鸿沟与团队合作

534—597页），前两种乃作者根据旧作重新改写和补充。上海文艺出版社1958年启动的"中国现代文学史资料丛书"，分甲、乙两种。乙种为旧杂志影印，甲种包括《鲁迅研究资料编目》《艺术剧社史料》《左联五烈士研究资料编目》《中国现代文学期刊目录》《中国现代戏剧电影期刊目录》，以及魏编《鸳鸯蝴蝶派研究资料》等。

魏绍昌（1922—2000），浙江上虞人，1943年毕业于上海光华文学院历史系，长期担任银行职员，后任上海市作家协会资料室负责人，研究馆员，90年代曾赴德国海德堡大学、美国哈佛大学和哥伦比亚大学讲学。长期从事文学艺术史料的搜集整理，虽有著作《红楼梦版本小考》（中国社会科学出版社，1982年）、《我看鸳鸯蝴蝶派》（[香港]中华书局，1990年；上海书店出版社，2015年）、《晚清四大小说家》（上海书店出版社，2015年）等，但主要贡献在史料整理——主编或参与主编《中国近代文学辞典》（河南教育出版社，1993年）、《中国近代文学大系·史料索引集》（上海书店出版社，1996年）、《民国通俗小说书目资料汇编》（上海书店出版社，2014年）等。早年为晚清四大谴责小说及其作者所编《老残游记资料》（中华书局，1962年）、《李伯元研究资料》（上海古籍出版社，1980年）、《吴趼人研究资料》（上海古籍出版社，1980年）、《孽海花资料》（上海古籍出版社，1982年），更是研究晚清小说的必读书。

改革开放以后，中国人文研究的重镇转移到了大学，原先很有成绩的图书馆（如北京图书馆、上海图书馆）、出版社（如中华书局的傅璇琮、程毅中，上海古籍出版社的钱伯城、赵昌平）、作协系统（如上海的魏绍昌、北京的吴泰昌）逐渐消沉；社科院系统依然活跃，但也很难再现80年代的辉煌。就在这大背景下，苏州大学的通俗文学研究开始崛起。芮和师等编《鸳鸯蝴蝶派文学资料》只是敲门砖，真正的好戏还没登场。该书《后记》称："这部资料，从筹画到定稿，承魏绍昌同志热情帮助，使我们的工作进行得比较顺利，特此致谢。"[1]二书不是同年出版吗，为何专门致谢？那是因为，魏绍昌编《鸳鸯蝴蝶派研究资料》上卷"史料部分"，1962年10月曾由上海文艺出版社"内部发行"，1984年版属于增补[2]，且添加了下册作品选。

芮和师、范伯群、郑学弢、徐斯年、袁沧洲编《鸳鸯蝴蝶派文学资料》，福建人民出版社1984年印行，封面题"中国现代文学运动·论争·社团资料丛书"。全书共四编，上册是第一编"鸳鸯蝴蝶派的文学见解、作家"，下册包括第二编"鸳鸯蝴蝶派作品选例"、第三编"鸳鸯蝴蝶派报刊小说目录"和第四编"对鸳鸯蝴蝶派的评论及有关资料"。此

---

〔1〕芮和师、范伯群、郑学弢、徐斯年、袁沧洲编《鸳鸯蝴蝶派文学资料》下册，第903页，福建人民出版社，1984年。

〔2〕"此次重新排印经过较大的修订，各辑文章均有所充实，增加的文字约有十万言之多，所补充的瞿秋白、成仿吾以及胡适、张恨水等的文章，都是必要的史料。"参见魏绍昌编《鸳鸯蝴蝶派研究资料》上卷《叙例》，上海文艺出版社，1984年。

第八章　雅俗鸿沟与团队合作

书篇幅比魏编略小，选文则各有千秋，研究者大都对照使用。所谓"中国现代文学运动·论争·社团资料丛书"，属于《中国现代文学史资料汇编》的甲种；乙种"中国现代作家作品研究资料丛书"包括一百七十多种作家作品研究资料集；丙种为"中国现代文学书刊资料丛书"，包括文学期刊及主要报纸文艺副刊目录，以及文学总书目、作者笔名录等。这套陈荒煤总主编的大型资料丛书，由中国社科院文学所统筹，国内各大学分工合作，众多出版社积极参与。此工程1980年启动，1982年起陆续出版，对于80年代中国现代文学学科的重建，起决定性作用。

参与编辑《鸳鸯蝴蝶派文学资料》的芮和师、范伯群等，当年都是苏州大学（1982年前称江苏师范学院）中文系教师，此乃现代文学教研室的集体项目。之所以将此任务交给他们，"理由是鸳鸯蝴蝶派中苏州籍作家最多，你们研究地方文史资料责无旁贷"。难得的是，此团队不仅很好地完成了任务，且审时度势，将其作为长期目标来经营："我们对这个课题并无积累，于是教研室的几个人进行了分工，有的找新文学批判鸳鸯蝴蝶派的资料，有人搞他们的作品目录，而我是分工看他们的刊物与作品。我至少坐了两三年图书馆，在大量阅读过程中，我觉得他们还有若干好的和比较好的作品，这个流派不能一概否定，更不能定性为'逆流'。觉得对这个文学史上的'案子'，除了将'资料'罗列之外，还应该做一点更为细致的工作，于是就扩大了课

题组。"[1]多年后,范伯群谈及当初的设想:

> 我们地方高校的人力物力有限,我们不能像有些精兵强将的名牌高校那样,在现代文学研究领域中"全面出击",取得令人羡慕的丰硕成果。我们却只能看准一个有点新意的课题,全力去进行拓荒性的开垦,如果稍有成就,这也算是对现代文学研究的一点贡献。而我们也许以此为特色,能立于"现代文学研究之林",算是一个方面军了。[2]

如此低调陈述与精明盘算,苏大团队并没有藏着掖着,而是到处广而告之。

这不是什么商业秘密,几乎所有大学都晓得,在激烈竞争中必须自我权衡,选择最优方案。问题在于,极少像苏大团队这样定位精准且成绩卓著的。这里牵涉到目标的设定、团队的组建以及领导的眼光与执行力。

首先是选准目标,必须是"拓荒性的开垦",且有旁人难以企及的特殊因缘,才值得如此投入。"清末民初,江浙一带得风气之先,出现一大批'新小说'家,而常熟的曾朴、黄人,苏州的包天笑、周瘦鹃,都算其中的佼佼者。苏州是南

---

[1] 参见范伯群《多元共生的中国文学的现代化历程》,第267页,复旦大学出版社,2009年。
[2] 范伯群:《〈中国近现代通俗文学史〉后记》,范伯群主编《中国近现代通俗文学史》下册,第839页。

第八章　雅俗鸿沟与团队合作

社第一次雅集的地点,也是鸳鸯蝴蝶派的重镇,当然藏有很多清末民初文学的史料。"[1]这些夹在"有版本价值"的古典小说和"有研究价值"的现代文学之间的书籍,一般图书馆并不看好,而苏州图书馆恰好多有收藏。当初我编《二十世纪中国小说理论资料》第一卷,四处寻访清末民初小说资料,曾得到苏州大学徐斯年教授的协助,进入苏州图书馆看书。

其次说到研究团队。仔细辨认,初创者中日后广为学界知晓的,只有范伯群先生。团队的其他成员,主要以资料整理见长,如芮和师编校《维扬社会小说泰斗——李涵秋》(南京出版社,1994年)及《中国近现代通俗文学史》中的第八编《大事记编》(下册第717—833页),徐斯年编校《民国武侠小说奠基人——平江不肖生》(南京出版社,1994年),此外撰有《侠的踪迹——中国武侠小说史论》(人民文学出版社,1995年)和《王度庐评传》(苏州大学出版社,2005年)。除了人员工作调动(如徐斯年转任苏州大学出版社总编辑),更重要的是,八九十年代的中国现代文学研究界,普遍重理论阐述而轻资料整理[2]。可对于"拓荒性的开

---

[1] 参见陈平原《江南读书记》,初刊《读书》1988年第2、3期,后收入《书里书外》(浙江文艺出版社,1988年;[增订版],生活·读书·新知三联书店,2019年)。

[2] 北大中文系现代文学专业也有擅长资料整理的老师,如唐沅、封世辉、方锡德、商金林等,他们做了很多基础性工作,研究生开题或答辩时尤其发挥很好作用,但因个人专著相对少了些,在八九十年代的学术评鉴中处于不太有利的地位。

垦"来说，上穷碧落下黄泉，搜集整理浩如烟海的原始资料，恰好是最为关键性的第一步。在这个意义上，苏大团队必须有很好的协作精神，且付出某种牺牲。

当然，作为国家级重大课题，单有资料整理还不够，必须有自己的立场、眼光与趣味。这方面，范伯群发挥了关键作用。其知识精英文学和大众通俗文学双翼展翅翱翔、现代文学史起点"向前位移"，以及中国现代通俗文学历史发展三阶段等论述[1]，虽然都是课题结束后的总结，但明显属于撰史过程中逐步摸索出来的指导思想与结构意识。而这与范伯群本人长期从事现代文学研究，有较好的理论修养有关。

1955年毕业于复旦大学的范伯群，因师长贾植芳被打成"胡风反革命集团"分子而受牵连，经隔离审查后，分配到南通中学教语文，中经诸多曲折，直到1978年调入江苏师范学院（即后来的苏州大学），方才开始高校教师生涯。此前二十年，不屈不挠的范伯群坚持从事学术研究，也锤炼了人生韧性与组织能力。1956年起和同窗好友曾华鹏（日后成为扬州大学教授）合作撰写现代作家论，先后出版《王鲁彦论》（上海文艺出版社，1980年）、《现代四作家论》（人民文学出版社，1981年）、《冰心评传》（人民文学出版社，1983

---

[1] 参见范伯群《我心目中的中国现代文学史框架》（《深圳大学学报》2004年第1期）、《论中国现代文学史起点的"向前位移"问题》（《江苏大学学报》2006年第5期）、《开拓启蒙·改良生存·中兴融会——中国现代通俗文学历史发展三段论》（《文艺争鸣》2007年第11期），分别见《多元共生的中国文学的现代化历程》，第1—17、43—58、18—31页。

年)、《郁达夫评传》(百花文艺出版社,1983年)、《鲁迅小说新论》(人民文学出版社,1986年)等。就在这现代文学研究做得得心应手,出版也顺风顺水的时候,范伯群却突然转向了。

参与编选《鸳鸯蝴蝶派文学资料》,意识到此课题的巨大潜力,这是问题的一个方面;出任苏州大学中文系主任(1983—1988),希望集中力量做大事,这又是另一个方面。就这么多人,这么多钱,往哪里投最有效果,系主任必须做战略抉择。正是此兼及集体荣誉与个人事业的双重算计,促使范伯群痛下决心,把研究重心从"五四"新文化人为代表的现代文学,转移到鸳鸯蝴蝶派作家为主体的近现代通俗文学。王瑶先生很欣赏他们这一战略转移,理由是全国各高校应该分工合作,因此,不仅在中国现代文学研究会年会上予以表扬,还支持其申报国家社科"七五"重点项目。申报成功后,苏大中文系趁热打铁,安排更多师生投入,最终将通俗文学研究打造成为该系乃至该校的名牌。1984年苏州大学获批"通俗文学研究"硕士点,1991年获批"中国现代大众文化与通俗文学研究"博士点,三十多年来,培养了数百名相关专业的硕士及博士,遍布全国各高校,成为当下研究中国现代大众文化与通俗文学的主要力量。今天说起苏大中文系/文学院,学界中人,除了记得钱仲联教授(1908—2003)的清诗研究,还会提及范伯群教授的通俗文学研究。可实际上,钱先生比范先生年岁整整高了一辈。

作为中国近现代通俗文学研究的开拓者,范伯群除个人专著外,更值得表彰的是其学术组织能力。经营好集体项目《中国近现代通俗文学史》,并不是一件容易的事。人文学不同于工程技术,也不同于社会科学,主要依靠个人的阅读、思考与写作。因五六十年代集体写作的弊端(如抹平学者个性)及后遗症(包含权益分配),进入八九十年代后,很多名校已不再采用这种工作方式。集合众多同人,从事某一延续多年的大项目,主事者必须有崇高威望,且身体力行,这就要求其兼及学术眼光、领导艺术、协调能力以及某种任劳任怨的精神。我眼看着苏大团队从画图纸起步,开始整理地基,搭好脚手架,再到历尽艰辛,平地起高楼,了解这其中范伯群教授发挥的绝大作用。

《中国现代文学研究丛刊》1996年第2期的"编后记"上,曾这么表彰范伯群为代表的苏大团队:"学术研究,需要个人探索,也需要群体攻关。苏州大学的做法,对其他院校和研究机构不无启发吧。"而在《中国近现代通俗文学史》的《后记》中,范伯群是这么总结经验的:"我提出了'井田制'的构想:中间的一块大田,你们是要耕好的,但周边的八块小田也应该去耕好,让你们早些为同行所'熟悉'。"[1]可实际上,即便是自己培养的博士生,也都不能保证其永远谨遵师嘱。像范先生抱怨的那位原课题组成员,拿

---

[1] 参见范伯群主编《中国近现代通俗文学史》下册,第840页。

第八章　雅俗鸿沟与团队合作

《中国近现代通俗文学史》，
江苏教育出版社，2000年

到博士学位便翻脸不认人，扣住自己承担的部分不交，要求单独刊行[1]，固然是特例，可也暴露出集体项目中，如何协调"大田"（集体项目）与"小田"（个人科研）的矛盾，不是那么好处理的。人文学著作的署名原则（不像自然科学可以有几十个作者），以及各大学计算成绩的方式（往往只算第一作者），使得很多获奖的大项目"一将功成万骨枯"。正因此，同代人很难长期地精诚合作，必须多招研究生（尤其是博士生），导师方能心安理得地派任务、下指标、催进度、改稿子。

这么做的好处是学生容易上路，也便于打造学术团队，

---

[1] 参见范伯群主编《中国近现代通俗文学史》下册，第841—842页。

这一点范先生非常自豪："我在20世纪八九十年代培养的一代学生现在已是本专业研究方向的博士生导师了。在他们的培养下，21世纪第一个十年毕业的博士生与合作研究的博士后也已在各高校任教……我们的'第三代'合作者还很年轻，如经不懈努力，成就一定不在我们第一、二代学者之下，这是可以预期的。"[1]但如此集体攻关、批量生产，也潜藏着一个弊病，那就是压抑博士生的学术个性，培养出来的人才只能守成，很难创新。这里牵涉到你对博士生的期待，到底是依样画葫芦的忠诚弟子，还是有可能青出于蓝而胜于蓝的青年才俊。范伯群及苏大团队的集体攻关基本上是成功的，但不等于没有代价。近年此工作模式被广泛复制且变本加厉，很多大牌教授主要负责申请项目，然后层层分解任务，把博士生当廉价劳动力。我相信，这与范先生设想的集体攻关与人才培养并重的初心并不一致。

二、从集体项目到个人专著

范伯群主编的《中国近现代通俗文学史》先后获得了教育部"第三届中国高校人文社科研究成果一等奖"、中国现代文学研究会"第二届王瑶学术奖优秀著作一等奖"、第

---

[1] 范伯群：《〈中国现代通俗文学与通俗文化互文研究〉绪言》，范伯群主编《中国现代通俗文学与通俗文化互文研究》，江苏凤凰教育出版社，2017年。关于范伯群如何打造一支能够集体攻关，而又各有成就的学术团队，参见汤哲声《范伯群学案》，《上海文化》2018年第4期。

第八章　雅俗鸿沟与团队合作

三届中国出版政府奖图书奖等。除主编亲自撰写的《绪论》外，该书共八编，即《社会言情编》（范伯群、张元卿）、《武侠会党编》（徐斯年、刘祥安）、《侦探推理编》（汤哲声）、《历史演义编》（陈子平）、《滑稽幽默编》（汤哲声）、《通俗戏剧编》（陈龙）、《通俗期刊编》（汤哲声）和《大事记编》（芮和师）。其中陈子平撰写的《历史演义编》和汤哲声负责的《通俗期刊编》是范伯群指导的博士论文，而陈龙的《通俗戏剧编》则是博士后出站报告。至于不得已中途换将的《社会言情编》，除主撰范伯群、张元卿外，还有几节是由前硕士或在读博士执笔。所有这些，范伯群都做了诚实的交代，体现了学者的良知。可撰写此《后记》时，范伯群自称"心情沉重"，原因是自己感觉"在学术上也许还'年轻'，也许还能爬一个坡，过一道坎"，可学校已经不给招生名额了，"我要再带一批助手，去完成一个新的课题计划的可能性是没有的了"[1]。作为指点江山、运筹帷幄的学术组织者，《中国近现代通俗文学史》是范伯群的告别演出，很精彩，但也很无奈。

在范先生二十年不懈努力下，中国近现代通俗文学终于在国内外日渐成为一门显学。热闹与喧嚣过后，还能做些什么呢？轰轰烈烈的集体项目做不成了，那就回到原先的单打独斗，意气风发的范伯群，再次证明了自己的学术实力。其

---

[1] 参见范伯群主编《中国近现代通俗文学史》下册，第845页。

实,集体项目规模大,但成于众人之手,整理之功往往大于论述之力。黄修己《中国新文学史编纂史》(第二版)称《中国近现代通俗文学史》"是有开创性的",只是"有时复述偏多,文字不简练,难免给人庞杂甚至粗糙之感,但也显出难得的丰富性"。接下来,黄著对通俗文学如何"正名"、怎样"定性"、对鸳鸯蝴蝶派小说是否评价过高等提出了自己的看法,甚至称主编撰写的《绪论》也都"让人感到不够深入,说服力不足"[1]。当然,考虑到筚路蓝缕以启山林的艰难,虽有这样那样的缺憾,学界对于范伯群及苏大团队还是给予高度评价的。

冷静下来后,范伯群决心另起炉灶,单独写一部通俗文学史。"我的规划是,一是要自己独立写出一部晚清民国的通俗文学史来。我过去主编过通俗文学史,但主编与自撰是不同的。我们课题组虽然大家都齐心协力,但由于多人执笔,笔调与格调是不可能一致的。"[2] 2001 年退休后,范伯群花了整整五年时间,进一步调整思路及论述框架,重新绘制中国现代通俗文学的历史图景,同时寻觅大量图片,将该书打造成为真正的精品。作为一部插图本文学史,三百多幅图片为该书增色不少,无论是报纸上的旧广告、初版小说集

---

〔1〕 参见黄修己《中国新文学史编纂史》(第二版),第 225—231 页,北京大学出版社,2007 年。

〔2〕 范伯群:《觅照记(代后记)》,《中国现代通俗文学史》,第 588 页,北京大学出版社,2007 年。

第八章 雅俗鸿沟与团队合作

或刊物创刊号的封面,还是极为难得的作家老照片[1],都使读者更真切地感受那个时代的氛围。大量插图确实乃此书一大亮点,故"代后记"才会以《觅照记》为题,如数家珍地谈论那些得之不易的旧影[2]。

获第二届思勉原创奖提名奖的《中国现代通俗文学史》,整体水平超越《中国近现代通俗文学史》。但后者长达三十六页的《绪论》,也自有其长处,比如下面这一段:"中国近现代通俗文学是指以清末民初大都市工商业经济发展为基础得以繁荣滋长的,在内容上以传统心理机制为核心的,在形式上继承中国古代小说传统为模式的文人创作或经文人加工再创造的作品;在功能上侧重于趣味性、娱乐性、知识性与可读性,但也顾及'寓教于乐'的惩恶劝善效应;基于符合民族欣赏习惯的优势,形成了以广大市民层为主的读者群,是一种被他们视为精神消费品的,也必然会反映他们的社会价值观的商品性文学。"[3]当初处在冲刺阶段,担心不被学界接纳,故作者倾尽全力,论述时态度认真且颇多新见。到了独自撰写《中国现代通俗文学史》,通俗文学的合法性已基本解决,故《绪论》相对简单(第12页),作者也不再采

---

[1] 新文学大家的照片好找,因日后备受关注;通俗文学家则反之,故范伯群称"我的这本书中的插图前后是积累了二十五年"。
[2] 参见范伯群《觅照记(代后记)》,《中国现代通俗文学史》,第586—596页。
[3] 范伯群主编《中国近现代通俗文学史》上册,第18页,江苏教育出版社,1999年。

取论辩姿态。但其实问题依然存在，比如称"知识精英文学侧重于'借鉴革新'，而中国现代通俗文学则侧重'继承改良'"，大致说得过去；可强调"中国通俗文学则证明了即使没有外国文学思潮的助力，我们中国文学也会走上现代化之路，我们民族文学的自身就有这种内在动力"[1]，恐怕难以服众。把美国汉学界"在中国发现历史"的论述推到极致[2]，且论述中不时流露出通俗文学比精英文学更具文化内涵，便属于矫枉过正。认定"中国现代通俗文学作家在19世纪末到'五四'之前是中国启蒙主义的先行者"[3]，因梁启超很难归入通俗文学，于是自建谱系，刻意压低梁启超及《新小说》的贡献，我以为也是不妥的。如何论述晚清小说的崛起，尤其是谴责小说与政治小说的内在联系与相互促进，需要全局眼光，不能满足于为通俗小说翻案。

范著着力勾勒中国现代通俗文学的全貌，全书以时间为经，以潮流为纬，脉络清晰，且有很多独到见解。第一章第一节论述"现代通俗小说开山之作"《海上花列传》（第14—24页）[4]，第十九章《40年代新市民小说的通俗性》分别讨

---

[1] 参见范伯群《中国现代通俗文学史》，第1、3页。
[2] 参见柯文著、林同奇译《在中国发现历史——中国中心观在美国的兴起》（中华书局，1989年）以及陈平原《新文学：传统文学的创造性转化》，《二十一世纪》第10期，1992年4月。
[3] 参见范伯群《中国现代通俗文学史》，第6页。
[4] 参见范伯群《〈海上花列传〉：中国现代通俗小说的开山之作》，《中国现代文学研究丛刊》2006年第3期。

第八章 雅俗鸿沟与团队合作

论张爱玲、徐訏与无名氏（第544—573页）[1]，都是认真经营的结果。其余各章节，分别介绍1890年至20世纪40年代通俗文学的重要作家、作品及报刊，一编在手，基本上应有尽有，不是教材，胜似教材。李欧梵表扬此书注重印刷文化、定《海上花列传》为现代通俗小说的"开山之作"等，更重要的是挑战以往的现代文学史，"对其中暗含的精英主义和意识形态提出质疑"。就像李先生说的，海外（美国）学界不讲雅俗，"近年来在'文化研究'理论冲击之下，似乎更看重通俗文学和视觉文化（如电影）"[2]，因而范著在汉学家那里更容易获得体认与表彰。

毕竟早年从事"五四"新文学研究，即便已经转移阵地，专攻通俗文学，范伯群依旧保留着与精英文学对话的姿态。"我们要从过去以'知识精英话语'为主导视角的中国现代文学史中，打破这种长期积累的，根深蒂固的思维定势，转而为多元性的中国现代文学立史，阐明知识精英文学与大众通俗文学的'互补性'，恐怕也不是一蹴而就的事。"那就先为中国现代通俗文学史建立独立的研究体系，待日后条件成熟，再"将它整合到中国现代文学史的整体中去"[3]。

---

[1] 请注意，这里谈的不是通俗小说，而是小说的通俗性。参见范伯群《超越雅俗，融会中西——论20世纪40年代新市民小说代表作家的创作经验》，《西北大学学报》2006年第6期。
[2] 参见李欧梵《〈中国现代通俗文学史〉序》，范伯群《中国现代通俗文学史》。
[3] 范伯群：《中国现代通俗文学史》，第12页。

立足于通俗文学，但努力沟通雅俗，范伯群的这一学术立场，在第二十章《历史的经验教训还需作进一步探讨》中得到充分呈现。此章着重论述文学的"多元共生"、大众化、通俗文学的生命潜力，以及民间立场等[1]。这四个问题确实重要，但我以为范先生没有真正解决；不仅没解决，反而让我心生疑虑——到底哪个为主，以及如何整合雅俗？

三、如何填平雅俗鸿沟

2008年6月22日，在为《中国现代通俗文学史》出版举行的研讨会上，范伯群做了主题发言，谈如何填平雅俗鸿沟：

> 在我的脑子里，没有"雅高"与"俗低"的概念，各有各的优势，各有各的局限，这要具体分析。我也同意严家炎先生的意见，将来只有一部"中国现代文学史"，精英与通俗都涵盖其间。我写《中国现代通俗文学史》就是为了"消灭"独立的通俗文学史。但由于历史的原因，为了要将通俗文学整合进现代文学史中去，我认为这要有个漫长的融会的过程。[2]

---

[1] 参见范伯群《中国现代通俗文学史》，第576—585页。
[2] 范伯群：《在"构建中国现代文学史多元共生新体系暨〈中国现代通俗文学史（插图本）〉学术研讨会"上的主题发言》，《多元共生的中国文学的现代化历程》，第61页。

第八章　雅俗鸿沟与团队合作

《礼拜六的蝴蝶梦》，人民文学出版社，1989年　　《多元共生的中国文学的现代化历程》，复旦大学出版社，2009年

此前四年，范伯群曾撰"学术自述"，题为《"过客"：夕阳余晖下的彷徨》，谈及自己的科研三部曲，第一步以现代文学研究"起家"，第二步因偶然的机遇开始"转移"，第三步希望"回归"——"那就是我应该'回归'到整体的现代文学史的研究领域中去，也即应该将雅俗双方合起来加以综合的通盘思考。"[1]

范伯群称"转移"花去了他二十年间的主要精力，但一点儿都不后悔。"这二十年还是花得值得的。二十年的

---

[1] 范伯群：《"过客"：夕阳余晖下的彷徨》，《多元共生的中国文学的现代化历程》，第268页。

一个总结性成果是集体撰写了一部《中国近现代通俗文学史》。"[1]其实范先生的"总结性成果",还应包括此前的论文集《礼拜六的蝴蝶梦》(人民文学出版社,1989年),以及此后的专著《中国现代通俗文学史》等。不过,作者似乎更看重"回归"——相对于此终极目标,"转移"只是阶段性成果。这一旨趣,从作者2013年刊行学术自选集取名《填平雅俗鸿沟》,可以看得很清楚。

2013年5月25日,苏大文学院和江苏教育出版社联合举办《填平雅俗鸿沟——范伯群学术论著自选集》首发式暨学术研讨会,众多专家学者高度评价范著,其中最具代表性也最为范先生及苏大团队看重的,是北京大学严家炎教授的发言:

> 说真心话,我对范先生来做现代通俗文学的重新评估工作,从一开始就特别放心,也特别信任,因为范先生是做新文学研究的学者出身,我想他绝不会偏心眼,既不会偏向新文学,也不会特别袒护通俗文学。虽然这样,后来他做出来的现代通俗文学研究的大量成果依然让我感到吃惊,感到震动,产生由心底里来的那种佩服!原因在于,他做的通俗文学的研究成果实在太扎实

---

[1] 参见范伯群《多元共生的中国文学的现代化历程》,第268页。

第八章 雅俗鸿沟与团队合作

《填平雅俗鸿沟——范伯群学术论著自选集》,江苏教育出版社,2013年

了,所下的功夫也实在太深了。[1]

严家炎先生是著名中国现代文学史专家,又与范伯群先生长期相识相知,如下点评为研讨会一锤定音:"如果说晚清的黄遵宪、陈季同、梁启超、曾朴等人扫除了上千年来士大夫们看不起小说、戏曲的传统陋习的话,那么,'五四'以来某些新文学者贬低和抹黑通俗文学的错误,则是由20世纪80年代初以来范伯群先生等苏大文学院的一批学者来纠正的。这个功劳,首先应该是归于范伯群先生的。他的功绩应

---

[1] 严家炎:《读〈填平雅俗鸿沟〉的感想与思考》,《苏州教育学院学报》2013年第4期。

该得到充分肯定,应该得到很好的理解。"[1]很多人可能联想到严家炎著《金庸小说论稿》,以为是同侪兼同好的相互支持。其实,作为眼观八路、耳听四方的中国现代文学研究会会长(1989—2002),严家炎很早就对范伯群的工作表示欣赏。在初刊《文学评论》1993年第6期的《二十世纪中国小说史研究之回顾与展望》,严家炎谈及通俗文学的研究如何受到重视:

> 苏州大学在范伯群主持下正撰写《中国近现代通俗文学史》,描述近现代通俗小说的类型、特征和发展趋向。虽然把雅俗小说分割开来写史的局面尚未基本改观,难免仍有"两个跛脚合起来不等于一双好脚"之讥,但通俗小说的研究开始进入文学史家的视野,毕竟是一种进步。[2]

这里"两个跛脚"的比喻和范伯群双翼展翅翱翔的思路好有一比,都是在强调通俗文学研究价值的同时,蕴含着对于单翅飞或单脚跳的不满与警惕。也就是说,短期内集中力量专攻通俗文学,属于补课性质;长远看,最好还是"填平雅俗

---

[1] 参见严家炎《读〈填平雅俗鸿沟〉的感想与思考》,《苏州教育学院学报》2013年第4期。
[2] 严家炎:《二十世纪中国小说史研究之回顾与展望》,《文学评论》1993年第6期;《世纪的足音》,第246—247页,作家出版社,1996年。

第八章 雅俗鸿沟与团队合作

鸿沟",汇合进中国现代文学的大潮中去。

如此宏愿是否合理,也有学者表示质疑。在评论范伯群主编《中国近现代通俗文学史》的得失时,黄修己谈及重新合并雅俗文学研究的陷阱:"现在有些现代文学史将雅俗两种文学混编在一起,给人以别扭之感,就因为把'双翼'集于一身,却对这'双翼'用了两套评价标准:上一章用的是启蒙主义的评价,接着的下一章讲通俗小说了,又变为用评论通俗文学的标准,与上一章相比,思想性的标准显然放低了。"[1]撰写文学史的难处在于,面对纷纭复杂的作家作品及文学现象,是否需要寻求一个统一的评价标准。人们常常抱怨文学史家的评价标准不统一,褒贬作家作品时宽严不一,其实更要命的是用高雅文学的标准来衡量通俗文学(或反之),那样很可能把优点说成了缺点,或把缺点说成了优点。

三十多年前,我做小说史研究时曾提及,尽管对"俗文学"可以做出"雅学问"这一点坚信不疑,"不过我对纯粹的通俗小说研究兴趣不大,而只关心'俗小说'与'雅小说'如何互相依存、互相补充、互相转化,并因此构成小说发展的一种动力"[2]。在小说史研究方法散论之一《"雅俗对峙"与小说史研究》中,我谈及,"近年学界关注通俗小说的慢慢多了起来,也开始出现将通俗小说作为小说史

---

[1] 黄修己:《中国新文学史编纂史》(第二版),第231页。
[2] 参见陈平原《江南读书记》,《读书》1988年第2、3期。

（文学史）研究对象的尝试"。对于三种不同研究趋向——在原有的文学史、小说史框架中容纳个别通俗小说家；在原有的文学史、小说史之外，另编独立的通俗文学史和通俗小说史；强调雅俗对峙是20世纪中国小说的一个基本品格，把高雅小说和通俗小说作为一个整体来把握——我自己倾向于第三种，且在《20世纪中国小说史》第一卷的撰写中努力实践[1]。而谈及范烟桥的《民国旧派小说史略》和范伯群主持的正在撰写中的《中国近现代通俗文学史》，我有如下预言：

> 让通俗小说独立成史，好处是可以依据对象调整评价标准，也能讲清大量通俗小说的来龙去脉及基本特征，对纠正目前学界对通俗小说知之不多而偏要放言空论的倾向颇有好处。不过，这样处理也有弊病。把高雅小说和通俗小说割裂开来各自成史，整个小说界的发展面貌未免模糊不清。两个跛脚合起来不等于一双好脚，很难期望由高雅小说史和通俗小说史合成一部完整而且令人满意的20世纪中国小说史。姑且不论楚河汉界如何划分是个难题，即便真的可以各定标准、各写一套，我相信没有通俗小说刺激的高雅小说和没

---

[1] 参见陈平原《"雅俗对峙"与小说史研究》，（日本）《野草》第47号，1991年2月；又见《小说史：理论与实践》，第113—122页，北京大学出版社，1993年。

第八章　雅俗鸿沟与团队合作

> 有高雅小说影响的通俗小说，都很难成立也很难发展。因为，正是在高雅小说和通俗小说的对峙与互补中，整个时代文化、文学的特质才真正得到深刻的表现；而雅俗对峙在我看来还是小说发展变化的一个重要动力。[1]

谁都明白，批评容易，建设很难，所谓将"雅俗对峙"作为"小说发展变化的一个重要动力"来描述，理论上可行，实际操作中容易流于蜻蜓点水。因为，通俗文学作品的量实在太大了，只是举例说明，往往一叶障目；而且，通俗文学有其独特的生产方式与市场机制，很难套用高雅文学的批评标准。当年撰写《千古文人侠客梦——武侠小说类型研究》（人民文学出版社，1992年），使得我对类型小说的生产方式、评价标准及研究思路略有体会，深知若你一定要将鲁迅的《狂人日记》和向恺然的《江湖奇侠传》放在一起论述，无论如何绞尽脑汁，都是吃力不讨好。

因此，我十分赞赏范伯群先生大胆且持久的战略大"转移"，高度肯定《中国近现代通俗文学史》及《中国现代通俗文学史》在学术史上的意义；至于他希望"回归"现代文学研究领域，借"填平雅俗鸿沟"来撰写双翼齐飞的完整的

---

[1] 陈平原:《"雅俗对峙"与小说史研究》,《小说史：理论与实践》, 第119页。

"中国现代文学史",我以为既无可能,也没必要。说到底,所谓通盘思考、全面评价的"文学史",也只是众多著述体例中的一种,且更适合于教学而不是科研,又何必念兹在兹、斤斤计较呢[1]?

---

[1] 参见陈平原《假如没有"文学史"》(《读书》2009年第1期)以及《作为学科的文学史》(北京大学出版社,2011年;[增订版],2016年)。

第九章

阅读感受与述学文体

——关于《论小说十家》及其他

《论小说十家》,生活·读书·
新知三联书店,2011年

告知师姐赵园，这学期我在北大讲授专题课"中国现代文学文类研究"，讨论的对象包括她早年作品《论小说十家》，她有点儿困惑，以为这纯属"徇私舞弊"。因为，在她看来，这雏鹰初啼之声，不值得如此对待。在撰于1999年的《〈北京：城与人〉新版后记》中，她曾坦承："《明清之际士大夫研究》出版后，有评介文字说那本书是我的'第一本称得上是严格意义的'学术作品，我倾向于认可这说法，尽管也明白为此有必要追问什么是'学术'。"[1]此类言论，她曾不止一次提及，但都被我驳回去，于是有了这峰回路转的后半句：有必要追问什么叫"学术"。

作为学者的赵园（散文随笔虽好，但不是主攻方向），其专业成绩集中在三大块：现代文学、明清思想史以及当代史（"文革"）研究。《论小说十家》原本被她定义为"习

---

[1] 赵园：《〈北京：城与人〉新版后记》，《北京：城与人》，第226—227页，北京大学出版社，2002年。六年后撰写《〈地之子〉再版后记》，赵园依旧持此观点，见《地之子》，第316—317页，北京大学出版社，2007年。

第九章　阅读感受与述学文体

作",是她进入现代文学研究领域的"开篇"[1],没想到这些年竟多次再版,且有不少正面引用。这回甚至成了我研究生课程的讨论对象,难怪她"诚惶诚恐"。在她,谈论此书很可能"悔其少作";在我,选择此书则是别有幽怀。

一、一空依傍的阅读

首先必须承认,《论小说十家》不是赵园的代表作。作为论文集的《论小说十家》,明显不如日后撰写的《明清之际士大夫研究》(北京大学出版社,1999年、2006年)、《想象与叙述》(人民文学出版社,2009年)、《制度·言论·心态》(即《明清之际士大夫研究》续编,北京大学出版社,2006年、2015年)和《非常年代》([香港]牛津大学出版社,2019年)等更为博大精深;即便同为现代文学研究著作,也不如《艰难的选择》(上海文艺出版社,1986年、2001年)、《北京:城与人》(上海人民出版社,1991年;北京大学出版社,2002年、2014年)、《地之子》(十月文艺出版社,1993年;北京大学出版社,2007年)这三部专著规划谨严结构完整。既然如此,为何还要将其作为研究生课程的阅读对象?与其说基于学术史判断,不如承认更

---

[1] 虽然《艰难的选择》出版在前(1986),但《论小说十家》(1987)所收各文,大都写作在先,比如第一篇《郁达夫自我写真的浪漫主义小说》完成于1980年12月,初刊《十月》1981年第2期。

《北京：城与人》，北京大学出版社，2002年

多缘于教学需要。

　　同样是教学需要，将近二十年前，我曾向北大研究生推荐赵园的《北京：城与人》。那年我在北大开设题为"北京文化研究"的专题课，依据2001年9月12日的"开场白"整理而成的《"五方杂处"说北京》，其中有这么一段：

　　　　汉语世界里关于都市与文学的著作，我最欣赏的，当数赵园的《北京：城与人》（北京大学出版社，2002年）和李欧梵的《上海摩登——一种新都市文化在中国，1930—1945》（北京大学出版社，2001年）。不仅仅是北京、上海这两座城市的魅力所致，更由于两位作者的独具慧眼。前者1991年便由上海人民出版社印行，只是当

第九章　阅读感受与述学文体

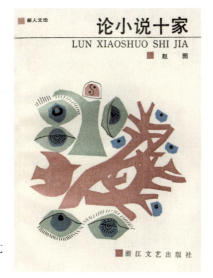

《论小说十家》，浙江文艺出版社，1987年

初读者寥寥，且常被误归入地理或建筑类；这次与《上海摩登》一并推出，当能引起广泛的阅读。赵书谈论的，基本上还只限于城市文学；李书视野更为开阔，以都市文化为题，涉及百货大楼、咖啡厅、公园、电影院等有形的建筑，以及由此带来的文人生活方式及审美趣味的改变，更讨论印刷文化与现代性建构、影像与文字、身体与城市等一系列极为有趣而复杂的问题。[1]

---

[1] 陈平原：《"五方杂处"说北京》，初刊《书城》2002年第3期及（台湾）《联合文学》2003年第4期；又见《记忆北京》，第27—28页，生活·读书·新知三联书店，2020年。

此后，我在北大及香港中文大学开设"都市研究"或"都市文化"课程时，都会提及赵园此书。赵园本人也承认："我的几种关于文学的研究中，《城与人》是较能经得住时间的一本。"[1]即便如此，当初在港中大教书，还是有研究生大惑不解：学术著作怎么能这么写？尤其是与李欧梵的《上海摩登》一起讲授，赵园谈论北京时不断荡开去的笔墨以及明显的主观性，还是让科班出身者不太能接受。

要说学术著作的"主观性"，《论小说十家》与《北京：城与人》相比，有过之而无不及。可正是这种今天学界中人觉得有些刺眼的论述笔调，构成了独一无二的"学者赵园"。当然，因为争议较大，有人非常喜欢，有人不以为然，赵园反而有点回避，比如称"'文体''感觉'这类被别人褒奖的东西，并非我所最珍惜的"。当然，比起"洞察世界与体验生命的深"，"文体"与"感觉"似乎不在一个层次，可为什么需要如此褒贬抑扬呢，难道不能既"洞察世界与体验生命的深"，又有很好的"文体"与"感觉"[2]？这里涉及赵园特殊的阅读方式与写作策略，其实不能不辨。

到目前为止，《论小说十家》有两个系统四个版本：浙江文艺出版社1987年版和华东师大出版社2014版的《论小说十家》是一个系统，后者只增加一篇《再版后记》；台

---

[1] 赵园：《〈北京：城与人〉新版后记》，《北京：城与人》，第227页。
[2] 赵园：《〈赵园自选集〉自序》，《赵园自选集》，广西师范大学出版社，1999年。

第九章　阅读感受与述学文体

《中国现代小说家论集》，
(台北)人间出版社，
2008年

北人间出版社2008年版《中国现代小说家论集》和三联书店2011年版《论小说十家》是另一个系统，后者是根据台湾读者及出版社的需求重编的。重编的经过及增删情况，作者在台版后记中做了详细说明[1]。对比两个版本，后者删去《孙犁对于"单纯情调"的追求》，固然更加"名副其实"(原书十一篇)；但将第一篇《郁达夫自我写真的浪漫主义小说》(1980)替换为附录中的《郁达夫：在历史矛盾与文化冲突之间》(1984)，将原先的《路翎小说的形象与美感》替换为《艰难的选择》中的《蒋纯祖论——路翎和

---

[1] 参见赵园《〈中国现代小说家论集〉后记》，《中国现代小说家论集》，第313—319页，(台北)人间出版社，2008年。

他的《财主底儿女们》》,还有舍弃附录中的《鲁迅与俄国现实主义文学》等三文,其实都没有什么道理。尤其遗憾的是,原书最有特点的《论余杂谈(代跋)》,被无情地割舍了。经由这一番截长补短的改造,表面上更符合学术规范,但"学者赵园"的特性被明显削弱。说实话,我不觉得这种改造是成功的。

很可惜,三联版沿袭的是台版的选目,好在增加了《修订本前言》,下面这段自述,还算保留了赵园的某些特性:

> 这组小说家论均写在80年代上半期。那是一个诸种知觉被唤醒被激活的年代,在个人的生命史上已不可能重现。那段时间值得怀念的,就有阅读状态:专注而投入,浸淫其中,遇有所以为的佳篇,甚至会如醉如痴,沉湎而难以自拔。那真的是一种投入了生命的阅读。较之此后的研究"明清之际",也更易于体验表达的快感。[1]

在此前撰写的《〈地之子〉再版后记》中,赵园也提到80年代那种如醉如痴的文学阅读对她的意义:"纵然有'研究'作为动机,这种阅读也滋养了我。我又忍不住要借用'为人'、'为己'的古老说法——这种'为己'、为丰富自己的

---

[1] 赵园:《〈论小说十家〉修订本前言》,《论小说十家》,生活·读书·新知三联书店,2011年。

第九章 阅读感受与述学文体

阅读,是美好的。"[1]但相对来说,三联版《修订本前言》的说法更具体,且有不少精彩的发挥。

而所有这一切,必须回到那篇被人间版及三联版舍弃的《论余杂谈(代跋)》。全都是三五百字的片段,不考证,多驰想,有感而发,点到为止,日后不断扩张,改写成各种治学经验谈。下面引述三段,并略加点评。

> 我个人所喜欢的,也确实是那种连带着生活的、文学的感性血肉,充溢着、喷发着人生气息的批评、研究文字。不只是"有情的批评",而且是饱含着批评者的人生体验,令人感到批评主体的生命力量的批评——因为所批评者为文学。[2]

时过境迁,重读《论小说十家》,理论发现很少,考据更谈不上,依旧让人怦然心动的,正是此"充溢着、喷发着人生气息的批评"。这里包含着某种自我辩解,任何时代,学术研究都有鄙视链——"我一向认为,对象本身的价值并不足以决定'研究'的价值,倒是对象有可能在独特眼光下'获得'某种价值。"[3]即便在现当代文学研究如日中天的80年

---

[1] 赵园:《〈地之子〉再版后记》,《地之子》,第317页。
[2] 赵园:《论余杂谈(代跋)》,《论小说十家》,第399页,浙江文艺出版社,1987年。
[3] 赵园:《论余杂谈(代跋)》,《论小说十家》,第401页。

代,仍然有此自我辩解的需要。

> 还没有人估量过现代文学研究在近几年的"振兴",在多大程度上凭借了一代研究者较为深厚的人生经验——在灾难性的个人命运中积累起来的痛苦经验。以昂贵的代价,他们换取了属于自己的那一把打开对象世界的钥匙,发现了自己与现代史上那几代知识者的精神感应:由社会意识,民族感情,到悲剧感受。这一代研究者除此之外几乎别无"优势"可言:缺乏必要的知识积累,缺乏理论训练,而且大多失去了无可追回的青春岁月。他们看现代文学的眼光注定了是狭隘的,但也只有这一代人,能以这种眼光看现代文学,充满激情地描述出现代文学的某些重要方面。[1]

80年代,中国现代文学之所以一时间成为显学,得益于改革开放大背景下大批作家重获解放,也与有深厚人生经验的一代青年学者的迅速崛起密切相关。最初的红火与喧嚣过后,自觉"缺乏必要的知识积累,缺乏理论训练"的这一代研究者,究竟何去何从,困惑着很多志向远大且敏感的先行者。

多年以后,这代人中的佼佼者王富仁去世,我在回忆文章中提及1991年春夏在山东的一次谈话:

---

[1] 赵园:《论余杂谈(代跋)》,《论小说十家》,第403—404页。

第九章　阅读感受与述学文体

> 有一天晚上,从大气候谈到小气候,还有自家学问前途等,大家不免感叹唏嘘。擅长自我反省的钱理群说到自家学问的局限,还有下一代的无限可能性,王富仁当场反驳:老钱,不要再说这样泄气的话了。我们这代人历经苦难,不断挣扎与探索,才走到今天这一步。我们对中国社会的理解,尤其是将生命与学问融合在一起,后世学者不一定做得到。这是我们的强项,不改初衷,不求时尚,坚持下去,一定会走出一条属于我们自己的"金光大道"。此话深具历史感与思辨性,在座诸君很受鼓舞。[1]

今天看来,王富仁的预言是对的。后来者虽有很好的学术训练,但在拥有"较为深厚的人生经验",且"将生命与学问融合在一起"这一点上,极少能达到钱理群、王富仁、赵园那代人的境界。

> 应当说明的是,我对于对象的选择,与其说依据其文学史的地位,不如说主要出于个人兴趣与能力,虽然这"兴趣"也正有"文学史的兴趣"。……毕竟是"小说家论",而非小说史。[2]

---

[1] 陈平原:《追记王富仁兄的三句话》,《中华读书报》2017年10月11日。
[2] 赵园:《论余杂谈(代跋)》,《论小说十家》,第408页。

在人间版后记及三联版前言中，赵园再三解释此书不是文学史/小说史，而是作家论/小说家论。本来就是十几篇作家论的合集，为何需要一而再再而三地申辩，可见面临"文学史"的巨大压力。王瑶先生本人及其弟子，确实多以文学史著述见长，但赵园是个例外，她始终沉浸在读人/读文中，对那些"系统论述"不太感兴趣。这点倒是与主张"文学史家的首要任务是发掘、品评杰作"的夏志清比较接近[1]。

前些天跟赵园聊天，顺便询问她，当年写作此书时，是否读过夏志清的《中国现代小说史》。回答是：应该读过，只是比别人晚点，感觉有启发，但说不上震撼，因立场不一样。更何况，我更相信自己的阅读感受。"文革"期间读鲁迅之后，初入中国现代文学专业，最先吸引我的，是有旧式文人气息的郁达夫。深厚的旧学修养而能出之以畅达的白话，气质像极了活在现代的古人，却又有与时代的亲密关系：由左翼到抗战。赵园自称是左翼的底子，凡事有自己的判断，当初惊艳张爱玲的才华（忘记读没读夏志清书），撰写《张爱玲的〈传奇〉：开向沪、港"洋场社会"的窗口》（1982年8月撰写，刊《中国现代文学研究丛刊》1983年第3期），据说是1949年以后大陆较早发表的关于张的研究论文。不过，始终不太喜欢这个人的自私与冷酷。更讨厌胡

---

[1] 参见陈平原《杰作的发掘与品评——关于〈中国现代小说史〉及其他》，《文艺争鸣》2020年第8期。

第九章 阅读感受与述学文体

兰成那种旧派文人的轻佻,不太会因文字漂亮就喜欢,内在气质更重要。谈沈从文与夏志清不一样,现在看还是太苛刻了些。谈萧红文有自家心得,比较得意;谈骆宾基文虽浅,也有些感觉——这些是夏志清没有论及的。反而是不喜欢钱锺书,也没仔细阅读。自以为比较左翼,觉得夏志清太右,至今也不接受。读研究生期间,还读了些张灏、夏济安谈鲁迅幽暗意识的文章,开始不太接受,后来慢慢接受——以上谈话,见于微信聊天,无法注明出处,但我确保其真实性。因为这与赵园的治学方法有直接关系,可与已刊出的自述相映照。

以《论余杂谈》作为《论小说十家》的"代跋",这种表达方式很具赵园特色。这是位勤于思考,不断探索,保留大量"思想火花"的学者。平日读书有得,记下稍纵即逝的念头,这些札记无法被完整的著作收编,于是便构成了很能体现其睿智与体悟的"余论"。很少学者像她这样,喜欢在自家著作后面,附录大段大段闲散但深邃的只言片语。除了上述《论小说十家》的《论余杂谈》,还有《艰难的选择》的《余论:关于中国知识分子的随想》、《北京:城与人》的《琐语》以及《明清之际士大夫研究》的诸篇《余论》。

与这种随手记笔记相伴的,是其直面文本的阅读方式。在华东师范大学出版社版《论小说十家》的"再版后记",赵园这样交代自己的阅读习惯:

《艰难的选择》,上海文艺出版社,1986 年

我一再说到我学术工作的入手处,是读作品,一本一本、一篇一篇地读过去。进入明清之际后仍然如此,对各家文集,一卷一卷、一函一函地读过去,将阅读当时的感想随手记下。作家、人物论,即由这些笔记的片段拼贴而成——这也是我沿用至今的工作方式。这当然是笨办法。我曾说过自己素乏捷才;我的笨办法应当没有普遍的适用性,只不过于我有用。[1]

一篇一篇读过去,这确实是"笨人的笨办法",但却是最有

---

[1] 赵园:《〈论小说十家〉再版后记》,《现代中文学刊》2014 年第 5 期。

第九章 阅读感受与述学文体

效的老办法。宋代大儒朱熹谈读书:"须是一棒一条痕,一掴一掌血!看人文字,要当如此,岂可忽略!"今人阅读量大,不可能都像古人读经那样时刻仔细推敲,但文本细读依旧是文学专业的基本功。我给她去信说明为何选择《论小说十家》时,提及看中的正是她这种不迷信理论或所谓的"定论",更多相信自己的阅读感受,且各家文集一卷一卷读过去的习惯。今天学生的最大问题是不太愿意一卷一卷读过去,大都浮光掠影,或借助某时髦理论,主题先行,以检索代替阅读。每代人都有自己的"洞见"与"偏见",这点谁也别笑谁。问题在于,今天那些外语很好、见多识广的博士/教授,反而在一些基本判断上出错,实在令人惊讶。后来想起,关键在于,他们不太愿意直面文本,也就不太可能有自己独立的感觉与见解。

对于文学研究者来说,"作家论"是最为常规的动作,也是起步阶段就该掌握的。与今天很多学者习惯先找理论支撑的做法不同,赵园所有的研究——不管是现代文学、明清思想还是当代政治,都是根基于读文、读人与读史。表面上《艰难的选择》《北京:城与人》《地之子》是综论,但就工作程序而言,都是以独立阅读为根基。到了从事明清之际士大夫研究,也是从读钱谦益、傅山、王夫之等人文集入手,直接与其对话,而后逐渐拓展开去。在广西师大出版社1999年版《赵园自选集》的"自序"中,赵园对自己为何选择更繁难的阅读方式——主要由文集而非史著入手,有很好的说明:

> 我的倚重文集还有更个人的理由：我固然感兴趣于"思想的历史"，却也关心着映现在思想中的"人的历史"。这兴趣又是由文学研究延续下来的。如果不是那些人——顾炎武、黄宗羲、王夫之、方以智、刘宗周、孙奇逢、傅山等等吸引了我，我或许不会选中这一时段。……我的阅读方式、兴趣范围，我的期待，早在新文学研究中就已形成了。但就我所选定的时段而言，深刻性毕竟并非出于虚构。吸引了我的那些问题虽然有轻重之别，但想象着那些零碎的思想，涓滴地汇入由明末到近现代的思想发展中，那种感觉真好！[1]

这是一个很奇妙的过程，窗下读书，思接千古，为伟岸光明的人格所深深吸引，而后落笔为文，必定充满感情。你可能质疑，说这么一来，学术研究会不会变得很主观？关于此陷阱，赵园已经准备了答词——在《论小说十家》的"代跋"中，引述英国形式主义美学家克莱夫·贝尔的《艺术》："一切审美方式必须建立在个人的审美经验之上。换句话说，它们都是主观的。"[2] 不回避论述的主观性，甚至嘲讽"'纯粹客观'那一种虚构，在相当长的时期里，成为以公式、现成概念'规范'文学的辩护，成为一切无个性的平庸批评的辩

---

[1] 赵园：《〈赵园自选集〉自序》，初刊《赵园自选集》，又见三联书店版《论小说十家》，第265页。
[2] 赵园：《论余杂谈（代跋）》，《论小说十家》，第404页。

第九章　阅读感受与述学文体

护"[1]，这与"作家论"这一形式有关，更缘于赵园希望凸显自家判断，而不愿随波逐流，尽说正确的废话。

从文集入手，直接与研究对象对话，还包含另一层意思，那就是千里走单骑，不怎么与同行交流。与时下流行的做法不同，她做研究的入手处，不是先进行学术史清理，看前辈做了哪些工作，取得何种共识，再选择突围方向，深耕细作，以取得突破性成果；而是确定选题后（有时甚至是凭直觉进入课题），直接与文本对话，在这个过程中，随时根据自己的阅读感受调整立场与姿态，不断地审思明辨，最后拿出自己的结论。这种阅读／写作方式，不太受外界干扰，保持自己的独立判断；当然，也可能走很多弯路，或者一叶障目。赵园的文章，会有独特的发现，但也不乏偏见，只是从不人云亦云，奥秘就在这个地方。

与后辈谈论自己的治学与写作，赵园坦承："我的做中国现代文学，一向借力其他学科。阅读书目中，大多是其他人文社会科学的论文论著，以致像是与我的题目全无关涉的文字。最少读的，是自己所属专业的著述。"[2]不怎么与同行对话，与她主要读原著而不怎么读二手材料的习惯有关，也与她当初入行时，中国现代文学专业尚在起步阶段，好文章不太多有关。现在的赵园，谈及此话题，会稍为退两步，说

---

[1] 赵园：《论余杂谈（代跋）》，《论小说十家》，第405页。
[2] 赵园：《历史情境与现实关切——与袁一丹谈治学与写作》，《书城》2020年第5期。

今天有较多好成果，当然需要借鉴了。但我知道，即便是好朋友（比如钱理群），除非刚好在某个特殊的节骨眼上，否则赵园也不读对方的著作（用她的话说——都那么熟悉，读人就够了，不必读书）。不是目空一切，看不起朋友们，而是更愿意独立地阅读、思考、判断。

进入明清研究以后，赵园的阅读习惯有所改变，毕竟那是个陌生且更为深邃的领域，驰骋的空间也比现代文学要大很多，有不少精彩著作必须阅读，且一时间很难逾越。我注意到她开始改变策略，不时提及某些前辈乃至同行的著作，只是口味依然很挑剔。比如谈及那些精湛的明清史著述，她不仅当论据或资料引用，还推敲其背后的写作方式："在我看来，某些以引证丰赡而令人倾倒的考据之作，所证明的，除著者的博学之外，毋宁说更是想象力，人事洞察力，以至'文学才能'；那些密集的材料所提供的，最终仍不过是诸种可能性中的一种——即使其作为推测极富启发性。"[1]

90年代以后毕业的博士，大都受过良好的学术训练，专业化越来越强，学问也越做越扎实，但并非没有遗憾——普遍缺乏的，正是赵园那样沉浸式的自由阅读，以及一空依傍的独立思考。我知道，作为学术训练，赵园的书不是最佳样

---

[1] 赵园：《〈明清之际士大夫研究〉后记》，《明清之际士大夫研究》，第546页，北京大学出版社，1999年。

板,更多的是提示了另一种可能性——经由自由阅读与独立思考,逐渐形成自己的立场与判断,然后不断自我校正与调整,而不是过早/过分压抑自己的感觉与潜力,一头扎进某个理论阵营乃至论述框架。早年是没有规矩,故很难成方圆;今天则是规矩太严,压抑各种奇思妙想。理想的状态当然是"出新意于法度之中",问题在于,有人重"法度",有人好"新意",何处入手,还得看个人资质与修行。"作家论"作为一种入门功夫,训练你的阅读能力,养成好的眼光与趣味,无论哪个时代都是必需的。

二、拒绝平庸的文体

作为学者,赵园的著作辨识度很高,所谓人群中看你一眼就能记得的。除了立意与选题,还有就是论证的绵密与表达的奇崛,某种意义上,独特的述学文体确实成了赵著的重要标志。这一点,早在《论小说十家》的"代跋"中,作者已经做了预告:

> 批评为使自己成其为一种"艺术",批评文体的个性化、风格化、艺术化就是题中应有之义。……我们拥有过自己卓越的批评家,比如鲁迅、茅盾、刘西渭;我们有足称范例的批评文字,见解既精到又无不文采斐然。……经院式的、程式化、规格化的文体,最便于容

纳陈腐思想。文体的平庸往往正由于思想的平庸。[1]

接下来，赵园引黄裳《〈银鱼集〉后记》，讥讽那些写论文"不许说'题外'的话"的做法，为"好的批评文字"争地位，论证"这种批评也势必是批评者个性、人格的呈现"，"作为个性的生动创造物，它绝不比创作低一个档次"。[2]

但这里有个微妙的差异，刘西渭（即李健吾）的《咀华集》《咀华二集》和黄裳《银鱼集》《榆下说书》等，属于文学批评或学术随笔，做到"见解既精到又无不文采斐然"相对容易些，而赵园的《论小说十家》乃颇具文学史意识的系列作家论，读者一般将其作为"学术"而非"散文"看待。

问题就在这里，赵园主要从事学术研究，但又颇具散文家的才情与笔墨。90 年代，当"学术随笔"成为热潮时，赵园也曾应邀结集出版了《独语》(辽宁教育出版社，1996 年)、《窗下》(四川人民出版社，1997 年)、《红之羽》(春风文艺出版社，2001 年)，三者分别归属"书趣文丛""当代著名批评家随笔丛书""布老虎丛书·随笔系列"，不管叫什么，总是偏于"散文"而非"学术"[3]。作为学者，赵园并不轻视散文，甚至认为散文写作更须心境的洒脱与文笔的丰

---

[1] 赵园：《论余杂谈（代跋）》，《论小说十家》，第 406 页。
[2] 参见赵园《论余杂谈（代跋）》，《论小说十家》，第 406、402 页。
[3] 三次散文结集，我恰好都有幸同行，但我的《阅读日本》《游心与游目》《茉莉集》不及赵书精彩。

第九章 阅读感受与述学文体

腴,"最不宜职业化",故好散文往往可遇而不可求。《〈红之羽〉跋》中有这么一段自述:

> 做学术之余写一点类似"散文"的东西,无疑有助于心理的调节,也使得不便纳入学术文体的感触有所安顿。摆弄文字,竟也会是快感之源。尽管每为"文字工作"所苦,其间所得快乐,通常就在这样的随意书写中。只不过学术可以勉力而为,散文则赖有状态。"状态"不可期必,也难以保有。所幸写作散文原非功课,用不着勉强。[1]

将散文随笔作为调剂而非主业,承认其可以安顿学术文体所无法纳入的个人经验与感怀,但这不等于学术文章就该写得冰冷与僵硬。还是回到早年的思考:能否在科学性与风格化之间,保持一种必要的张力。

2008年赵园出版散文选集《旧日庭院》,收录的大都是旧作,我特别关注的是那篇《跋》,因其再次谈论"散文"与"论文"的差异与联系,可将与二十多年前为《论小说十家》之文体辩护的"代跋"相对读:

---

[1] 赵园:《〈红之羽〉跋》,《红之羽》,第203页,春风文艺出版社,2001年。

散文不同于论文，有可能更直接地面对个人经验。其实论文何尝与个人经验无关，只不过其间的关系较为隐蔽曲折罢了——当然，规格化的批量生产的所谓"论文"除外。对自己所写，我更珍惜的，仍然是论文，不只因时间的投入更多，也因在论文提供的空间中，我关心的题目，有可能较为深入地讨论。我对于"学术戕丧性情"的说法，不那么认同。它不合于我自己的经验。运用何种文体，在我看来，并不那么重要，重要的是其中盛载了什么。散文有可能与"性灵"无干，甚至示人以卑琐；论文也不妨充溢着生命感，是别一格的"美文"。[1]

关键在最后一句，我以为可作为赵园的夫子自道："论文也不妨充溢着生命感，是别一格的'美文'。"

记得多年前我撰写《中国散文小说史》，曾引金人王若虚《滹南遗老集》卷三十七《文辨》中的一句妙语："或问文章有体乎？曰：无。又问无体乎？曰：有。然则果何如？曰：定体则无，大体须有。"当时我的解说是：有"大体"而无"定体"，此说既针对不同文体间有时相当模糊的边界，也指向同一文体不同时代可能相当激烈的变异。文学史家的工作，一是识大体，二是辨小异。这里的"大""小"之分，只是相

---

[1] 赵园：《旧日庭院》，第210—211页，中国工人出版社，2008年。

第九章　阅读感受与述学文体

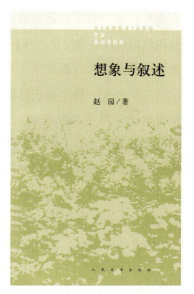

《想象与叙述》，人民文学出版社，2009年

对而言，本身并不包含价值判断。"大体"保证了文类的生存，"小异"则意味着文类的发展——正是此等打破"定体"的不断努力，使得文类永远保持新鲜与活力。[1]

不同时期赵园的述学文体有变化，这既基于论述对象，也缘于年龄及心境。对此，她有清醒的自我描述："《论小说十家》之后不再有细腻的文字感觉；写《明清之际士大夫研究》的续编，不能回到写正编的状态；写完了《想象与叙述》难以有旁搜博采的铺张；考察当代史的后两年，渐渐疲惫、麻木，不能如前那般'倾情投入'。看一些

---

[1] 参见陈平原《中国散文小说史》，第2页，上海人民出版社，2004年。

年前的随笔,会惊讶何以有这样的文字。你经历的,是能量耗散的过程,情况正与年轻时相反。"[1]可即便如此,你还是能感觉到,百战归来,赵园依旧保有"文学少年"的趣味与情怀——那个擅长体贴文本、潜入作品深处也潜入自己的意识深层的批评家,那个喜欢捕捉飘忽不定意象、使用特殊词汇,而又特别讲究论述的"度"的学者,那个挑剔敏感、对文稿一改再改、既芟夷枝叶也删落不必要的渲染与形容的文体家,若用一句话来概括,那就是拒绝平庸的思考,也拒绝平庸的表达。

毕竟是学者,谈及治学经验,赵园还是主张"理论能力,或者说思考的能力,与文献钩稽、史料整理的能力应当更为基本";"桐城派所谓的义理、考据、词章,本来就是一种价值序列,其排列顺序关涉价值估量"[2]。谈及"词章",赵园也自有解说:"在我的理解中,作为能力的'词章',不限于写作美文的技巧,还指较为一般的操纵、驱遣文字的能力;对于学术研究者,则既指对文字的审美能力,又指运用、驾驭学术文体的能力。"从事人文研究的,学术文体都值得专门经营;而对于文学研究者而言,这个问题尤其突出:"文字感觉与文字训练,决定了他能否真正进入文学,以及在文学研究中所能抵达的边

---

[1] 赵园:《历史情境与现实关切——与袁一丹谈治学与写作》,《书城》2020年第5期。
[2] 赵园:《思想·材料·文体——治学杂谈之一》,《想象与叙述》,第260页,人民文学出版社,2009年。

第九章　阅读感受与述学文体

界。"[1]可惜的是，眼下学院里的文学研究日益"技术化"，研究者普遍缺乏"文字敏感"，这既是赵园大发感慨的缘故，也是促使我选择《论小说十家》作为讨论对象的潜在因素。

这么说，不等于赵园对自己的述学文体特别志得意满，2007年岁末为台版《中国现代小说家论集》撰写《后记》，赵园既感怀当年如何努力"寻求与内容相宜的文体、表达方式，竟有一种类似'创作'的热忱"，又叹惜"这些文字今天读来，在在可见训练的缺失，资源的匮乏"[2]。一方面担忧"思想能力薄弱，也就少有'原创'"，另一方面又"对学术研究中的'理论导向'持警戒态度"，因其"有可能满足于理论框架中的操作"，而很难有真正意义上的"发明"[3]。从不得意忘形，而是不断地自我质疑，走三步退两步，说好也说坏，如此"缠绵悱恻"，是赵园自述的特点。说实话，关于述学文体的锤炼与经营，既无一定之规，也难有万全之计，除了不断摸索，再就有赖个人的才情与天赋。与上述所引王若虚有"大体"而无"定体"的说法相类似，赵园的体会也是："我以为值得鼓励的是，既尊重学术文体的基本要求，又力求由僵硬的形式、程式中突围，在规范的限定中寻

---

[1] 赵园:《思想·材料·文体——治学杂谈之一》，《想象与叙述》，第274、274—275页。
[2] 参见赵园《〈中国现代小说家论集〉后记》，《中国现代小说家论集》，第317页。
[3] 参见赵园《历史情境与现实关切——与袁一丹谈治学与写作》，《书城》2020年第5期。

求表达的多种可能——包括自我呈现的可能。"[1]

我曾多次引用钱穆的说法,"鄙意论学文字极宜着意修饰"[2],并借此展开一系列推演与阐发,比如,关于"如何'述学',什么'文体'"的辨析:

> 作为"述学文章",第一要务是解决学术史上关键性的难题,既要求"独创性",也体现"困难度",最好还能在论证方式上"出新意于法度之中"。这对作者的学识、修养、洞见、才情乃至"智慧",有很高的要求。……在我看来,因各自性情、学科及教养的差异,谈论作为"文章"的学术著作,可以有"偏见",但不能没有"自觉"。[3]

2006年春季学期,我为北大中文系研究生开设"现代中国学术"专题课,第一讲专门讨论"'学术文'的研习与追摹";近期更因专著《现代中国的述学文体》的刊行(2020),先后撰文畅谈"学术史研究视野中的'述学文体'"、"与时代同行的学术史研究"以及"学术表达的立场、方法及韵味"

---

[1] 赵园:《思想·材料·文体——治学杂谈之一》,《想象与叙述》,第279页。
[2] 钱穆:《钱宾四先生论学书简》,见余英时《犹记风吹水上鳞——钱穆与现代中国学术》,第253页,(台北)三民书局,1991年。
[3] 陈平原:《如何"述学",什么"文体"》,《文史知识》2012年第11期;又见《现代中国的述学文体》,第343—344页,北京大学出版社,2020年。

第九章 阅读感受与述学文体

等[1]。当我涉及这些话题时，脑海里不时闪现若干师友风格迥异但又都情趣盎然的好文章——有人汪洋恣肆，有人冰清玉洁，有人逻辑谨严，有人神奇变化，很难说哪个更高或更雅，只要肯认真经营，就值得赞赏。这其中，自然包括赵园的《论小说十家》和《明清之际士大夫研究》等；不是说她的述学文体最好，而是因其特征明显，辨识度高，且有高度自觉的探索。

在《"学术文"的研习与追摹》中，我曾这样描述自己心目中好的学术文章："学问千差万别，文章更无一定之规。'学术文'的标准，到底该如何确立？唐人刘知幾讲，治史学的，应具备三本领：才、学、识。清人章学诚又添加了一项'史德'。史才、史学、史识、史德，四者该如何搭配，历来各家说法不一。我想补充两点：第一，选题及研究中'压在纸背的心情'；第二，写作时贯穿全篇的文气。"[2]毫无疑问，这属于纸上谈兵。谁都明白，想得到的不见得做得到，就像陆游诗中所言："绝知此事要躬行。"

三、召唤对话的"独语"

赵园之所以有此文体自觉，除了个人的天赋才情，还有

---

[1] 参见陈平原《学术史研究视野中的"述学文体"》，《读书》2019年第12期；《与时代同行的学术史研究》，《探索与争鸣》2020年第12期；《学术表达的立场、方法及韵味》，《南方文坛》2021年第2期。
[2] 陈平原：《"学术文"的研习与追摹》，初刊《云梦学刊》2007年第1期，后收入《当代中国人文观察》[增订本]，第164—180页，北京大学出版社，2010年。

两点值得注意：第一，成名于80年代，那时学界的规矩没今天这么多；若起步阶段就碰上双向匿名评审制度，赵园那些才情横溢的论文估计很难一路过关斩将。等严苛的评审制度确立，赵园已超越一般的学术评鉴，故能较好地保护自家天性及趣味。我曾提及"严格的评审制度，会把不好的文章卡住，但也会把特立独行、棱角分明的东西卡掉"[1]。不能说双向匿名评审制度没有意义，只是对于特立独行的学者来说，若想随意挥洒才情，将碰到很大障碍。

第二，那就是中国社会科学院这个特殊的工作环境[2]。赵园最初两册散文集的命名，都是对自家生活及工作状态的描述，且略带自嘲的意味。《独语》意思显豁，需要略加解说的是《窗下》。该书《自序》称："这'窗下'的'下'，其位置在室内，即我读书写作的那地方。我确已将大段岁月消磨在这地方了。也就在这窗下写了上面的序。"这可不是一般的闲话，因其"出典即鲁迅那句'窗下为活人之坟墓'"（见《两地书·十九》），是指与社会生活相对隔绝的书斋生活[3]。作者想说的是，此等清淡枯寂的书斋生活，限制了自

---

[1] 参见陈平原《人文学科的评价标准——答复旦大学"人文社科评估标准项目"课题组问》，《中华读书报》2016年4月6日。

[2] 中国社会科学院是中共中央直接领导、国务院直属的中国哲学社会科学研究的最高学术机构和综合研究中心，其前身是1955年成立的中国科学院哲学社会科学部。截至2016年11月，中国社会科学院拥有六大学部，近四十个研究院所，全院在职总人数四千二百余人，科研业务人员三千二百余人。

[3] 参见赵园《〈窗下〉自序》，《窗下》，四川人民出版社，1997年。

第九章　阅读感受与述学文体

家才情及思绪的发挥,其随笔因而无甚可观。

其实,同样是书斋生活,大学与研究院有很大差别。赵园之所以能长期保持"独语"的写作状态,与其工作环境有绝大关系。在撰于1996年的《〈赵园自选集〉自序》中,有这么一段话:

> 我常常感到与外在世界"不属",一种似游离状态。这种状态也为我所在的单位所鼓励。同在那一座大楼者不乏极活跃的人物,但那单位却也能提供一份纯粹的书斋生活。我对在北大任教的友人说,大学是有舞台的,大大小小的舞台,而文学所几乎没有。这便于制造幻觉,因而都不妨感觉良好。但对于我,上述条件却有助于由80年代的氛围中脱出,与某些联系脱榫,回到更宜于我的"独处"与"自语"状态。这种状态令我安心。[1]

这种相对冷清、寂寞的书斋生活[2],对于赵园这位"隐居者""独处者"来说,是再合适不过的了。没有课堂掌声的

---

[1] 赵园:《〈赵园自选集〉自序》,初刊《赵园自选集》,又见三联书店版《论小说十家》,第262页。
[2] 80年代,中国社科院曾经是全国学术中心;进入90年代以后,随着211、985等工程的实施,各著名大学迅速崛起,社科院的地位及功能明显下降。具体到文学所研究人员,没有上课压力,不必面对青年学生的挑战,加上时间充裕,除了每周二的聚会聊天,保留极大的独立思考及自由表达空间。但若不珍惜且善用此优势,则容易养成自由懒散习惯。

鼓励，也没有科研指标的压力，一切全凭个人自觉，这种状态，让赵园"求知"与"求解"的热情得到极大释放。

对于社科院研究员出国交流时常被误解（以及有意无意地冷落），赵园不是没有怨言，但她还是很享受这种独立与自由，再三提及她不适合于高校教书。某种意义上，赵园的"独语"与社科院氛围十分吻合，或者说二者互相激荡。"我早已习于独处、独语，'无人喝彩，从不影响我的兴致'。"正因安于独处，不追求曝光率，也不怕被学术风尚抛弃，如此自由自在地阅读、思考、写作，在赵园，这种感觉妙不可言："用自己的方式做，不关心最新趋势、最热门的理论。不以为必得'预流'；在潮起潮落的年代，'不入流'或许倒成了一种特色。这种状态于我相宜。你可以慢工打磨，在自己拟定的方向上一点点掘进。偶尔欣欣然于意外所得，享有一份私有的快乐。"[1]

拒绝随声附和，也不追求掌声如雷，在平静的书斋里独自前行，这种平静、安宁、自得其乐的生活及发言姿态，很低调，也很惬意，吸引不少年轻读者——尤其是情商很高的女学者。更何况，因其自述的细腻、真诚与执着，赵园的思考很有魅力，不见得大家都喜欢，但有不少固定的粉丝。

是"独语"没错，但因立说的真诚与剀切，反而更容易

---

[1] 赵园：《历史情境与现实关切——与袁一丹谈治学与写作》，《书城》2020年第5期。

第九章　阅读感受与述学文体

得到回声。所谓"嘤其鸣矣，求其友声"，结果是皆大欢喜的"神之听之，终和且平"（《诗经·小雅·伐木》）。我的学生中就有不少迷恋赵园著作的——包括学术与散文。

2004年秋天，我第二次为中文系研究生开讲"中国现代文学学科史"，其中后七讲着重分析二十一位当代学者的代表性著述，借以勾勒半个世纪以来"现代文学"这一学科的运转轨迹。学期结束，阅读学生所撰作业，大感欣慰，于是选择其中的佼佼者，推荐给《当代作家评论》（均刊2005年第5期）。七篇文章，讨论了六位学者，并非厚此薄彼，而是与赵园对话的那两位女生，各有千秋，很难取舍。"这组文章，不是'学科史'，而是选课学生的'一得之见'。不敢说文章写得多好，但可看作年轻一代对'中国现代文学'这一学科的期待与新解，其中所隐藏的尚未充分展开的学术思路，尤其值得我们关注。"[1]两篇谈论赵园的文章，一称："曾经窃以为如果要给李健吾的印象式批评找继承者，赵园会是很合适的人选——他们都强调个人阅读体验，而且赵园文笔又是那么清丽。但他们最大的不同在于李健吾立志以随笔表述，而赵园则在'邂逅学术'后以学术论文为在学术界发表声音的途径。"[2]一认定："赵园的早期论著极富理论与

---

[1] 陈平原：《"中国现代文学学科史"课程作业·小引》，《学术史：课程与作业——以"中国现代文学学科史"为例》，第80页，安徽教育出版社，2007年。

[2] 参见汤莉《坚持个性、执着探索——赵园的学术发展脉络》，《学术史：课程与作业——以"中国现代文学学科史"为例》，第148—162页。

思辨色彩,如在每篇起首处常要辨析相关方法论的合理性,如在具体文学形象分析后常附有大段大段政治、经济及社会文化背景的讨论。然而,这显然不是赵园所长。"[1]两者都促使赵园反思,并在日后的序跋中做了某种回应[2]。

不出我所料,今年讲授"中国现代文学文类研究"专题课,仍然有好多学生对赵园的《论小说十家》特感兴趣。按照约定,每次课上,我单独讲授一小时,另外花四十分钟评述学生的阅读感受。以下摘引的这几段,来自学生事先提交的大纲:

> **赵诗情**:现代文学的研究者少有像赵园一样以生命经验乃至身体(调动全部的官能)来面对研究对象并撰写成文的。……纯然直观地浸入作家文集文字所营造的意象,体贴作者流转的情绪和朦胧的时代氛围,想象作家如何理解并表达世界,这在赵园的文章中几乎是一种必经的仪式。身体的知觉由此被层层打开,经由不同风格的文字抵达各异的世界,像《秘密花园》

---

[1] 参见倪咏娟《读人与读己——略论赵园治学思路及著述文体的选择》,《学术史:课程与作业——以"中国现代文学学科史"为例》,第163—179页。

[2] 在《〈地之子〉再版后记》中,赵园引述倪咏娟批评她谈论"大地""乡土""荒原""农民"等概念时的"空泛与虚浮",称不及其谈论知青文学之相对完整且踏实:"当初写作此书时,自以为得意的,在前一两章的个别章节。此次校读,似乎明白了年轻人的上述意见。"参见赵园《地之子》,第317—318页。

第九章 阅读感受与述学文体

中的玛丽叩开了长久封锁的花园。……这并非机械的作家论、作家生命史或精神史的研究,也并非传统的人物品评和诗文评的知人论世,抑或是单方面抒情的文学鉴赏,而是两种生命经验的交互和碰撞,以及基于此的建构和再创作。

王今:赵园老师的研究和文字都有着鲜明的个人特色,一方面与她个人的性情和趣味有关,另一方面可能也受到了80年代学术整体氛围的影响。与90年代之后逐渐强调理性和客观的学术规范不同,80年代是一个"诸种知觉被唤醒被激活的年代",总体来说还是偏向于主观的激情言说。80年代盛行的启蒙主义和思想解放,与新文化传统、"五四"精神之间有所承袭。她所注重的,还有自己与研究对象之间的联系,是用自己个体的生命体验,来理解和感悟研究对象,倾注于研究和写作之中。这样富有生命力、充满了个人感悟力的著述风格在今日越来越"规范"的学术界更为罕见。似乎也在提醒着我们思考一个问题,学术对于我们作为研究者的人生有什么意义?

钟灵瑶:"知人论世"原是古典文学批评的常用方法,但在80年代,各类现代的后现代的文学批评范式流行开来,赵园却走的是传统的"作家论"或小说人物论这样一条扎扎实实的学术道路。赵园始终把研究的目光锁定在"人"身上,通过介入、感受和解读"人"的心理现实而深入剖析社会肌理结构,并最终返回人物内心。……赵园以这种不太时髦甚至略嫌老旧的批评方式,做出的却是扎实又别有见地的言论。

冉娜:《论小说十家》从文本出发,通过对文本进行投入生命的沉浸式阅读,又联系作家由所处的历史时代形成的世界观,以及作家作品中的人物关系,对文本的结构、文字风格等进行分析,从而得出自己的见解。在文学研究中,赵园先生的论著可以给我们很多启发,我们不应该对作者进行提前设定,也不应用理论进行套用,理论性的叙述需要建构在大量阅读的体验之上,而对文本本身的理解与分析则是我们进入更深入学术研究的基础。

李颖:在阅读过程中其实感受到更多的是作者对"文学性"的追求,并不是其所言及的"理论发现",整本书的"理论性"反而较弱,作者更多的是从直观审美出发,继而依靠文字敏感度进行文本细读,并在文本中寻求论据所成立的要素,作者更重视的是"文学性"而不是"理论性",故此书中理论的印迹或许和时代背景有所关联。……总体而言,赵园对作家的批评是深刻且深入的,从作品的字里行间去感受作者的书写情绪,没使用复杂的理论工具,而是从文本内容和文学审美上去尽可能地理解和贴近作者。显得阅读极为仔细,故整体论述在情感上也显得很是细腻,由此形成了极富个人风

第九章 阅读感受与述学文体

格的叙述风格。

王芷晨：作者自言"文风是思维方式"，而她这种在人物/文集间漫游的写作方式、饱蘸感情的抒情文风，面面俱到但又点到为止的行文结构和对文学作品近乎一致的衡量标准（脱离具体的历史场域而追寻某种永恒的文学标准），似乎更像是从作家论角度出发的文学批评之合集。总之，这种文风折射的思维方式并非我们一般理解的"文学史"。

李菁晶：赵园个性化的述学文体也颇值得注意。她不过分依赖流行的理论框架，而是从个人的阅读感受出发去贴合她的研究对象，在看似随意的表述中，往往隐藏着准确、敏锐的判断，能一语中的，抓住作家、作品的核心和本质。因此在阅读时，我既能感受到她作为学者的严谨，又能体会到她类似于散文家的灵动；既折服于她文字表述的"经济"与节制，又时常被潜藏于文字之下的青春的热情所打动。这种独特、丰富的文体风格，反映了作者的学养、旨趣与性情，同时也反映了她的学术追求。

孙慈姗：我将之概括为"第二人称述学文体"。这种文体无疑有一股强大的召唤力，也呈现出一种开放的姿态，期待着"你"来参与互动，产生共鸣。这个前提自然是"你"对所讨论对象一定程度的熟悉，而更重要的是，这里的"你"其实是沉浸在作者对这些对象及其文学世界的描述中，沉浸在上下文所营造的氛围里。……尽管赵老师在《论余杂谈》中解释了文学批评与文学研究的不同,并认为她这部著作更靠近前者,我却倾向于认为二者之间有时也只是文体的差异,对于研究者而言,固然可以因时因地制宜采取不同的笔墨,其内在肌理和对一些重要能力的要求却是相通的,比如对学术感性与温度的呼唤。或许我们在学术文章中还是不会出现"你"这样的表述,但是心中有没有一种平等的交流意识与对研究对象和读者的温情与敬意,大约还是判断学术价值的重要标准吧。

当然,也有同学对赵园的述学文体不太以为然:"似乎关于作家论的文章中,会体现更强烈的作者个人色彩,这类文学批评好像本身就形成了一种新的文学作品"(李瑞琦);"著者与作品本身的亲昵,让本书读来与其说是论文集,倒更像一本文学批评合集"(蒋紫旗);"也许是作者本人对郁达夫的偏爱,这两篇文章颇有抒情色彩,更像学术散文而非今天意义上的学术论文"(林峥);"现在的我不能习惯的是,赵园老师在行文中频繁借用第二人称'你'来表达自己对于对象的某种感受或者判断"(丁程辉)。

至于对具体作家评价,同学们大都激赏赵园关于萧红的论述,其次则是谈论老舍、沈从文、张爱玲的各章(何家玲、曲清华、李瑞琦)。有同学注意到此书从属于"新人文论丛书":"在那个生气淋漓的'历史青春期',丛书的'同

第九章　阅读感受与述学文体

时代'作者们确实有不少相通之处"（贺天行）；"字里行间都透露出80年代的文字的气息，在观点上略显粗糙，但思考的热情和感受的细腻又填补了粗糙的空隙，感性的议论深处藏着严密的逻辑"（王静）。更有同学专门分析为何那种"直觉的经验、感受以及创造性的文体，在今日规整化的论文中难得一见"，其中"论文体制规范化以及对客观性、科学性的追求起到了更大的作用"（赵诗情）。不过，"读赵园老师的著作总能唤起一种久违的对文学作品与学术研究工作的向往和热情"（孙慈姗），这是好些同学的共同感受，这点让我非常欣慰。

1996年赵园编自选集时，从《论小说十家》中选了《沈从文构筑的"湘西世界"》和《论萧红小说兼及中国现代小说的散文特征》，在其现代文学四书中，属于不多也不少。回首二十年前的著作，已经转向明清研究的赵园，在"自序"中，从反省自身局限性出发，谈及中国现代文学研究的困境，即"使得这个一度生气勃勃的学科，错失了与当代生活对话的机会"[1]。虽然本文更多谈论赵园的阅读感受与述学文体，但我知道她更关注的其实是"思想的历史"以及大的社会历史进程，也正因此，对于日渐技术化的现代文学研究不无怨言。

---

[1] 参见赵园《〈赵园自选集〉自序》，初刊《赵园自选集》，又见三联书店版《论小说十家》，第262页。

两年前,在一个重要会议上,我这样谈论"中国现代文学"的意义及可能性:

> 随着中国学界专业化程度日益提升,今天的博士教授,都有很好的学术训练,但在专业研究之外,有没有回应各种社会难题的愿望与能力,则值得怀疑。原本就与现实政治与日常生活紧密相连的中国现代文学专业,若失去这种介入现实的愿望与能力,其功用与魅力将大为减少。把鲁迅研究、胡适研究做得跟李白研究、杜甫研究一样精细,不是我们现代文学学科的目标。经典化与战斗性,犹如车之两轮,保证这个学科还能不断往前推进。[1]

对于整个学科来说,理论建构以及问题意识的培养,还有回应时代话题的能力,确实更为要紧。但从学术训练层面,赵园那"一空依傍的阅读"与"拒绝平庸的文体",依旧值得我们欣赏与琢磨。

---

[1] 陈平原:《却顾所来径——"中国现代文学"的意义及可能性》,《北京青年报》2018年12月18日。

第十章

文本、灰阑与意识形态

——关于《灰阑中的叙述》及其他

《灰阑中的叙述》[增订本]，
北京大学出版社，2020年

80年代，我和黄子平在学术上有很多合作，从众所周知的《20世纪中国文学三人谈》，到共同加盟"文化：中国与世界"编委会、进入《全国大学生毕业论文选编》（浙江文艺出版社，1985年）、新人文论丛书、学术小品丛书，再到合作撰写《20世纪中国小说史》，选编"漫说文化"丛书等。90年代初，子平去国远游后，学术合作大为减少，但参加会议、邀请演讲及友朋小聚等，还是不时见面。选择他的《灰阑中的叙述》，不纯粹出于友情，因涉及话题沉重，又是"未完成"的文本，呈现开放性特征，有很大的引申发挥余地。

一、从心所欲不逾矩

古人寿命短，故有"人生七十古来稀"的感叹。照联合国世卫组织的新规定，六十六至七十九岁为中年人，八十岁以后才能称"老"。但孔夫子"三十而立，四十而不惑，五十而知天命，六十而耳顺，七十而从心所欲不逾矩"的说法太有名了，以致你想不重视都不行。2012年，深圳作家胡

第十章 文本、灰阑与意识形态

洪侠编选《董桥七十》（〔香港〕牛津大学出版社；海豚出版社，2012年），冠以余英时《题〈董桥七十〉》七绝句以及董桥的《七十长笺》，主体部分则是从董桥已刊三十三书中选出的七十文。海豚版牛皮精装，定价人民币五百元，还很抢手。记得柳苏（罗孚）在《读书》1989年第4期上发表《你一定要读董桥》，此后"董桥热"便一发不可收拾。那些让人怜爱的旧时月色、旧时人物以及旧时生活趣味，吸引了众多喜欢怀旧的文学青年。当然了，你说"一定要读"，那必定招来好多批评声音——从政治立场到文字技巧。

2019年，曾经的"青年批评家"黄子平也进入"从心所欲不逾矩"的境界。十年前，黄子平从香港浸会大学荣休，而后辗转大陆、香港、台湾，到处设帐讲学，挥洒自如，学术影响迅速扩大，某种意义上是"重拾昔日辉煌"。这确实值得好好纪念。经由友朋及后辈的一番策划，终于有了以下成果：

第一，出版自选集《文本及其不满》（译林出版社，2019年）与增订版《灰阑中的叙述》（北京大学出版社，2020年）。前者含散文三则、评论六篇、演讲四则、访谈两篇；后者作为2001年上海文艺版的增订本，排印及装帧大跃升，拿在手里很有感觉，内容方面则只是增加了两篇附录以及洪子诚的"代序"。因"技术原因"，《灰阑中的叙述》（增订本）的刊行略有耽搁，为"子平七十"而做的学术活动，就只能是"同时代人的文学与批评——黄子平《文本及

《文本及其不满》,译林出版社,2019年

其不满》新著主题论坛"了。此论坛2019年10月27日在北京首创郎园Park·兰境艺术中心举办,出席嘉宾有黄子平、钱理群、赵园、陈平原、吴晓东、杨联芬、贺桂梅,主持人是年轻学者李浴洋,最后登场的是主办方活字文化的老总、八九十年代主持《读书》及三联书店的董秀玉。发言稿整理成文,刊于《现代中文学刊》2020年第1期。

第二,《名作欣赏》2019年第11期推出"别册"《边缘阅世——黄子平画传》,其中包括黄子平的学术纪事、著作目录、代表作述评、学界印象,以及《批评的位置与方法》《害怕写作》《再谈"二十世纪中国文学"》三文。山西的《名作欣赏》杂志别出心裁,每期附赠三十二页的"别册",

第十章 文本、灰阑与意识形态

原先只做艺术家，2018年起改为"学人画传"。前四期纪念去世的先生，从第五期"文学史家洪子诚"开始，才转为在世的学人。因著名学人都有好多弟子，每期别册的传播效果出奇地好。

第三，作为重头戏的"黄子平学术思想评论专辑"，刊《文艺争鸣》2020年第3期。此专辑收录钱理群《关于"同时代人"的两点随想——在"同代人的文学与批评"对话会上的发言》、赵园《我所知子平与玫珊》、陈平原《在边缘处策马扬鞭——关于黄子平的学术姿态》、李庆西《意象与意思——重读黄子平80年代文学评论》、孙郁《思于他处》、吴晓东《游动与越界——黄子平的批评理念与实践》、黄子平《声的偏至——鲁迅留日时期的主体性思想研究笔记》和黄子平、李浴洋《"反思"是为了能够提供一张新的"认知地图"——黄子平教授访谈录》。此专辑的刊行略为延后，那是我的建议。除了怕发文太集中引起负面效应，还有就是七十祝寿太早了，起码八十才值得一提。

在"同时代人的文学与批评"主题论坛上，我主要谈了"同代人的异感"与"异代人的同感"[1]。从意大利学者阿甘本那个既属于这个时代，又要背叛这个时代、批判这个时代的"同时代人"，到黄子平自我辩解性质的"批评总是同

---

[1] 参见《同时代人的文学与批评——黄子平〈文本及其不满〉新著主题论坛实录》(李浴洋整理)，《现代中文学刊》2020年第1期。

时代人的批评",再到此次论坛关注"同时代人"之间的互相支持和体贴,已经转了好几道弯。我之所以变换角度,是基于某种切身感受:当我们说"同时代人"的时候,不应该忽略我们和上一代、下一代的关系。这种关系既有支持与体贴,也隐含竞争、嫉妒乃至排斥。而且,"代"与"代"间关系之所以错综复杂,很大程度还取决于大的时代氛围。

十几年前,在接受作家查建英的采访时,我曾提及学术史上的"隔代遗传"。这个访谈收入她的《八十年代访谈录》[1],流传很广,常被引用,但也有好些人不以为然。所谓"隔代遗传",说的是我们这代人学术及思想的日渐成熟,不但受"父辈"影响,且更多接受了"祖辈"的启迪。当初我提出这个观点,是基于以下观察:在80年代的精神突围中,我们这代人有时跳过了同样在转型的五六十年代学人,直接与三四十年代的大学校园、人物、精神、风范进行对话。也就是说,跟老师的老师辈对话,从他们那里获得思想资源。"老大学"的传统在80年代重新进入人们的视野,甚至在一定程度上得以恢复,正是这一特殊语境促成的。

当然,除了80年代特殊的政治文化氛围,出现"隔代遗传"现象,还有赖于人世间共通的"距离产生美感"。我们必须承认,"同时代人"之间,以及与上一代和下一代之

---

[1] 参见查建英《八十年代访谈录》,第116—147页,生活·读书·新知三联书店,2006年。

第十章 文本、灰阑与意识形态

间,是存在竞争关系的。他们可能互相扶持,但也存在着竞争关系。相对来说,祖孙之间更容易真诚对话,因没有利害关系。我曾在课堂上感叹,今天很多人写文章旁征博引,或古代,或外国,就是不太愿意征引同时代人的研究成果。同时代人之间的相互理解、支持和体贴固然令人感动,但我们也必须直面同时代人之间因过度竞争而造成的难堪。

这本来只是我的一点生活观察,前些天读《"子平爷爷"的文学课堂》[1],加深了这一感受。我真没想到,有"子平爷爷"这样的说法。我当然明白,这是人大学生表达对于子平的喜爱;但反过来想,为什么没有人说"理群爷爷"或者"赵园奶奶"呢?我猜想,这与黄子平和今天中国大学校园里的学生们二十年的"中断"有关。他90年代初离开中国内地,退休以后再回来,不像老钱和我一直在北大教书,学生们都习惯叫"钱老师""陈老师"。因我们一直"在场",实际年龄反而被忽略了。老钱比子平还大十岁,但我从来没听谁管他叫"钱爷爷",都叫"钱老师"。黄子平不一样,他和今天中国的大学生有距离,一回来就是以祖辈的身份出现。距离带来隔阂,但也产生美感——没有进入体制、不存在竞争关系的黄子平,课堂上收获更多的掌声。

前面说的是"异代人的同感",下面说说"同代人的异

---

[1] 这是2019年9月23日《北京青年报》的专版,约请在北大及人大修过黄子平新开课程的青年学者张一帆、卢冶、赵天成与李屹等分别撰文,从不同角度记录了黄子平文学课堂的魅力。

感"。不该忘记那"出师未捷身先死"的《这一代》，这刊名很能代表77、78级大学生的历史感觉，那时大家普遍认定，我们"这一代"将大有作为。几十年过去了，我们这一代到了该自我反省的时候了。自以为天之骄子的77、78级大学生，路走得比较顺，不是因为我们特能干，很大程度上得益于"改革开放"的大背景。对比"五四"的一代，这种感觉尤其强烈。我们的成功，某种意义上是时代造就的，虽然我们自己也很努力；但"五四"一代更多靠自己，他们不但改变了自己的命运，也扭转了时代的车轮。这一点，我们自愧不如[1]。

现在，我们这一代基本上退出历史舞台。原本想象，都是"同时代人"，应该有很多同感，立场也基本一致。事实上并非如此，同学群里整天吵架，动不动就有人宣布退群。不要说敏感的政治话题，就是谈转基因或同性恋，都会导致某些同学退群。大概只有谈养生和中国足球，大家的立场才比较一致。我们不是"同时代人"吗？怎么那么容易退群？我这才反应过来——虽然接受同样的教育，都在改革开放的大背景下成长，可毕业后各自的职业、地位及发展道路不同，价值观以及看问题的角度其实已经天差地别。因此，老同学聚会，共同话题仅限于追忆四十年前的大学时光，一旦

---

[1] 参见陈平原《我们和我们的时代》，《同舟共进》2012年第12期；又见王辉耀主编《那三届：77、78、79级大学生的中国记忆》，第41—49页，中国对外翻译出版公司，2014年。

第十章　文本、灰阑与意识形态

涉及当下，大家的立场、趣味、风格相差十万八千里。

我讲"异代人的同感"和"同代人的异感"，是希望提醒大家，不能想当然地描述"这一代"——不管说好还是说坏。认清"代"的存在而又努力穿越"代"的壁障，且对自己及自己"这一代"保持清醒的立场及反省的态度，这是我的建议。

黄子平称"批评总是同时代人的批评"[1]，这句话包含反题——异代人的褒贬很容易显得"隔"，说不到点子上。但"史"的研究就不一样了。若做历史研究，离得太近，容易看不清，因大家的文化心理及精神结构太相似，还有"总为浮云能蔽日，长安不见使人愁"（李白《登金陵凤凰台》）。读思想史或学术史，常发现同代人之间的褒贬不太靠谱，除了人情因素，还有政治禁忌。因此，文学批评，最好是同代；史学研究，则更倾向于隔代——至少要有隔代的感觉，否则评价容易偏差。在去年10月苏州大学"东吴论剑：杰出校友金庸国际学术研讨会"上，我谈及90年代以后，曾有很多接近金庸先生的机会，我都回避了。原因是，我的导师王瑶先生告诫过，做文学研究不要和研究对象走得太近，否则容易丧失自己的立场及评价标准[2]。

---

[1] 参见张定浩、黄德海《黄子平先生访谈：批评总是同时代人的批评》，《书城》2012年第11期；又见黄子平《文本及其不满》，第271—296页，译林出版社，2019年。
[2] 参见陈平原《另一种大侠精神》，2019年10月31日《南方周末》。

不管是北京的主题论坛，还是《文艺争鸣》的评论专辑，大家都在说好话。提及黄子平的去国二十年，也都喜欢引用黄本人的自我调侃：如果没出国，很可能就变成了"红包批评家"[1]。我并不认同这个说法。黄子平视野开阔，有敏锐的学术直觉，文体及修辞极佳，但好多精彩的点子最终没能落地，这与他的去国远游不无关系。以他在80年代的学术起点，读者及学界是有更高期待的。但话说回来，一代人学术上的灵韵与光晕，真的是稍纵即逝，能竭尽所能，将自家长处发挥到极致，就是完美。这个意思，我在《追记王富仁兄的三句话》中有所表述[2]。别人不好这么说，也不会这么说，但老钱、赵园和我私下聊天，还是觉得有点遗憾。因此，黄子平六十岁"荣休"，那时我刚好做北大中文系主任，马上邀他到北大讲学两年。此后十年，子平学术状态极佳。为何"子平七十"大张旗鼓，而"老钱八十"则只是悄悄聚会，那是朋友们基于对当下中国学界及个人发展道路的斟酌。

二、从"沉思"到"文本"

相对于同时代其他第一流的批评家或人文学者，黄子平

---

[1] 这个假设最早是苏州大学王尧提出来的，黄子平多次引述与辩解，最近的一次，见黄子平、李浴洋《"反思"是为了能够提供一张新的"认知地图"——黄子平教授访谈录》，《文艺争鸣》2020年第3期。

[2] 参见陈平原《追记王富仁兄的三句话》，2017年10月11日《中华读书报》。

第十章　文本、灰阑与意识形态

的著作不算多——甚至可以说比较少。除了外在的生活压力、繁重的教学任务、倾向于沉思而不是演说的个人性情，还有一点不能忽略，那就是作者对于"体系性写作"的抗拒。所谓"现在体制是要求你们营造体系，越是全面'碎片化'的时候越是要求全面地'全面'"，这与其说是在批评叠床架屋、装模作样的博士论文，不如说是在为自家心仪的碎片化写作辩解。"从阅读的角度来讲，我确实特别喜欢这种碎片式的，或者'东一榔头、西一棒子'的东西。"[1]可接下来举古代诗话以及钱锺书的《管锥编》，其实不得要领。黄子平真正追慕的，不是学识渊博的钱锺书，而应该是罗兰·巴特那样隽永睿智、妙语如珠的写作，尤其是他对"文本解读"的独特把握："我自己对'文本解读'的理解是从罗兰·巴特那里学来的，是把社会、历史等对象不再看成我们有待努力去认识的现实、存在或实体，而是跟文学作品一样也是我们破译或诠释的众多'文本'。社会、历史、现实作为'文本'，它们的语法、语义和语篇的'组织生成'，跟文学文本一视同仁地成为破译的对象。这就不存在'走出'的问题了，只有文本与文本之间的关系了，'文本之外无物'了。"[2]

不喜欢先搭架子，而后补上很多"填充料"，黄子平落笔谨慎，拒绝陈词滥调，希望"习得一种'结结巴巴'的

---

[1] 参见黄子平《灰阑中的叙述》(增订本)，第211页，北京大学出版社，2020年。
[2] 黄子平：《文本及其不满》，第278页，译林出版社，2019年。

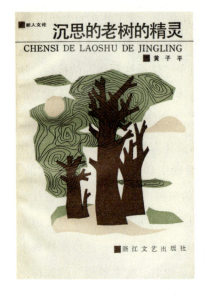

《沉思的老树的精灵》,浙江文艺出版社,1986年

言语"[1],这就决定了其倾向于论文集而非专著。《边缘阅世——黄子平画传》开列的"著作目录"虽有十三种,其中不少是选本,且互相重复,唯一的专著《革命·历史·小说》留待下节专门讨论,这里介绍他一头一尾两本论文集:《沉思的老树的精灵》和《文本及其不满》。

《沉思的老树的精灵》属于"新人文论"丛书,浙江文艺出版社1986年初版,华东师范大学出版社2014年再版。

---

[1] 在题为《批评总是同时代人的批评》的答问中,黄子平有一段精彩的自述:"鲁迅对我的意义在于,生活在一个人人把陈词滥调说得越来越顺溜的年代,如何习得一种'结结巴巴'的言语?"见《文本及其不满》,第291页。

第十章　文本、灰阑与意识形态

集中有三类好文章：第一，宏观论述，如《当代文学中的宏观研究》《论中国当代短篇小说的艺术发展》；第二，作家研究，如评论林斤澜的《沉思的老树的精灵》以及讨论张贤亮的《我读〈绿化树〉》；第三，睿智短论，如《深刻的片面》《得意莫忘言》(关于"文学语言学"的笔记)[1]。此书的责任编辑也是著名批评家的李庆西多年后提及："身为学院中人，黄子平恰恰不是通常所称学院派评论家，因为后者很少具有直接面对文本（尤其复杂叙事）的解读能力，而他对作品的邃见卓识总是令人叫绝。譬如，他对《绿化树》的评论，至今读来仍觉鞭辟入里。"[2]也正是这篇《我读〈绿化树〉》，加上关于《苦恋》的讨论，因撞在清除精神污染运动的枪口上，作者因而无法按原计划留校，只好先转北大出版社当编辑，两年后才回系里教书。

这册论文集中，有一篇承上启下的文章，当初不起眼，显得孤零零的，没想到预示着以后的发展方向。我说的是初刊《中国现代文学研究丛刊》1985年第3期的《同是天涯沦落人——一个"叙事模式"的抽样分析》。此文不仅编入1986年的《沉思的老树的精灵》，还有幸厕身于三十多年

---

[1] 赵园《我所知子平与枚珊》(《文艺争鸣》2020年第3期)中有言："子平出语警策。《读书》杂志上的一篇《深刻的片面》，曾引发热议。朋友文风互异，有铺张扬厉者。说子平'惜墨如金'，或不免于过。但他的节制，在当代文学评论界，确属罕见。"
[2] 李庆西：《意象与意思——重读黄子平80年代文学评论》，《文艺争鸣》2020年第3期。

后的《文本及其不满》。为什么这么做？是好文章难以忘怀，还是希望兼顾首尾，体现学术历程？抑或多年后重读此文依旧心有戚戚焉？

2018年10月，因"漫说文化"丛书重刊，黄子平与老钱和我重新聚首，在北大校园里"落花时节读华章"。子平在发言中提及这套书背后两个支撑性的概念，一是"闲话风"，一是"主题学"："主题学这方面的命题也会影响到我们当时对这些书名和选题、选材的关联。我们用最多的时间是讨论书名，我觉得是很大的成就，大概别人再也想不出这么精彩的书名，能够涵盖一些根本性的文化主题。主题这种东西原来从民俗学、人类学、社会学里面发展过来的，后来被比较文学收编变成比较文学的分支，再后来又被文化研究收编，这个主题学的学科也是流离失所经常被人收编。什么是文化主题呢？说是'集体潜意识'，说是'原型'，反复出现的'意象'，有很多种不同的定义。我喜欢的一个比喻，就是说这种东西有点像某一种旋律，在一个民族的潜意识里面潜伏着，其实我们天天碰到它，但未必能够意识到它的存在，在某一个夜深人静的时候你突然听到一个旋律，非常熟悉，非常感动，这时候马上能认出来这是一个主题，这就是文化主题，跟我生命中的某一个瞬间是有一个碰撞或者某一个体验的存在。"[1]

---

[1] 参见《三人谈——落花时节读华章》，钱理群、黄子平、陈平原《二十世纪中国文学三人谈·漫说文化》，第276—277页，北京大学出版社，2019年。

第十章 文本、灰阑与意识形态

这种对于"主题学"的兴趣,既体现为1985年的《同是天涯沦落人——一个"叙事模式"的抽样分析》,也落实在1989年第4期《读书》上的《千古艰难唯一死——读几部写老舍、傅雷之死的小说》。后者跟作者从北大出版社调回中文系任讲师,开了一门选修课叫"文学主题学"有直接关系,这一点黄子平在《那些年的读和写》以及访谈《文学批评和文学史》中交代得很清楚[1]。假如不是因政治变故而去国远游,继续留在北大校园里教书,黄子平很可能会借助主题学撰写一部专著——实际上七年间辗转美国纽约、芝加哥、伊州香槟和香港,断断续续写成的《革命·历史·小说》,骨子里还是主题学的思路,而且北京依旧是生活及思考的起点。

回到这部自选集性质的《文本及其不满》,包含《早晨,北大》等散文三篇、《同是天涯沦落人》等评论六篇、《鲁迅的文化研究》等演讲四篇,再就是两篇很不错的访谈录——《批评总是同时代人的批评》(2012)和《文学批评和文学史》(2017)。这个选本编得很用心,各个阶段的写作、各种文体的尝试,甚至文本之愉悦与烦闷,都兼顾到了,对于不太熟悉的读者,确实能借此一窥黄子平的学术面貌。可如果不谈那部代表作《灰阑中的叙述》,或对黄子平刻意经营的

---

[1] 参见黄子平《文本及其不满》,第39页;《灰阑中的叙述》(增订本),第194—195页。

学术姿态缺乏了解,单靠这一头一尾的"沉思"和"文本",很可能低估了其学术价值。

三、在边缘处策马扬鞭

三十多年前,我出版第一本书《在东西方文化碰撞中》(浙江文艺出版社,1987年),黄子平撰写书评,其中有这么一段:

> 对"20世纪中国文学",可以从多种角度以多种方法来研究。抓它的"边",则是其中的一种。既然我们说,它是在一个几世纪以来东西方文化大撞击中,由古代中国文学向现代中国文学的转变,它是中国文学走向并汇入"世界文学"的过程,那么,你就不难从"撞击""转变""走向""过程"这些词中,看出"20世纪中国文学"的一个显著特征,即它的"边际性"。显然,陈平原对那些最能体现这一"边际性"的研究对象,固执地抱有某种偏好。他把注意力集中在两种或多种文化的"碰撞处""接合点",致力于挖掘传统文化与现代激流的"互渗"、"重构"和"结合部";并把这一时代的文学置于政治、历史、思想、宗教、艺术的"共生状态"中来研究。[1]

---

[1] 黄子平:《文学史的"边际研究"——读陈平原〈在东西方文化碰撞中〉》,《读书》1988年第4期。

第十章　文本、灰阑与意识形态

那时我们住得很近，常在一起聊天，互相知根知底——此书评明显受金克木名文《说"边"》的启发。

多年后，金先生去世，我撰文纪念，提及80年代中期金先生两则大受赞赏的短文，一是《说通》，一是《说"边"》。这两则短文不仅"对于理解先生之文章趣味及学术立场"，而且对于理解我们那代人的思路与抱负都"不可或缺"。金先生称有空间的边，那就是边疆；有时间的边，那就是新旧交替；还有"现象和意义之间的边，作者和读者之间的边，演员和观众之间的边"。所有这些"边"，都值得认真琢磨。我曾仿其思路略作推演："先生之所以能'通'，除擅长抓上述时间、空间的边外，还与其关注学院与大众之间的边、专著与随笔之间的边、史书与小说之间的边不无关系。"文章中，还有如下对于"边"的阐发：

> 还有一个"边"，同样属于金先生，那就是自居边缘，远离各式各样的"中心"。时来运转，原先很是霉气的"边缘"，如今成了人见人爱的香馍馍，就连时尚人物，也都喜欢标榜自己的"边缘性"。可在我看来，许多挥舞"边缘"大旗的人，实际上身处江湖而心存魏阙，最高理想是"取而代之"。这与先生宠辱不惊，坚守边缘，卓有成效地做足关于"边"的文章，不可同日而语。[1]

---

[1] 陈平原：《〈读书〉时代"的精灵——怀念金克木先生》，《读书》2000年第12期。

多年后回想，同样关注"边"与"通"，黄子平因其特殊阅历以及深入思考，比我做得更彻底，也实践得更为完美。

在边缘处认真地阅读、思考与写作，这并非高不可攀；难得的是，经由一番努力，将上下左右东西南北全都打通。就像子平上述书评体现的，将静态/被动的"边缘"与动态/主动的"撞击"相结合，方才更好地显示其理论活力。黄子平并不盲目崇拜"边缘"，对其利弊得失有清醒认识，既不骄，也不馁。在他那里，"边缘"不过是作为理论支点，用来撬动那些貌似神圣、不可侵犯的"整体"、"中坚"以及"主流"，凸显众多庞然大物的缝隙，以及天地间无奇不有的奥秘。借用《边缘阅读》的"后记"："可是，如果'边缘'不是与中心僵硬对立的固定位置，如果'边缘'只是表明一种移动的阅读策略，一种读缝隙、读字里行间的阅读习惯，一种文本与意义的游击活动，我还是不揣冒昧，用收在这里的文字，表达'虽不能至，心向往之'的意愿。"[1]

黄子平的"边缘"思考，不是做做样子，而是深入骨髓——不仅嘲笑大一统格局，质疑本质论或整体性思维，也对"边缘"的局限性保有警惕。换句话说，既疑古，也疑今，且对"疑古""疑今"的合理性与有效性不断地进行推敲与审视。这可是一个高难度动作，就好像勒马悬崖处，一番驻足与回望，出其不意杀个回马枪，若时机成熟，还可策

---

[1] 黄子平：《边缘阅读》，第281—282页，辽宁教育出版社，2000年。

第十章　文本、灰阑与意识形态

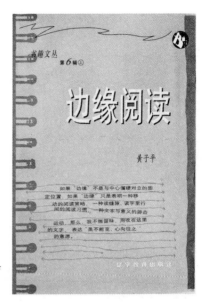

《边缘阅读》，辽宁教育出版社，2000 年

马扬鞭纵横千里。

作为一种时尚，当下中外学界，自称"边缘"的人很多，若以为这个姿态就能自动地收获政治正确与学术声誉，那可就大错特错了。模仿子平的口吻：这就叫上了"修辞"的当。黄子平洞察此中虚妄，始终保持"对于'言说'的深刻怀疑与警惕"，当然也包括对写作与权力的复杂关系颇多了解。并非每个人都洞察"边缘"的得失，就好像不是每个人都能谈论"平淡"一样。同一句话，出自饱经沧桑者与不谙世事者口中，意义大不相同。人们喜欢引述苏轼的《与侄书》："凡文字，少小时须令气象峥嵘，彩色绚烂。渐老渐熟，乃造平淡。其实不是平淡，绚烂之极也。"先得有一番

"气象峥嵘,彩色绚烂",体验众多曲折与繁华后,再来追求平淡,方才可能意味深长。80年代的黄子平,在中国文学批评领域可谓独立潮头,换成今天的说法,属于"领军人物"。诸多名篇如《沉思的老树的精灵》《当代文学中的宏观研究》《论中国当代短篇小说的艺术发展》等,比照同时期其他当代文学评论,明显高出一头。再加上与钱理群、陈平原合作,撰写《论"二十世纪中国文学"》及《二十世纪中国文学三人谈》等,更是名满天下。因突然的政治变故,黄子平先是漂泊海外,后又栖身香港,虽说一直在学院工作,但与北京时期的聚光灯下明显不同,失去了叱咤风云的机遇,却促成了沉潜把玩的思考,诸多著作如《革命·历史·小说》(即《"灰阑"中的叙述》)等,其对于人生、历史以及理论问题的思考,显得幽深、神秘与厚重。既然没必要即席发言,不妨后退一步,保持长期的咀嚼。回环往复的结果就是,表面上的沉稳与平静,蕴含着多年的郁积与思考。假如当初他没有远走高飞,而是随着90年代以后的思想文化潮流一起前行,今天的状况就会很不一样。

借用黄子平的两部书名——《沉思的老树的精灵》与《边缘阅读》[1]——善于在"边缘"处"沉思"者,方才可能成为"老树的精灵"。多年前张玫珊(黄子平夫人)曾提及,

---

[1] 黄子平:《沉思的老树的精灵》,浙江文艺出版社,1986年;华东师范大学出版社,2014年。《边缘阅读》,(香港)牛津大学出版社,1997年;辽宁教育出版社,2002年。

第十章　文本、灰阑与意识形态

子平读书的速度很慢，但很有效果，不断琢磨，"学而思"，尽可能化为自己的血肉。严格意义上，子平读书不算多，可看他的文章，又似乎视野很开阔——这就是善读书的标志。若用古人的说法，他的阅读方式更接近于"读经"，而不是"读史"。我在《人文学的困境、魅力及出路》中提及，据清人梁章钜《退庵随笔》卷十六称，朱熹曾批评吕祖谦人很聪明，但读书习惯不好："看文理却不仔细，像他先读史，所以看粗了眼。"照朱熹的思路，从读史入手者，以"事件"而不是"文理"为中心，容易养成"看粗了眼"的习惯。或许应该这么说才合适：读经与读史有别，读经的缺点是眼界狭窄，好处则是读得很细，有深入的体会；读史的好处是知识广博，阅读量很大，但容易粗枝大叶，漏过了文本之间的各种缝隙[1]。黄子平读书，大概接近宋人朱熹《朱子语类》的描述："须是一棒一条痕，一掴一掌血！看人文字，要当如此，岂可忽略！"也正因此，读他的文章，你能体会到平静的文字下面，往往隐藏着九曲十八弯。

别看"边缘"这个词好听，其实，若真的身处"边缘"，意味着资源少、空间小，那种逼仄感与压迫感，会让很多人喘不过气来。说是便于独立思考，其实心有不甘，常见将其作为"智取天下"的终南捷径。反而是曾经"中心"过的黄

---

[1] 参见陈平原《人文学的困境、魅力及出路》，《现代中国》第九辑，北京大学出版社，2007年7月。

子平，对于"边缘"的现状安之若素，那种波澜不惊的阅读、思考与写作，蕴含着某种人生智慧。黄子平多次提及90年代初在北美的大学图书馆里如何被"分类学系统"所震撼，由此悟出历史的无情与有情，学会平视不同的群体、文类与人生，这使其超越一时一地的意识形态，也超越个人的喜怒哀乐[1]。不是没有是非之心，而是多有怜悯之情。都说黄子平有理论兴趣与思辨能力，那只是相对而言。比起那些在北美读文学博士的，要说追潮流、玩概念，子平其实不占优势。他的真正长处在善于体会与有所节制——关键时刻露一手，然后神龙见尾不见首，表现得莫测高深。确实有理论兴趣，但不为教科书或时髦术语所困，更注重人生感悟以及文体趣味。

对于史家来说，下笔之前，努力穷尽所有资料，立论谨严，尽可能做到板上钉钉。黄子平的文章不是这个风格，更多持灵活及开放的态度，一边立论一边自我拆台，给读者带来很多思维的刺激，但不追求结论的确凿无疑。如此敏感、灵活、刁钻、犀利，从不安分守己，犹如自然界的鲶鱼。据说渔民把活沙丁鱼带回港的诀窍，就是在装沙丁鱼的鱼槽里放进一条鲶鱼；沙丁鱼见了陌生的鲶鱼四处躲避，这样一来缺氧的问题得到了解决——这就是经济学家常说的"鲶鱼

---

[1] 参见黄子平《革命·历史·小说》（增订本，[香港]牛津大学出版社，2018年）与《灰阑中的叙述》（增订本，北京大学出版社，2020年）二书的"后记"，以及《文本及其不满》，第276—277页。

效应"。其实,优秀的批评家之于文坛或学界,也应该起这种作用,关键在于外在环境是否允许,还有就是批评家个人的才华与胆识。在中国学界,黄子平是为数不多的能起这种"鲶鱼效应"的人物,不仅因其理论锋芒,更因其自我反省能力。

在80年代崛起的这批学人中,黄子平显得沉默而睿智——这与其慎重和矜持的性格有关,也与其追求警句的修辞策略有关,还有就是前面提及的"边缘"论述的自我预设。在子平那里,边缘是处境,是姿态,是心境,也是策略。这方面,洪子诚的概括很精彩,值得大段引录:

> 从阅读、写作的范围内,"边缘"在他那里,就是抵抗一般化、规格化的阐释和表述。就是逃离包围着我们,有时且密不透风的陈词滥调。就是必要时冒犯、拆解政治、社会生活的"标准语"和支撑它的思维方式。就是"读缝隙","读字里行间"。就是寻找某种"症候"性的语词、隐喻、叙述方式,开启有可能到达文本的"魂"的通道。就是在看起来平整、光滑的表层发现裂缝,发现"焊接"痕迹,发现有意无意遮蔽的矛盾。当然,也就是发现被遗漏、省略的"空白"。[1]

---

[1] 洪子诚:《"边缘"阅读和写作——"我的阅读史"之黄子平》,《文艺争鸣》2009年第4期。

 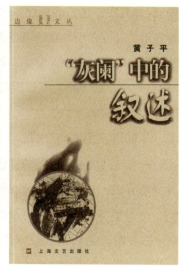

《革命·历史·小说》,(香港) 牛津大学出版社,1996年　　《"灰阑"中的叙述》,上海文艺出版社,2001年

善于在边缘处阅读与思考,确实是黄子平的长处,也是其最大特色[1]。而最能体现黄子平这一边缘阅读/思考/写作特色的,莫过于其代表作《"灰阑"中的叙述》。

四、无往而非灰阑

到目前为止,黄子平著《"灰阑"中的叙述》有两个系

---

[1] 此节内容,基本采用我初刊《文艺争鸣》2020年第3期的《在边缘处策马扬鞭——关于黄子平的学术姿态》。

第十章　文本、灰阑与意识形态

统四个版本。A 系统：《革命·历史·小说》，（香港）牛津大学出版社，1996 年；《革命·历史·小说》（增订本），（香港）牛津大学出版社，2018 年。B 系统：《"灰阑"中的叙述》，上海文艺出版社，2001 年；《灰阑中的叙述》（增订本），北京大学出版社，2020 年。主要问题出在《革命·历史·小说》中第六章《小说与新闻：真实向话语的转换》，此文撰于 1990 年 6 月至 1991 年 2 月，最初在美国夏威夷"文化与社会：20 世纪中国的历史反思"讨论会上发表，收入黄子平《幸存者的文学》（［台北］远流文化，1991 年），其中讨论陈国凯《我该怎么办？》与遇罗锦《大陆人》两篇小说及相关新闻报道，因牵涉敏感话题而不得不删去，上海文艺版于是补进了初刊《北京文学》1989 年第 7 期的《语言洪水的坝与碑——重读中篇小说〈小鲍庄〉》，依旧保持十章规模。考虑到改简体横排，加上纸张变薄，《"灰阑"中的叙述》只好增加四篇附录（即《千古艰难唯一死》《汪曾祺的意义》《演戏或者无所为》《与"他人"共舞》）；还不行，只好排版时动辄过页，这才勉强撑成了两百八十三页的小册子。北大增订版虽然也才两百四十二页，但开本扩大（小十六开），纸张变厚（八十克纯质），再加上精装，显得厚重了许多。内容方面，删去上海版四篇附录，增加了《访谈：文学批评和文学史》《课堂讨论：怎样叙述，如何解读》以及洪子诚的《"边缘"阅读和写作》（代序），使得此书的意旨更为显赫，也便于读者了解黄子平的学术思路及研究方法。

为什么改书名？一开始我以为是香港版书名太刺眼，容易让人浮想联翩；后来读《课堂讨论：怎样叙述，如何解读》，才知道改书名是作者本人的意愿：明知以"灰阑"典故为书名可能影响销路，"但我心里边有某种'执念'，觉得出书就是进到另一个'灰阑'中去了，因此不肯放弃这个隐喻关系"[1]。大陆版之删节，更让作者体会到"对解释权的争取"的重要性，于是"'灰阑'中的叙述"既是书名，也是一种隐喻。至于京版去掉沪版书名中那个引号，我以为是恰当的。因为，既然"无往而非灰阑"，何必加引号刻意强调？至于说担心用典阻碍阅读，则未免低估了此书读者的智商——偶有不明底细的，说不定还更能刺激好奇心呢。

当初为了应付学术考评，此书编为十章，努力显得"成体系"。正因此，成书时没有注明每篇文章的写作时间，只在牛津版《后记》中笼统说明："此书的若干章节曾以单篇论文的方式，在下列刊物和论文集上发表，深表谢忱。"根据作者的《学术纪事》，我们可以获悉：黄子平1990年3月在美国哥伦比亚大学图书馆，"初次看见海峡两岸'革命历史小说'和'反共复国小说'紧挨着肩并肩立在同一排书架上，感觉非常震撼"；"是年参加了芝加哥大学东亚文化中心李欧梵教授主持的'后文革时期的中国文化'工作坊，开

---

[1] 参见黄子平《灰阑中的叙述》（增订本），第206页。

第十章 文本、灰阑与意识形态

始构思'革命·历史·小说'的研究计划"[1]。由此很容易得出结论：此书撰写于1990—1996年。作为书名的《灰阑中的叙述》，初刊香港《八方》丛刊第12辑（黄继持、小思编），1990年11月；再收入何福仁编《西西卷》，（香港）三联书店，1992年。可在应邀编选"三十年集"《远去的文学时代》时，黄子平将此文系于1988年，且在当年的"纪事"中称："为《中国时报·开卷版》策划'一部作品两岸评'栏目，并开始接触港台文学作品，却从未想到几年后会辗转定居于香港。"[2]也就是说，此文撰写于其居京时期，与"革命·历史·小说"的研究计划无关。若不专门说明[3]，读者很容易想当然，以为这是黄子平1993年应聘香港教书后的作品。

作者在《沪版后记》中，为增加四篇附录辩解："当然这些文字与本书主旨'革命·历史·小说'的关联，也绝不疏离。"[4]在我看来，这种辩解无效。说到底，这是一部论文集式的专著——前五章有完整构思，以《革命·历史·小说》为题恰如其分；后五章（更不要说四篇附录了）只能是相关联。没想到，随着时间推移，原本只是凑数的《"灰阑"

---

[1] 参见《名作欣赏》2019年第11期别册《边缘阅世——黄子平画传》第5—6页。
[2] 黄子平：《远去的文学时代》，第84页，复旦大学出版社，2012年。
[3] 上海文艺出版社2001年版《"灰阑"中的叙述》的《前言》也只是笼统提及："本书的最后一章其实是最早动笔写成的。"
[4] 参见黄子平《"灰阑"中的叙述》，第283页。

中的叙述》竟喧宾夺主,成了乐队的第一小提琴。这得益于成书的过程及此后作者对现实处境的了解,对香港生活的体验,以及版权转移过程中的复杂心情。

"革命·历史·小说"最初的研究构想,应该就是此书各版《前言》中的这段话:

> "革命历史小说"是我对大陆50至70年代生产的一大批作品的"文学史"命名。这些作品在既定意识形态的规限内讲述既定的历史题材,以达成既定的意识形态目的。它们承担了将刚刚过去的"革命历史"经典化的功能,讲述革命的起源神话、英雄传奇和终极承诺,以此维系当代国人的大希望与大恐惧,证明当代现实的合理性;通过全国范围内的讲述与阅读实践,建构国人在这革命所建立的新秩序中的主体意识。这些作品的印数极大,而且通常都被迅速改编为电影、话剧、舞剧、歌剧、戏曲、连环图画,乃至进入中小学语文课本。人物形象、情节、对白台词无不家喻户晓,深入日常语言之中。对"革命历史"的虚构叙述俨然形成了一套弥漫性、奠基性的"话语",令那些溢出的或另类的叙述方式变得非法或不可能。[1]

---

[1] 作为《前言》,各版文字略有差异,这里依据《灰阑中的叙述》(增订本)。

第十章 文本、灰阑与意识形态

这段中规中矩的"开题报告",日后并没有完全落实。借特定主题的系列文本,讨论特定时代的意识形态,这自然是好主意。前者的变幻莫测与后者的波诡云谲,本就令人充满遐想,二者之间的关系,无可奈何的依附之中,包含某种情不自禁的背叛。对于熟练操作罗兰·巴特意义上的"文本解读",凸显批评家作为"读者"位置的黄子平来说,确实可以大展身手。可惜的是,后五章虽有不少生花妙笔——如《病的隐喻和文学生产》中的若干论述[1],但毕竟是说开去了,讨论对象并非"大陆50至70年代生产"的"革命历史小说"。

前五章写得不错,很多奇思妙想,观察细致,论述深入,文字也很俏皮,对于有类似生活经验的大陆读者来说,更是感觉酣畅淋漓。如第四章《革命·土匪·英雄传奇》总共六节,各节标题如下:一、黑话/红话;二、海盗/海道;三、"思想革命"/"政治革命";四、"抢一个共产党领路向前";五、反出江湖;六、英雄传奇——构思很巧妙,但显得有点跳。真正讨论《林海雪原》《红旗谱》《杜鹃山》的篇幅不多,一会儿前面的《水浒传》,一会儿后面的《红高粱》,还穿插鲁迅的《阿Q正传》以及毛泽东的《论十大

---

[1] "与鲁迅在绝望中仍保持启蒙者的英勇姿态不同,这一代写作者在觉悟到'文章无用'的同时,极易于转向对自身疾病的诊断分析,并向往某种'实际解决'的前景光明的一揽子治疗方案——或许,这能解释为什么后来他们能够如此虔诚地接受施于他们身上的'驱邪'治疗仪式。"见《灰阑中的叙述》(增订本),第144页。

关系》，最后连巴赫金《拉伯雷》之表彰绿林好汉，以及20世纪末中国"逸离土地的农民兄弟"或进"三资"企业打工或成为"流氓团伙"也都进来了[1]。如此一路小跑，逸兴遄飞，真是"艺高人胆大"。很多时候，作者满足于"举例说明"，且点到为止。你正为他的俏皮话拍案叫绝，希望读到进一步的论述时，他已经拐弯，进入另一个更有趣的话题了。如第四章讨论革命样板戏《杜鹃山》的这段话：

> "劫"和"抢"都是地道的土匪行径，妙就妙在这里不是从豪门深宅抢良家妇女，而是从反动派的法场上劫女共产党。更妙的是，这个在生死关头被汉子们拯救的女子，却反过来拯救了这支走投无路的队伍，给予他们政治上的生命。这女子不但知书明理、见识高超，而且（姿）色（武）艺双绝，看她在舞台上如何动之于情晓之于理，把一群七尺汉子治得心服口服，谁不愿意接受这样的政治思想教育呢。[2]

指出此举与女权主义毫不相干，"实际目的是要将一个强有力的意识形态尊神召唤到场"，这很重要；可就到此为止，为什么不把戏曲的角色设置以及中国叙事文学"粗豪"传统

---

[1] 参见黄子平《灰阑中的叙述》（增订本），第55—69页。
[2] 黄子平：《灰阑中的叙述》（增订本），第64—65页。

第十章　文本、灰阑与意识形态

带进来？因为作者急于转入莫言《红高粱》的讨论了。如此急匆匆赶路，随手摘花赠人，更接近于睿智的批评家，而非博通的历史学者。作者没有耐心仔细搜集材料，每一个论点只举一个例子，很有启发性，但并不都经得起推敲。即便评价很高的第五章《"革命历史小说"中的宗教修辞》，也有这个问题，这点作者心知肚明[1]。可这属于个人风格，很难改，也不必改。若真像我建议的那么做，又会成了他很不喜欢的"博士论文"体了。

应该这么说，《灰阑中的叙述》的真正长处不在学术性，而在洞察力。作者将自身定位为"灰阑"式的批评，而非系统的学院研究[2]；论述不够绵密，但读起来更畅快。此书之所以获得众多关心现当代中国及其文学的读者/专家的青睐，很大原因在于那些压在纸背的心情。谈论文本之中及背后的意识形态，须兼备历史感觉、理论反省以及修辞能力，方能"回到历史深处去揭示它们的生产机制和意义架构，去暴露

---

[1] "陈平原批评过我，说我这是偷懒。扎实的做法应该去翻延安时期的报纸，晋察冀边区的报纸，落实最早是谁把延安叫作'圣地'的，细细考察这种提法是怎样流传开来的。你举一个《保卫延安》里的孤证，然后用一个'宗教修辞'轻巧带过。他批评得很对。即使是'宗教修辞'，也没扎实做好。"见黄子平《灰阑中的叙述》（增订本），第214页。

[2] 同样谈"革命"，陈建华《"革命"的现代性：中国革命话语考论》（上海古籍出版社，2000年）从观念史——话语研究的立场出发，讨论晚清诗界革命等，也讨论茅盾的"时代女性"，以及小说中的革命与性别，最具实力的第一篇《论现代中国"革命"话语之源》（初刊《学人》第十五辑，江苏文艺出版社，2000年），颇见北美学界的潮流、趣味与方法。

现存文本中被遗忘、被遮掩、被涂饰的历史多元复杂性"[1]。此书吸引读者的,主要不是整体的理论框架,而是众多发人深省的只言片语——体悟当代中国文本/政治的不乏其人,但能将其中奥秘深刻抉发,且完整说出来,需要某种"笔有藏锋"的政治智慧与修辞技巧[2]。

借"小说"谈"革命",既然话题那么重要,凭什么留给黄子平独领风骚?因为,长期在海外生活的,很可能难以深入体贴;只在国内写作的,又唯恐触犯禁忌,故言之不尽。兼及大陆的生活经验、美国的学术视野(如象征意味的图书馆分类法)以及香港的边缘立场,这是黄子平的长处。基于此判断,写作时间最早的《灰阑中的叙述》显得越发重要,作者本人也像西西那样,开始"如此细心地谛听这些遥远而微弱的声音"[3]。

收入香港作家西西短篇小说集《手卷》([台北]洪范书店,1988年)中的《肥土镇灰阑记》,其关键设计是让灰阑中人打破沉默,历来被争抢的五岁孩童马寿郎终于开口说话,且长篇大论——虽然依旧还在灰阑中。黄子平说得对,"叙述者无法走出灰阑,走出灰阑的是他的叙述",可这种微

---

[1] 参见黄子平《〈灰阑中的叙述〉前言》,《灰阑中的叙述》(增订本),第 xxi 页。
[2] 借用赵园《我所知子平与枚珊》的话:"处东西文明交汇之地,既有理论敏感又有文学嗅觉,子平对当今文坛、言论场,自较其他朋友熟稔。应对有争议的话题,不像老钱那样直接,笔有藏锋。"
[3] 参见黄子平《灰阑中的叙述》(增订本),第 173 页。

第十章　文本、灰阑与意识形态

弱的声音，偶尔也能穿越历史迷雾，被有心人认真倾听。斑驳陆离的世界上，众声喧哗之中，有谁能听到这些"灰阑"中微弱的话语？身处香港的作家西西愿意倾听，因为她认为"灰阑中弱小者的叙述具有较大的可信性"；那时仍生活在燕园的评论家黄子平也愿意倾听，因为他意识到"无往而非灰阑"[1]。不再顺从，也不是批判，而是谛听、审视、质疑乃至讥讽：

> 灰阑中的叙述是对沉默的征服，是对解释权的争取，是凭借了无数"参考书目"和人生体验，提出一个基本的质询。或许灰昧昧的年代将无动于衷地延续下去，或许正是意识到了这一点，灰阑中的叙述才不再是慷慨激昂的大喊大叫。它们是理智的、温婉的、满怀期冀而又无可奈何的——在无往而非灰阑的世界上，大声疾呼显得滑稽；智性而温婉的话语，才有可能具备持久的内在力量。[2]

这篇讨论西西小说的论文，成了《革命·历史·小说》的第十章。当初是殿后，日后在该书的流转过程中，意义不断凸显，最后竟成了安身立命的主旨。为什么？因为"在这灰昧

---

[1] 参见黄子平《灰阑中的叙述》（增订本），第 172、176 页。
[2] 黄子平：《灰阑中的叙述》（增订本），第 177 页。

昧的年代,何往而非'灰阑'"[1]。体会到这一点的,何止特定时期的香港读者! 相对于讨论50—70年代的"革命历史小说",此篇更是寄托遥深,也更容易触动不同地区不同代际的读者心灵。如此重要的隐喻,既是人类的生活困境,也是作者的写作动机。在这个意义上,将其选作书名,虽属事后追认,也算别有幽怀。

这是八九十年代的写作,与今天的学术论著风格迥异,不够严谨,但有激情,能思考,善表达。新奇、警辟而又略显粗疏,述学文体背后的阅历与心态值得认真体会。受过良好训练且长期生活在学院的年轻一辈学者,很可能嫌其理论武器不够精微,立场过于鲜明,论述相对简单,尤其涉及权力与写作,除了粗暴的压制,应该还有温柔的勾兑——有人稀里糊涂,也有人明知故问,还有人半推半就,当然也存在若干高低强弱的对话与抵抗。文本与意识形态之间错综复杂的关系,需要进一步历史化,也需要更为细微的辨析。

要说著书立说的理想境界,当然是既体系又弹性、既深刻又厚实、既先锋又长久……在没有寻找到此类"大书"之前,我宁愿阅读、倾听黄子平那些微弱、俏皮、切己、痛快的"灰阑中的叙述"。

---

[1] 参见黄子平《灰阑中的叙述》(增订本),第171页。

第十一章

想象中国与现代性的多副面孔

——关于《被压抑的现代性》及其他

《被压抑的现代性——晚清小说新论》,北京大学出版社,2005年

2006年第4期《当代作家评论》刊发《海外中国现代文学研究的历史、现状与未来》，那是王德威为上海三联书店"海外中国现代文学译丛"撰写的总序。文章写得很好，大开大合，且兼收并蓄，保持作者一贯平和温润的风格。此文对于我们了解欧美汉学（中国研究）的发展脉络及现状非常有用，只是视野不包括日本与韩国，偶尔涉及俄苏及东欧，也是那些用英文发表的。其中提及自己著作，只有以下两处："对写实现实主义的再批判（Marston Anderson，王德威）""晚清文学现代性的省思（王德威，Theodore Huters）"。前者指的是 *Fictional Realism in Twentieth-Century China*：*Mao Dun*，*Lao She*，*Shen Congwen*（New York：Columbia University Press，1992），后者则是 *Fin-de-Siècle Splendor*：*Repressed Modernities of Late Qing Fiction*，1849-1911（Stanford，Calif.：Stanford University Press，1997）。王德威之所以如此低调，我揣测：第一，作者谦虚，不想王婆卖瓜；第二，文章写于2006年，他的另外两本英文著作或刚出版（*The Monster That Is History*：*History*，*Violence*，

第十一章　想象中国与现代性的多副面孔

and Fictional Writing in Twentieth-Century China，Berkeley and Los Angeles：University of California Press，2004），或尚未面世（*The Lyrical in Epic Time：Modern Chinese Intellectuals and Artists through the 1949 Crisis*，New York：Columbia University Press，2015）；第三点最重要，此文分门别类介绍众多美国学者著作，大多取其旗帜鲜明，面目清晰，适合作为某理论或某方法的代表，而这标准不太适合王德威本人。文章最后谈及"值得有心学者，不论是海内或是海外，共同贯注心力"的三个方向，则隐约可见作者的追求："第一，有关现代文学批评的批评""第二，文学和历史的再次对话""第三，打开地理视界，扩充中文文学的空间坐标"。

在大陆、香港和台湾的人文学界（尤其是中国现当代文学领域），王德威的影响极大。除了双语写作，学问好，出版多，乐于助人，善于演说，还得算上哈佛大学讲座教授及台湾"中央研究院"院士头衔的加持。我本人以及北大中文系曾得到他不少帮助，如出版著作、邀请讲学、合办会议等，因此，下面的讲述，兼及学术交流与学术史评价。

一、如何想象中国

我收藏王德威惠赠的近二十种中英文著作，最早的两册《从刘鹗到王祯和》（[台北]时报文化，1986年）和《阅读当代小说：台湾·大陆·香港》（[台北]远流出版公司，1991

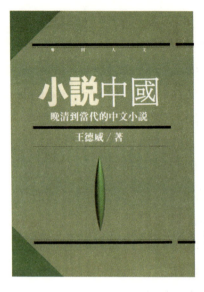

《小说中国:晚清到当代的中文小说》,(台北)麦田出版公司,1993年

年),书前均题签"陈平原教授指正,王德威敬赠,九二年九月"。第二年7月北大见面,又获赠《众声喧哗:三〇与八〇年代的中国小说》([台北]远流出版公司,1988年)、《小说中国:晚清到当代的中文小说》([台北]麦田出版公司,1993年)以及《知识的考掘》(米歇尔·福柯著,王德威译,[台北]麦田出版公司,1993年)。我则回赠人民文学出版社1992年版《千古文人侠客梦——武侠小说类型研究》等,于是有了该书1995年的麦田繁体字版。

虽酝酿多时,王德威之引起大陆读者的普遍关注,只能从1998年算起。那年6月他应邀来北大中文系讲学,9月北京三联书店刊行《想像中国的方法:历史·小说·叙事》,

第十一章　想象中国与现代性的多副面孔

10月台北麦田出版公司推出《如何现代，怎样文学？——十九、二十世纪中文小说新论》，作为成熟的批评家及文学史家，王德威这才真正走到聚光灯下。

90年代中国，因办学经费及意识形态限制，邀请境外学者讲学，还是很不容易的事。1998年6月18—27日王德威应邀访问北大，我是具体操办者，有义务给北大外事处提交总结报告。前些天翻阅《想像中国的方法：历史・小说・叙事》，发现夹着三页手稿，题为《美国哥伦比亚大学东亚系主任王德威教授来访总结报告》，上有中文系办公室批注："请将此总结用电脑打印出来，外事处要求的。"此报告因不符合学校要求被退回，当初或许噴有怨言，可没想到因祸得福，反而替我保留下一份难得的手稿。报告开头介绍王教授的学术经历及主要著作，结尾提及双方合作的意愿及可能性。中间三段描述其治学特点、讲学内容以及演讲风格，代表我二十多年前的看法，值得抄录：

在汉学界，王教授的研究起码具有以下三个特点：（一）毕业于比较文学系，对西方文学理论较为熟悉，以巴赫金的"众声喧哗"理论和福柯的"知识考古学"来作为研究中国文学的参照，对中文学界影响甚大；（二）以整个20世纪中国文学发展为观照对象，不再区分近、现、当代；（三）同时关注海峡两岸的文学尤其是小说创作，其主编的丛书（**由麦田出版公司出版**）

及撰述的著作,有很高的声誉——大陆学者中没有此类人才,大都分而治之,或研究大陆文学或研究台湾文学。

王教授应北大之邀访问期间,曾假座三联书店与北京知识界座谈、在北大与研究生座谈。除此之外,有两次公开演讲:6月24日在中文系会议室做题为"二十世纪的中国小说史学"、6月26日在文史楼做题为"晚清小说:被压抑的现代性"的演讲。后者乃新出版的英文专著的提要钩玄,讨论晚清小说对于20世纪中国文学发展的意义;前者介绍并评价20世纪的中国小说史学,尤其注重海外与大陆学界研究思路及论述策略的差异。

王教授学术造诣深,且善于演讲,现场效果很好。尤其难得的是,王教授对大陆学界状况及走向十分了解,故讲课时不时引证大陆同行的研究成果,使听众不觉得隔阂——既有新意又不隔阂,这其实比按照自己的思路宣讲要难得多。正因其能够兼及大陆学界现状,听众很能参与讨论。不论是座谈还是演讲,都有踊跃发言甚至争辩的场面。对于听众来说,这比"洗耳恭听"更有意义。

二十多年前,中国大学的国际学术交流还比较稀罕,正因机会难得,主客都很认真。不说座谈,两个演讲其实都与三联书店即将推出的新书密切相关。

第十一章 想象中国与现代性的多副面孔

《想像中国的方法:历史·小说·叙事》,生活·读书·新知三联书店,1998年

1998年9月北京三联书店刊行的《想像中国的方法:历史·小说·叙事》,是一部自选集,收文二十三篇:"所涵盖的作品始自晚清,讫于当代,讨论的文类则包括了狎邪与政治、科幻与历史、乡土与怪诞等多种。"[1]这些写作时间相距十多年的作品[2],汇集在一起时,没做任何说明,一般阅读没问题,若做学术史判断,则容易出现偏差。因为,同一个话题或同一种观点,十年前谈与十年后

---

[1] 王德威:《序:小说中国》,《想像中国的方法:历史·小说·叙事》,生活·读书·新知三联书店,1998年。
[2] 写作时间最早的是《潘金莲、赛金花、尹雪艳——中国小说世界中"祸水"造型的演变》,初刊《中国时报》副刊,1983年7月1日、2日。

说，意义大不相同。为便于阅读与阐发，我将《想像中国的方法》各文一一辨析，呈现其最初入集情况[1]。对于这部自选集，已刊四书中《阅读当代小说》完全缺席；而一个月后问世的《如何现代，怎样文学？》则不无贡献。具体说来，取自《从刘鹗到王祯和》(1986) 的七篇[2]，来自《众声喧哗》(1988) 的两篇[3]，出自《小说中国》的十篇[4]，源于《如何现代，怎样文学？》的四篇[5]。作者称这书"代表我个人思考'小说中国'的方式与实验"[6]，其实应该加一句"迄今为止"。因为作者日后对中文小说的论述，还有好多方法及理论的实验，这点留待下面论述。

作为王德威进入中国大陆的第一书，《想像中国的方法：历史·小说·叙事》如此编排，自有其道理——除了便于读者全面了解，也将决定日后大家对他的印象。我因对他此前著作多有了解，更看好其新著《如何现代，怎样文学？——

---

[1] 王德威第一本中文著作《从刘鹗到王祯和》是注明各文（含英文）初刊的，可接下来的多部论文集都改变策略，删去了这些至关重要的信息。
[2] 《〈老残游记〉与公案小说》《"谴责"以外的喧嚣》《"说话"与中国白话小说叙事模式的关系》《从老舍到王祯和》《潘金莲、赛金花、尹雪艳》《历史·小说·虚构》《现代文学史理论的文、史之争》。
[3] 《"母亲"，你在何方？》《女作家的现代"鬼"话》。
[4] 《寓教于恶》《贾宝玉坐潜水艇》《从"头"谈起》《荒谬的喜剧？》《做了女人真倒楣》《原乡神话的追逐者》《华丽的世纪末》《现代中国小说研究在西方》《想像中国的方法》《世纪末的中文小说》。
[5] 《被压抑的现代性》《翻译"现代性"》《半生缘，一世情》《落地的麦子不死》。
[6] 王德威：《序：小说中国》，《想像中国的方法：历史·小说·叙事》。

第十一章　想象中国与现代性的多副面孔

《如何现代，怎样文学？——十九、二十世纪中文小说新论》，（台北）麦田出版公司，1998年

十九、二十世纪中文小说新论》。恰好台湾《联合报》"读书人"副刊约稿，于是撰写了如下书评：

> "众声喧哗"与"想象中国"，这大概是王德威先生最喜欢使用的两个概念。文章中经常亮相不说，甚至还两次站到了论文集的封面上。就像解读"文明类型"或"理论体系"，理解具体的学者，同样必须关注蕴涵着生存与发展基因的"关键词"。拨开人云亦云的套语，再剔除转瞬即逝的俏皮话，一个成熟的学者，都有相对固定的论述语调、修辞手法和研究思路。而这，往往蕴藏在可意会也可言传的理论术语背后。

拜读王德威最近出版的《如何现代，怎样文学？——十九、二十世纪中文小说新论》，第一印象是，这不只是五年前那部名噪一时的《小说中国》之续编。几乎从第一本著作《从刘鹗到王祯和》起，王便选择了日后逐渐明晰的学术思路：注重西方与东方、晚清与当代、大陆与台湾之间的相互沟通与诠释。时过境迁，后两者成了论述的主体，但早年比较文学的训练并未完全消退，而是化作一种理论兴趣与学术眼光，潜伏在具体对象的论述中。当作者强调"我企图运用不同的文学理论及批评模式来阅读晚清到当代的小说，而作品的选择，也尽量超越主流或典律的局限"[1]时，其"方法学"上的立场，基本上是十几年一以贯之。

与此前对于晚清小说的零星论述不同，这一回论文的结集，以"被压抑的现代性"为首辑，很能显示作者的立场与趣味。开门见山的《没有晚清，何来五四？》，尤其值得读者关注，因此乃作者若干年来研究思路的大曝光。追踪晚清小说中的狭邪、公案侠义、谴责、科幻四文类，不只是为了说明其时文人创作力之丰沛，更回应了十年前作者对于巴赫金"众声喧哗"理论的热情推介。

---

[1] 参见王德威《如何现代，怎样文学？——十九、二十世纪中文小说新论》，第17页，（台北）麦田出版公司，1998年。

第十一章　想象中国与现代性的多副面孔

考据《品花宝鉴》《老残游记》等晚清小说,对于王德威来说,很可能不只是出于知识性的需要,而是提供一个与众不同的思考角度与理论立场。借助于"众声喧哗"的晚清,颠覆"整齐划一"而且已经"定于一尊"的文学史想象;强调晚清小说体现的"被压抑的现代性"并未离我们远去,"而是以不断渗透、挪移及变形的方式,幽幽述说着主流文学不能企及的欲望,回旋不已的冲动"[1],目的是构建百年中国小说发展的谱系。前者使其得以理直气壮地质疑"主流与典律",后者则与众多浅尝辄止的"批评"拉开了距离。

借助晚清小说四文类的发生与演进,思考百年中国文学的四个方向,探讨一代代作家"对如何叙述欲望、正义、价值、知识的形式性琢磨",这一思路,在此书的其他各辑文章中,得到相当精彩的铺陈与展开。比如,谈论现代中国的"正义论辩"、"情欲想象"或"饥饿写作",便很能显示王先生处理"文学与历史"错综复杂关系时的机智与缜密。我故意略去这三则很有特色的文章之正题,目的是突出作者的问题意识。与小说家之"虚构中国"相映成趣,作为学者的王德威,正自觉地借小说"想象中国"。

---

[1] 参见王德威《如何现代,怎样文学?——十九、二十世纪中文小说新论》,第34页。

不是每个论题或谱系都可以追溯到晚清,比如"乡土修辞"与"反共小说",便另有渊源。但作为研究思路,不满足于就事论事,而是习惯性地上挂下联,这一史家风范,倘佐以鲜活的当代感与文体感,能出举重若轻的好文章。王先生的得意之笔,很可能不是关于晚清小说的专门论述,而是像《从"海派"到"张派"——张爱玲小说的渊源与传承》那样学有本源而又随意挥洒的"急就章"[1]。在最近一轮"张爱玲热"中,能不被铺天盖地的悼念、追忆及评价文字所淹没,正是得益于其广阔视野与敏锐感觉的相得益彰。在学院派著述与报刊文章之间取得某种协调,将明确的问题意识、鲜活的当代感觉,与厚实的史家笔法融为一体,这其实很不容易。

在学术高度分化,"晚清"与"当代"、"大陆"与"台湾"均成为专门研究领域的今日,看王德威横刀立马,在如此广阔的"小说"疆场任意驰骋,而且偶尔耍几下无伤大雅的花招,实在令人心旷神怡。[2]

二、现代性的多副面孔

我之所以在书评中提及"开门见山的《没有晚清,何来

---

[1] 此文乃合并《想像中国的方法》中《半生缘,一世情》与《落地的麦子不死》二文而成。
[2] 陈平原:《众声喧哗与想象中国》,台湾《联合报》1998年11月16日。

第十一章　想象中国与现代性的多副面孔

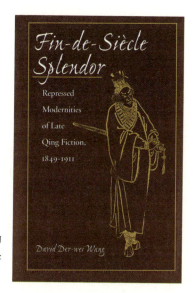

《华丽的世纪末——被压抑的现代性》英文版,斯坦福大学出版社,1997年

五四?》,尤其值得读者关注,因此乃作者若干年来研究思路的大曝光",那是因为我手中有《华丽的世纪末——被压抑的现代性》英文版(1997)。三联版《想像中国的方法》第一辑,除此"开宗明义"的大作,其他各文也多与此英文专著密切相关。若干年后,王德威著、宋伟杰译《被压抑的现代性——晚清小说新论》(繁体字版,[台北]麦田出版公司,2003年;简体字版,北京大学出版社,2005年)刊行,略加比勘,不难发现,《想像中国的方法》第一辑中的《寓教于恶》《贾宝玉坐潜水艇》二文乃英文专著第二、第五章的翻译或改写;《〈老残游记〉与公案小说》《"谴责"以外的喧嚣》则指向第三、第四章的部分内容。至于《翻译"现

代性"》与英文专著第四章第三节，则属于"名同实异"。作为兼擅中英双语的学者，在英文专著完成的前后，发表部分中文相关文章，这很正常。关键是挂头牌的《被压抑的现代性——没有晚清，何来五四？》一文，乃英文专著"导论"（略有删节）加第一章的两小节[1]。考虑到二者文字相同，且拼接得很巧妙，应该是作者亲力亲为。

下面对照北大版《被压抑的现代性——晚清小说新论》（简称北大版），看三联版头牌文章《被压抑的现代性——没有晚清，何来五四？》（简称三联版）是如何炼成的。三联版因独立成文，删去北大版"导论"中对第一、第六章内容的介绍，也不提为何改变书名，这都可以理解；只是下面这段话本不该删去，因其很能凸显此书的学术思路及作者的理论背景：

> 倘若晚清小说今天仍值得我们研读，那是因为它显示了彼时作者求新、求变的努力，是如何曾被自命为现代、实在传统的读者所忽略，由于巴赫金、傅柯等人的述作影响，当代读者应更难理解，每一个时代皆充斥着复杂的矛

---

[1] 这两小节既是全书的内容概述，也是其精华所在："我以晚清小说的四个文类——狭邪、侠义公案、谴责、科幻——来说明彼时文人丰沛的创作力，已使他们在西潮涌至之前，大有斩获。……'五四'其实是晚清以来对中国现代性追求的收煞——极仓促而窄化的收煞，而非开端。没有晚清，何来'五四'。"见三联版《想像中国的方法》，第16—17页；北大版《被压抑的现代性——晚清小说新论》，第55—56页。

第十一章 想象中国与现代性的多副面孔

盾与冲突,而这些矛盾与冲突所构成的诸种形态,有待文学考古学家殷殷探问。当晚清作者面对欧洲传统的同时,他们已然从事对中国多重传统的重塑。即便在欧洲,跻身为"现代"的方式也是多种多样的,而当这些方式被引入中国时,它们与华夏本土的丰富传统杂糅对抗,注定会产生出更为"多重的现代性"。但这多重的现代性在"五四"期间反被压抑下来,以遵从某种单一的现代性。其原因自西方的文化垄断到中国的激烈的反传统主义,不一而足。但这并不意味着时至21世纪,我们对那些或可带来不同文学景观的途径,可以坐视。[1]

三联版保留了此前"抵达现代性之路充满万千变数,每一步都是牵一发而动全身的关键"的基本立场,也有此后"'五四'精英的文学口味其实远较晚清前辈为窄"的理论假设[2],但缺了中间这一大段论述,还是有点儿遗憾。因正是这段专著改文章时抹去的话,蕴含着王德威这本英文大著的洞见与不见。

基于解构主义立场,王德威表彰多元文化,容纳众声喧哗,质疑正统与典律,解构牢不可破的中心与等级,以及挑

---

[1] 王德威著、宋伟杰译:《被压抑的现代性——晚清小说新论》,第10页,北京大学出版社,2005年。
[2] 参见王德威著、宋伟杰译《被压抑的现代性——晚清小说新论》,第8、10页。

战线性的历史观,呈现历史及文学的复杂面相,并由此发掘晚清小说"被压抑的现代性",确实取得了很大成绩。但由于作者对"五四"新文化缺乏深入了解,那个作为嘲讽对象的立场僵硬、趣味狭窄、专制蛮横的"五四精英"或"五四典范",基本上是个稻草人。至于对新文化"启蒙主义"立场及"感时忧国"传统的讥笑与质疑,既有夏志清相关论述的影响[1],也与台湾成长背景以及美国中国学界的整体氛围有关[2]。对此立场及倾向,你可以质疑,也可以反驳,但没必要进行政治批判。所谓"在他这本《被压抑的现代性》中,其意识形态的偏见其实是时时隐现,有时甚至是明目张胆。对此,我们不得不予以指出,并加以批判与清理",可真是小题大做。列举"对马克思的攻击""对毛泽东和中国革命的曲解与污蔑""对鲁迅等左翼作家和批评家的否定"等三大罪状来批判一本文学史著[3],这样的架势已经多年不见了。因各自知识积累及生活环境的差异,我们每个人都有

---

[1] 参见夏志清《现代中国文学感时忧国的精神》,夏志清著、刘绍铭等译《中国现代小说史》,第389—403页,香港中文大学出版社,2015年第二版。

[2] 最近三十年海峡两岸学术交往频繁,大陆的尊重左翼文学与台湾的强调文化保守,各自互相传递、借鉴与改造。王德威早期论著对五四新文化以及鲁迅的芥蒂,还有对感时忧国传统的不以为然,与其台湾成长背景有关。《从"头"说起》一文之所以引起争议,主要不在观点对错,而在笔调轻率。与大陆学者多有接触后,王德威的论述立场及文风均有所调整。

[3] 参见栾梅健《充斥着意识形态的偏见——评王德威的〈被压抑的现代性〉》,2017年4月14日《文艺报》。

第十一章 想象中国与现代性的多副面孔

自己的执着与盲点,谁也做不到全知全能且绝对正确。记得1993年我第一次到台湾"中研院"参加学术会议,论文发表后,某台大教授评议:这位是大陆来的教授,有意识形态的限制,能写成这个样子已经很不错了。我当即反驳:谁都有意识形态的限制,只是或隐或现,或自觉或不自觉。既疑古,也疑今,还得不断推敲自家立场,这是现代学者应有的清醒。我欣赏王德威对于晚清小说的褒扬,但不同意他对五四立场的贬抑。可我很清楚,即便大陆学者,其五四论述也是千差万别,更不要说半个多世纪以来"关于'五四'的历史记忆,以及如何借谈论'五四'来因应时局变化,让史学论述与波诡云谲的政治风云纠合在一起,构成一道隐含丰富政治内涵的'文化景观'"[1]。

撰写《被压抑的现代性》时的王德威,对"五四"新文化人的开放姿态及文学趣味判断不太准确;多年后,随着阅读的深入,自己会做调整。2018年12月,在台湾"中央研究院"文哲所举办的五四座谈会上,我谈《从"触摸历史"到"思想操练"》[2],王德威则称自己当初"没有晚清,何来五四"的立说,"与其说是一锤定音的结论,不如说是一种引发批评对话的方法";如今"甚至可以推出又一层辩证:

---

[1] 参见陈平原《作为一种思想操练的五四》,第49页,北京大学出版社,2018年。
[2] 参见陈平原《从"触摸历史"到"思想操练"》,(台湾)《"中央研究院"中国文哲研究所通讯》第29卷第1期,2019年3月。

'没有五四,何来晚清'"[1]。其实没必要纠结于"没有/何来"之类的修辞辩论,只要承认晚清与五四之间存在千丝万缕的联系,这就够了。王德威喜欢使用"悖论"("吊诡")、"反讽"这样的词,且从来不把话说死,而是连续诘问,回旋往复,这既是自我质疑,也是一种修辞手法。好处是这么一来文章显得很有气势,但一浪高过一浪的反诘,有时也会转移视线、模糊焦点,导致读者各取所需。就以"没有晚清,何来五四?"为例,后面确实有个问号,提醒你这只是假设,希望促成你深入思考。可绝大部分读者却把这句话当成口号或旗帜,而懒得细究那个问号的含义。更何况,首先传入大陆的是三联压缩版,口号式的"没有晚清,何来五四"迅速传播,为作者赢得很大声誉,可也使得其形象标签化。以致北大版专著刊行,读者反而不太多;直到今天,很多使用这句口号的,也只读过那篇先入为主的压缩版。只有压缩,才能成为口号;而一旦成为口号,不论你赞成还是反对,都不再深究了。若谈晚清与"五四"的关系,我与张灏的论述可能更圆融,也更可持续地稳定发挥[2]。可平视晚清与"五四",强调"两代人的合力"如何促成中国文学及思想的

---

[1] 参见王德威《没有五四,何来晚清》,《南方文坛》2019年第1期;王德威、宋明炜编《五四@100:历史·思想·文化》,第37—42页,(台北)联经出版事业公司,2019年。
[2] 参见陈平原《"新文化"如何"运动"——关于"两代人的合力"》,《中国文化》2015年秋季号。

第十一章　想象中国与现代性的多副面孔

转型,更适合于补偏救弊的专业实践[1],而不可能登高一呼应者云集。

在我看来,《被压抑的现代性》的真正贡献,不在"没有晚清,何来五四"这句口号,而是关于晚清小说狎邪、侠义公案、谴责、科幻四大文类的精彩分析。还是我前面书评提及的,"早年比较文学的训练并未完全消退,而是化作一种理论兴趣与学术眼光,潜伏在具体对象的论述中"。首先是傅柯,其次是巴赫金,还有不太知名的卡林内斯库,为王德威之讨论晚清小说指点迷津。借助这三台探照灯,晚清小说于是呈现出不同往昔的面貌——当然,这中间需要一系列的调适与对焦。

作为《知识的考掘》中译者,王德威治学深受米歇尔·福柯的影响,而且几乎是全方位的。具体到《被压抑的现代性》,主要体现在不仅着眼于政治与文化,更从社会与法律角度谈论晚清小说,尤其是第二章论狎邪小说时引入性史与权力,第三章谈公案小说时引入规训与惩罚,这些都是一眼就能辨认的。

对于《被压抑的现代性》这部专著来说,更重要的理论设计来自巴赫金。如果说以往王德威喜欢借用《陀思妥耶夫

---

[1] 从《中国小说叙事模式的转变》(1988)到《中国现代学术之建立》(1998),再到《触摸历史与进入五四》(2005),我一直主张晚清与五四两代人的共谋与合力,完成了中国文化从古典到现代的转型,因此,谈论"五四"时,格外关注"'五四'中的'晚清'";反过来,研究"晚清"时,则努力开掘"'晚清'中的'五四'"。

斯基创作问题》的"众声喧哗",这回更多得益于《弗朗索瓦·拉伯雷的创作与中世纪和文艺复兴时期的民间文化》中的"狂欢理论"。巴赫金认定拉伯雷笔下形象具有某种"非官方性"与"非文学性",而这与中世纪民间诙谐文化有密切联系,故其创作自始至终笼罩着一种"狂欢"的氛围。谈论影响并制约着中世纪和文艺复兴时期文学发展的各种节日庆典、广场语言、猥亵笑话、滑稽表演,戏仿与讽刺,混杂与倒置,必须回到特定历史情境,用它们的尺度来衡量[1]。具体说来,就是对"狂欢节"作广义的理解,包含节庆、仪式、情绪、意识、文体等,而其关键在于对崇高的降格与贬抑,进而颠覆等级制度,挑战官方权威,主张平等对话,追求全民欢快。"在文学发展的所有时代,狂欢节,在这个字眼的最广泛意义上的影响都是巨大的";"恐怕世界文学史中还没有哪一部作品能像拉伯雷的小说那样如此全面、深刻地反映民间广场生活的全貌。在他的小说里我们听见广场的各种声音压倒一切"[2]。这些不拘形迹的广场语言,肆无忌惮的狂野笑声,诙谐有趣的诡异造型,硕大无朋的夸张身体,还

---

[1] 巴赫金称此前对中世纪民间诙谐文化的研究,"没有用它们自己的尺度来衡量它们,而是用不适用于它们的近代尺度来衡量它们。人们把它们现代化了,因而对它们作出了不正确的解释和评价",参见李兆林、夏忠宪等译《弗朗索瓦·拉伯雷的创作与中世纪和文艺复兴时期的民间文化》,《巴赫金全集》第六卷,第22页,河北教育出版社,1998年。

[2] 巴赫金著,李兆林、夏忠宪等译:《弗朗索瓦·拉伯雷的创作与中世纪和文艺复兴时期的民间文化》,《巴赫金全集》第六卷,第317、175页。

第十一章 想象中国与现代性的多副面孔

有与之相关的各种戏谑与毒咒,构成了巴赫金理解的怪诞现实主义。而在王德威《被压抑的现代性》第四章《荒凉的狂欢——丑怪谴责小说》中,正是借助巴赫金之表彰嘉年华式写作,重新定位狂想、丑怪、滑稽、喜剧等概念,用以解读晚清小说中俯拾皆是的"嬉笑怒骂",使得作者摆脱了鲁迅对谴责小说"辞气浮露,笔无藏锋,甚且过甚其辞,以合时人嗜好"的批评[1]。虽然晚清小说家李伯元、吴趼人等与文艺复兴时期的拉伯雷有巨大的时空距离与文化差异,但狂欢理论对于程式化、教条化、道德化思维方式的挑战,还是给王德威很大启发:

> 巴赫金认为,"丑怪的写实主义"是文艺复兴时期的一种文学与文化形式,其特征乃是系统性地颠覆社会等级制度,夸张与身体相关的因素,以及借助群体的笑谑宣泄情绪的滞塞。对巴氏而言,丑怪的写实主义含有一种"积极的力量",促进社会更新再生的能力。[2]

尽管王德威强调自己的丑怪的写实主义论点,与巴赫金模式有三点不同[3],但那只是具体论述的差异,大的理论构想还是一致的。

---

[1] 鲁迅:《中国小说史略》第二十八篇,《鲁迅全集》第九卷,第282页。
[2] 王德威著、宋伟杰译:《被压抑的现代性》,第273页。
[3] 参见王德威著、宋伟杰译《被压抑的现代性》,第274—276页。

晚清小说家热衷描写青楼与妓女,此乃当时的一大潮流。在《中国小说史略》及《中国小说的历史的变迁》中,鲁迅谈及此等狎邪小说,无论是表扬《海上花列传》"平淡而近自然",还是描述"作者对于妓家的写法凡三变,先是溢美,中是近真,临末又溢恶",都是只论写作手法,不作道德判断[1]。时至今日,大陆学者讨论明代的色情小说与晚清的狎邪小说,大都只从社会风俗着眼,回避价值评判。海外学者没有这个忌惮,《金瓶梅》《肉蒲团》都可成为课堂讨论对象,更不要说《海上花列传》等[2]。王著之谈论狎邪小说,主要得益于"颓废"概念的引进。不是从时间、空间、性别、族群、生态入手的"多重现代性",而是仅限于审美意识的"现代性的多副面孔"。美国印第安纳大学比较文学教授马泰·卡林内斯库从美学角度分析了现代性的五个基本概念:现代主义、先锋派、颓废、媚俗艺术和后现代主义。其中"颓废的概念"包括关于颓废的各种说法、从"颓废"到"颓废风格"、尼采论"颓废"与"现代性"、马克思主义批评中的颓废概念,以及颓废主义的形成与嬗变等[3]。王德威只在谈论"启蒙与颓废"的注释中提及此书,且做了若干

---

[1] 参见《鲁迅全集》第九卷,第267、339页。
[2] 参见陈平原《色情小说与翻译研究——关于〈中国近代小说的兴起〉及其他》,《文艺争鸣》2020年第9期。
[3] 参见马泰·卡林内斯库著,顾爱彬、李瑞华译《现代性的五副面孔》,第160—240页,商务印书馆,2002年。

第十一章 想象中国与现代性的多副面孔

限制[1]。强调颓废不仅是一个过熟文明的腐败与解体，更有"去其节奏"以及重新聚合的意味；"颓废即是将正常异常化，并且暗暗地预设在所有有关现代性的论述中"[2]。也正是在这个意义上，王德威认定颓废既是晚清作家必须面对的历史情境，也是启蒙大业题中应有之义：

> 启蒙之役开始，颓废的冲动却不止息。颓废在此不是现代性大计走乏了后的不幸结果，颓废其实就是在启蒙之内发生的，是化正常为异常的必要条件。[3]

从这个角度来谈论晚清小说中的"欲望之城"，以及众多异性恋、同性恋以及假凤虚凰等，虽不无抬高之嫌，但毕竟扫除了论述时可能面临的道德障碍，使其可以畅所欲言。

王德威《被压抑的现代性》中最具创意的，其实是第五章《淆乱的视野——科幻奇谭》。除了前三章的论述对象鲁迅等多有涉及，更在于此章的视野及立论超越了一般意义上的科幻小说。"晚清科幻奇谭最引人入胜之处是，它统合了两种似乎不能相容的话语：一种是有关知识与真理的话

---

[1]"虽然我在此多所涉及西方文评，但我其实非常清楚，欧洲19世纪末的颓废之风与中国之间并无简单的平行关系。"参见王德威著、宋伟杰译《被压抑的现代性》，第60页。
[2]参见王德威著、宋伟杰译《被压抑的现代性》，第32页。
[3]王德威著、宋伟杰译：《被压抑的现代性》，第34页。

语,另一种则是梦想与传奇的话语。"[1]具体论述时,将传统的神怪小说与西方的科幻小说混合,获得亦真亦幻的艺术效果,挑动读者想入非非,不再是"科学—科普—科幻"三级跳。在一般谈论晚清科学小说都会涉及的《新石头记》《月球殖民地小说》《新法螺先生谭》之外,王德威带入战争兼神魔的《荡寇志》,以及政治小说《新中国未来记》,视野于是大为拓展。此等科幻奇谭,当初属于边缘文类,在读者及论者眼中,也只是聊备一格。没想到"21世纪以来科幻小说勃兴,甚至引起全球注意。回顾晚清最后十年的科幻热,仿佛历史重演"[2],颇有先见之明的王德威,近年在此领域多有耕耘。2011年5月,王德威在北大图书馆演讲,题为《乌托邦、恶托邦、异托邦——从鲁迅到刘慈欣》;2019年3月,受北京大学"大学堂"顶尖学者讲学计划之邀,王德威又发表了题为《微物、即物与极物——当代小说与后人类想象》。后一场演讲是我主持的,坦白交代,云里雾里,实在跟不上。一个月后,在哈佛访学,听他两个新老学生介绍[3],方才大致明白其思路。

---

[1] 王德威著、宋伟杰译:《被压抑的现代性》,第292页。
[2] 参见王德威《没有五四,何来晚清》,《南方文坛》2019年第1期。
[3] 宋明炜现为美国卫斯理学院东亚语言文化系副教授,专攻科幻文学,在欧美学界颇有影响;陈济舟乃哈佛大学东亚系在读博士生,现正在做关于后人类研究的博士论文——必须追赶最新学术潮流,不管你信不信,这是美国学院的特点;此风气也迫使指导教师必须与时俱进。

第十一章　想象中国与现代性的多副面孔

三、以小说／史研究为中心

前面提及三联版删去的那段话，开篇"倘若晚清小说今天仍值得我们研读"，结尾"这并不意味着时至21世纪，我们对那些或可带来不同文学景观的途径，可以坐视"，这种谈古论今的写作姿态，是王德威的特点。讨论晚清小说的《被压抑的现代性》，竟然有第六章《归去来——中国当代小说及其晚清先驱》。把20世纪末大陆、台湾、香港及海外中文小说充满活力的发展，与异彩纷呈的晚清小说相对照，使若干"理论问题尖锐化"，而最终目的是"借着探查晚清小说被压抑的现代性，以及它们在20世纪末的小说这一文类中所留下的印痕，来扩展中国现代文学的视野"[1]。兼及史学研究与现实批判，在作者是别有幽怀，在出版者则面临诸多障碍。

《被压抑的现代性》有繁体、简体两个版本（麦田版，2003年；北大版，2005年），若有心比勘，会发现前五章的论述没有变化（北大版重新校对了引文），差别在第六章。以大陆出版审查标准，王著很多说法属于政治不正确。北大出版社建议删去这一章，我拒绝了，因为从晚清谈到当代，这是王德威招牌式的论述策略。可北大社也有他们的难处，此前两年我推荐藤井省三著、董炳月译《鲁迅〈故乡〉阅读

---

[1] 参见王德威著、宋伟杰译《被压抑的现代性》，第364、389页。

史》,他们已经排好版了,就是过不了审查关。最后是我亲自出面,转请新世界出版社刊行的(2002)。有这个前车之鉴,我不敢断然拒绝,只能努力协调。好在作者及译者均通情达理,凡有碍观瞻的,授权我换一种译法;个别地方实在无法抢救[1],那就只好割爱了。

喜欢从晚清说起,一直关注到当下的文学、文化及政治,而且涉及两岸(还有海外中文写作),那是王德威的学术立场及优势所在,既不能也不该强行扭转。可这么一来,一旦涉及敏感话题,就很难在大陆刊行。我知道英文版及中文版的《历史与怪兽——历史·暴力·叙事》写得很好,但不敢介绍给北大或其他出版社。《魂兮归来——历史迷魅与小说记忆》是此书第四章,当年初刊《现代中国》第一辑(湖北教育出版社,2001年10月),已经很不容易了,现在看来更是"不合时宜"[2]。

2006年秋季学期,北大试验邀请国外学者前来集中讲学,说好须是系列演讲,且进入正式课程。于是,有了王德威当年10—11月再次北大行,六个演讲加两次座谈。讲稿整理刊行,就是北京三联书店2010年版《抒情传统与中

---

[1] 比如谈论台湾作家时,引文中出现反共言论,出版社要求一律删去,单是加引号不解决问题。
[2] 王德威《历史与怪兽——历史·暴力·叙事》第三章《诗人之死》的主要内容,日后成为2006年北大系列讲座的第六讲"诗人之死——海子·闻捷·施明正·顾城",见王德威《抒情传统与中国现代性——在北大的八堂课》,第232—267页,生活·读书·新知三联书店,2010年。

国现代性——在北大的八堂课》。日后继续深耕，不断推敲"有情的历史"以及"抒情传统"之发明，从北大课堂的初展歌喉，到台大的《现代抒情传统四论》（［台北］台大出版中心，2011年），再到扩充并定稿的英文版 The Lyrical in Epic Time（New York：Columbia University Press，2015）和中文版《史诗时代的抒情声音——二十世纪中期的中国知识分子与艺术家》（［台北］麦田出版公司，2017年；三联书店，2019年），王德威将此话题发挥得淋漓尽致。尤其是走出单纯的小说研究，兼及诗歌、音乐、电影、书法等，讨论20世纪中国知识分子的精神及命运，展现了作者多方面的才华。

2006年的北大，办学经费并不宽裕，每回演讲报酬不高，只是提供往返机票及住宿费用，王德威慨然允诺，并认真准备，每次讲座都博得满堂彩。其中2006年11月8日在北大五院举办的专题座谈，题为《想象中国的方法——以小说史研究为中心》，讲者为王德威、许子东、陈平原，记录稿整理后刊《当代作家评论》2007年第3期，且分别收入三人各自编著的集子[1]。其中许子东谈及同是小说研究，三人策略不同："'小说'和'史'两个并重的是王德威，比较重'史'的是陈平原，比较重'小说'的就是我。"与此相对

---

[1]《想象中国的方法——以小说史研究为中心》，收入王德威《抒情传统与中国现代性——在北大的八堂课》第271—309页；许子东《许子东讲稿》卷2"张爱玲·郁达夫·香港文学"第418—449页，人民文学出版社，2011年；陈平原编《文学史的书写与教学》第129—174页，北京大学出版社，2018年。

《历史与怪兽——历史·暴力·叙事》,(台北)麦田出版公司,2004年

应,有三种解读小说的方式:"第一种方法,你按照你的需要去摘花";"第二种做法呢,你就在那个花园里面找出一块地方,然后你就把它挖透,多少草,多少木,每个叶子都贴上标签,所有的东西,你都把它翻透";"第三种方法呢,有些人是这样,他跑到这个花园里,你不知道他为什么,他就在东边摘一棵花,西边摘一棵树,那边取一块石头。你开始不明白他要干什么,这些花和石头表面上是没什么关系的。可是,他把它拉起来一讲,哇,你发现可以讲出一个道道,可以有很大的启发。"[1] 许子东观察细致,尤其是对王德威论

---

[1] 王德威、许子东、陈平原:《想象中国的方法——以小说史研究为中心》,《当代作家评论》2007年第3期。

第十一章 想象中国与现代性的多副面孔

《跨世纪风华:当代小说20家》,(台北)麦田出版公司,2002年

文结构方式的漫画式描述——借某一立场或视角,以举例说明的方式,将若干不同时期作家作品串起来,讲出一番让人耳目一新的道理——更是让现场听众哄堂大笑。不过,这笑声没有恶意,因其指向王教授之兼及小说史家与小说评论家两种角色。

本课程专注于"小说史学",除了上面提及的《想像中国的方法》和《被压抑的现代性》,希望再加一册《跨世纪风华:当代小说20家》([台北]麦田出版,2002年)。此书缘于1996—2002年王德威为麦田出版公司策划一套"当代

小说家"丛书,需要为每卷作品撰写一篇作家论:

> 不仅介绍作家个别的特色,也将其纳入文学史的脉络里,加以讨论。我理想的序论是深入浅出,尽量不掉书袋。然而身为学院中人,毕竟难免之乎者也的习惯。几经尝试,索性放下心来,信笔经营自己的风格。因此,这本书所收的二十篇评论也许仍不乏学术论述的特征,但我也透过文字修辞,显现我个人的性情看法,乃至偏见。[1]

简单说,这是以史家眼光从事文学批评,勾勒二十位作家画像,构成别具一格的中文当代小说史。按照麦田版顺序,这二十家是:朱天文、王安忆、钟晓阳、苏伟贞、平路、朱天心、苏童、余华、李昂、李锐、叶兆言、莫言、施叔青、舞鹤、黄碧云、阿城、张贵兴、李渝、黄锦树、骆以军[2]。二十家分别来自中国大陆、中国台湾、中国香港、马来西亚,还有好几位属于跨国迁徙。当然,这只是他主持的一套丛书的序言结集,此前此后,王德威还写了好多当代小说家

---

[1] 王德威:《序:丰饶的麦田》,《跨世纪风华:当代小说20家》,(台北)麦田出版公司,2002年。
[2] 此书简体字版2006年由北京三联书店推出,改题《当代小说二十家》,除增加两篇附录外,最重要的是删去第五章《想象台湾的方法——平路论》,其余各章依次递进,最后补充第二十章《原乡想象,浪子文学——李永平论》。

第十一章　想象中国与现代性的多副面孔

专论，比如没在这里出现的陈映真、贾平凹、李永平，就在几年后的《后遗民写作》（麦田出版公司，2007年）登场；另外，《跨世纪风华：当代小说20家》的《前言》还提及王文兴、白先勇、宋泽莱、张承志、张大春、韩少功等。即便如此，还是有人追问：当代小说家难道就只有这些值得专门论述？当然不是，但对于正在发展的文学进程进行描述，能有如此开阔的视野，已经了不起了。海峡两岸暨香港外加海外中文小说，全都照顾到，只是谋篇布局之间，有自己的特殊偏好；评论时，则尽可能超越各地的意识形态。对于具体作家来说，一经王教授品评，确实身价倍增，难怪很多人"但愿一识韩荆州"。

作为小说集的序论，为了对读者负责，需要若干铺陈与交代，加上篇幅限制，《跨世纪风华：当代小说20家》各章的论述，其实是很难深入展开的。但这不是主要问题，若一定要吹毛求疵，这本书的缺憾恰好是它的立意："不仅介绍作家个别的特色，也将其纳入文学史的脉络里，加以讨论。"作家论与小说史之间，可以暗地里互通款曲，但很难一身而两任。过于丰富的文学史知识，对于批评家来说，有时候不是助力，反而是障碍。郜元宝的书评持论有点过苛，但不无道理："如此理论爆炸、标签批发，令读者头晕目眩，自救不暇，又怎能看清作家的面貌、听明论者的所指？用大炮打蚊子，固然足够威猛，但在炫耀大规模杀伤性武器的同时，恐怕连自己所毁灭的是蚊子还是别的什么，都不能了然。"[1]这里说的是作者庞大的知识宝库，压倒了细致而微的阅读感觉；其实还有一点，那就是论述立场的缺憾。作者过于温柔敦厚，读他的作家论，每个人都了不起，每部小说都被夸成一枝花。私下里交流，也会有强烈的爱憎与褒贬，但在书评中从不"恶语伤人"。这是性格使然，勉强不得，就连非常欣赏他才华及为人的夏志清，也曾这样谈论王德威："你不能够成为一个批评家，你的致命伤就是你的胆子太小了，你不敢骂人，不敢得罪人。"[2]

此书序言提及的"透过文字修辞，显现我个人的性情看法，乃至偏见"，可不是泛泛之谈，这是王德威另一个让人着迷的地方。《跨世纪风华：当代小说20家》封面印有一行小字，是这样表彰王文的："王德威，著名文学评论家，瑰丽、妖娆、细腻、流约婉动的文字，乃现代骈文体之集大成。"王德威在美国威斯康星大学念博士时的导师刘绍铭，为香港主编一套"当代散文典范"，其中就有《如此繁华——王德威自选集》（[香港]天地图书出版公司，2005年）。这册自选集中，论香港作家黄碧云、钟晓阳的出自《跨世纪风华：当代小说20家》，论上海作家张爱玲、王安

---

[1] 郜元宝：《"世纪末的华丽"？——评王德威〈当代小说二十家〉》，《文汇报》2007年4月2日；《新华文摘》2007年第13期。
[2] 参见《王德威：夏志清看起来那么欢乐，其实非常压抑和寂寞》，2017年10月26日"凤凰网·凤凰文化"；另外参阅陈平原《杰作的发掘与品评——关于〈中国现代小说史〉及其他》，《文艺争鸣》2020年第8期。

第十一章 想象中国与现代性的多副面孔

《如此繁华——王德威自选集》,(香港)天地图书出版公司,2005年

忆的出自《如何现代,怎样文学?》,论台北作家郭松棻、舞鹤、阮庆岳的出自《后遗民写作》。原本正儿八经的作家论,一转就成了"散文典范",是否合适,请听主编刘绍铭的解释:"王德威文字有奇气、有识见,瑰丽、细腻、幽默之余,还征信昭昭。学术论文,堪可一读再读者不多,他是个难得的例外。"[1] 相对而言,台港学者(尤其是女教授)喜欢王德威"流约婉动文字"的比较多,且不乏追随者;而不少大陆学者则对其文字的"瑰丽"与"妖娆"不太以为然,

---

[1] 刘绍铭:《导言:王德威如此繁华》,《如此繁华——王德威自选集》,(香港)天地图书,2005年;上海书店出版社,2006年。

认为太缠绕、太繁复、太花哨,最后搞不清楚说好还是说坏。但不管你喜欢还是不喜欢,大家都承认王德威除了学养丰厚,更兼文采斐然,其述学文体很有特点,一眼就能辨认出来。

2017年王德威主编的哈佛版《新编现代中国文学史》刊行,中文版今年大概也能问世。以近乎编年纪事的形式,借助一百六十一篇文章、一百六十一个故事,呈现中国现代文学诸多重要的历史时刻、人物事件以及思想命题。繁花似锦,异彩纷呈,书会很好看,但那是哈佛大学出版社统一的体例要求,较多考虑市场效应。我更关注的是,王德威结束"抒情传统"及文学史课题后,正开启的现代中国文论研究[1]。王德威的这个研究计划,在2013年夏日本爱知大学组织的中国现代文学三人谈中,有所披露:

> 我一直想做20世纪的中国文论和西方文论的对话问题。因为我想大家都知道我是比较文学出身的,我做西方的文学批评做了很多年,从福柯到巴赫金,到后来的德里达。可是最近这些年特别自觉,也特别不好意思。我不再能够觉得我可以坦然地直告我的学生你去念

---

[1] "'抒情传统'的议题与《文学史》的话题,在我这里都已经告一段落。未来我会把主要精力转向对于现代中国文论的研究,关注五四以后的中国文人与知识分子是如何以文论为一种彰显、介入与诠释现代性的方法,来与诸种现代情境——从西学理论到政治要求,从历史经验到感觉结构——进行互动的。"参见王德威、李浴洋《何为文学史?文学史何为?——王德威教授谈〈哈佛新编中国现代文学史〉》,《现代中文学刊》2019年第3期。

第十一章　想象中国与现代性的多副面孔

> 念福柯、念念德里达就知道怎么样做现代中国文学。我觉得我们过了一个世纪之后——尤其在西方的语境里教现代中国文学跟文学批评——特别需要反省。这个不是谁跟谁相比的问题，而是期望至少在一个平等的对话的平台上来思考，中国的知识界在过去的一百年里面，它提供了什么关于文学的看法、文学的论述。我们除了鲁迅和王国维的《摩罗诗力说》《红楼梦评论》，应该还有更多可以呈现。鲁迅、王国维都有更多东西值得谈。章太炎的东西，黄摩西的东西，然后一直到梁宗岱和朱光潜，到李泽厚等等，这些我都有兴趣。[1]

实际上，2017年10月王德威作为北大中文系第五届"胡适人文讲座"主讲嘉宾，其系列演讲的总题便是"现代中国文论刍议"[2]。从"小说中国"到"抒情传统"，再到文学史写作、中国文论重建，王德威一路走来，步步莲花。我相信，凭借丰厚学养及过人的勤奋，王德威能完成此宏大计划，故翘首以待。

---

[1] 参见陈平原、王德威、藤井省三《中国现代文学研究的方向》，《学术月刊》2014年第8期；此对话的日文版刊爱知大学现代中国学会编、东方书店发行《中国21》第42卷，2015年3月。
[2] 参见王丽丽《新版〈中国现代文学理论〉的预告——王德威教授"现代中国文论刍议"系列讲演侧评（上）》，《文汇报》2017年12月22日；《"抒情"：捍卫和解释文学的"通关密语"——王德威教授"现代中国文论刍议"系列讲演侧评（下）》，《文汇报》2018年1月5日。

第十二章

叙事模式与文学进程

——关于《中国小说叙事模式的转变》及其他

《中国小说叙事模式的转变》,
上海人民出版社,1988年

2001年11月，我应邀在日本东方学会第51届年会上做《鲁迅的述学文体》的专题讲演，自由发言时，曾撰写书评高度评价我的叙事学研究的中里见敬教授[1]，询问我为何不再接再厉，而是停止了叙事学的探索。我当时的回应，见于邵迎建的相关报道："陈先生回答，仅靠单一的叙事学框架，继续做小说方面的研究，其成果只会有量的增加，很难再有质的突破。这里有个人趣味的转移，也有叙事学理论设计自身的局限。因此，希望在叙事学之外，加上文体学、类型学等方面的思考，以求更好地把握文学发展的全貌。"[2]这并不意味着我对叙事学研究前景失去信心，而只是个人的学术选择——相对于借鉴西方理论，我更侧重"活生生的文学历史"。至于"希望在叙事学之外，加上文体学、类型学等方面的思考"，主要体现在我进入学界前十年的探索[3]。

---

[1] 参见中里见敬《中国文学研究里的叙事学——关于陈平原〈中国小说叙事模式的转变〉》，《集刊东洋学》第69号，1993年5月。

[2] 邵迎建：《二十世纪与鲁迅——小记日本"东方学会"第51届年会》，《鲁迅研究月刊》2002年第1期。

[3] 参见陈平原《〈中国小说叙事模式的转变〉新版后记》，《中国小说叙事模式的转变》，第367—368页，北京大学出版社，2010年。

一、十年辛苦不寻常

读过曹雪芹的《自题红楼梦》，大概都记得这"字字看来皆是血，十年辛苦不寻常"。因为，谁的"十年辛苦"都"不寻常"，只是难得有丰硕成果。从第一次到北大寻梦，到1993年秋东渡访学，刚好十年。人生能有几个"十年"？更何况适逢从"而立"走向"不惑"！感慨之余，我撰写了一则随笔，结尾处："人生在世，大概总不免了有'十年一觉'的感叹；我能把这声'感叹'埋在未名湖边，也算是一种幸运。"[1]

从1984年秋到北大念博士，到1996年春完成《中华文化通志·散文小说志》的撰写，这头尾十二年，我主要从事中国小说研究，成果集中在以下五书[2]：

1.《中国小说叙事模式的转变》，上海人民出版社，1988年；（台北）久大文化，1990年；北京大学出版社，2003/2010/2017年；香港中文大学出版社，2007年；韩文译本，拯救出版社，1994年；英文译本，Springer，2020年。

2.《20世纪中国小说史》第一卷，北京大学出版社，1989/1997年；改题《中国现代小说的起点——清

---

[1] 陈平原：《十年一觉》，《十月》1995年第5期。
[2] 此外所撰谈论章太炎、胡适的若干文章，日后收入北京大学出版社1998年版《中国现代学术之建立》。

第十二章　叙事模式与文学进程

末民初小说研究》，北京大学出版社，2005/2010 年；日文译本，东方书店，2020 年。

3.《千古文人侠客梦——武侠小说类型研究》，人民文学出版社，1992 年；（台北）麦田出版公司，1995 年；[插图珍藏本]新世界出版社，2002 年；[插图本]百花文艺出版社，2009 年；北京大学出版社，2010 年；[增订本]北京大学出版社，2018 年；俄文译本，东方图书出版公司，2015 年；英文译本，Cambridge University Press，2016 年；白俄语译本，俄罗斯尚斯国际出版社，2018 年。

4.《小说史：理论与实践》，北京大学出版社，1993/1999/2005/2010 年；（台北）淑馨出版社，1998 年；韩文译本，Erum Publishing Co.，2003 年。

5.《中华文化通志·散文小说志》，上海人民出版社，1998 年；改题《中国散文小说史》，上海人民出版社，2004/2014 年；（台北）二鱼文化出版公司，2005 年；北京大学出版社，2010 年；改版为《中国小说小史》及《中国散文小史》，北京大学出版社，2019 年。

顺便说一句，河北人民出版社 1997 年刊行三卷本《陈平原小说史论集》，收录了上述五书（减去散文部分），外加浙江文艺出版社 1987 年版《在东西方文化碰撞中》。当初颇为自得，以为起点不低，很容易更上一层楼；没想到随着学术兴趣转移,我关于中国小说的专业论文,竟基本上到此为止。

上海人民出版社1998年版《中华文化通志》共一百零一卷,曾荣获第四届国家图书奖荣誉奖;如此印制精美的大型丛书,自有其特定用途,比如作为外交场合的礼品,或入藏国内外各大图书馆。作为这套大书百分之一的"散文小说志",2004年终于有了单刊的机会,为此我撰写了题为《生命中必须承受的"重"》的后记,其中提及:"对悠久而瑰丽的中国文学略有了解者,大概都明白,用三十多万字的篇幅,描述两千年来'散文''小说'两大文类在中国的演进,不是一件容易的事情。当初不自量力,迎接此等'挑战';以致好几回梦中惊醒,担心无法完成任务。幸亏夏君不断晓之以大义,方才挺了过来。因此,旁人评说的是作品的优劣,我则更看重写作的过程——此书的撰写,不仅促成我学术视野、趣味及笔调的转化,更让我深刻体会生命中必须承受的'重'。"具体到此书的特点,我掰着手指算:第一,贯通古今,以古代小说为主,但将晚清及"五四"的小说转型纳入视野;第二,借助笔记,沟通散文、小说两大文类;第三,提要钩玄,兼及文白雅俗,认真经营自家的述学文体[1]。

在北京大学出版社2010年版《中国散文小说史》的序言中,我再次强调"写大书难,写高度浓缩的小书也不

---

[1] 参见陈平原《中国散文小说史》,第394—396页,上海人民出版社,2004年。

《小说史：理论与实践》，北京大学出版社，1993年

《中国散文小说史》，上海人民出版社，2004年

容易"，还是放不下那个自我尊贵的架子。到了2019年的《〈中国小说小史〉序》，我方才坦承："之所以写成这个样子，很大程度还是取决于丛书体例——用三四十万字的篇幅，描述这两大文类的古今演变，篇幅决定笔墨，你只能这么写。也就是说，本书之所以'粗枝大叶'，一半是自家学识限制，一半是丛书体例使然。在学术高度专业化的今天，本书的任何一小节，都足以展开成为一本大书。如此要言不烦，体现的只是作者的基本立场以及大思路；若放开来讲，则是另一番景象。"[1]

---

[1] 陈平原：《〈中国小说小史〉序》，《中国小说小史》，北京大学出版社，2019年。

《中国散文小说史》的写作步履维艰，虽十分努力，但不算成功——其中谈小说甚至不及谈散文更有自家面目。至于1993年版《小说史：理论与实践》，那是我从事小说史研究中的理论思考："不追求体系化，也没能给出理想的答案；只是追询那些现有理论无法涵盖的'变异'，描述研究过程中可能出现的'陷阱'，甚至表白史家的'迷茫'与'困惑'。也就是说，此书既非思辨程度很高的理论陈述，也非实证色彩浓厚的史学专著，而是介于两者之间——一个力图认真思考的文学史家的工作笔记。"[1]那十年，我专注小说史研究，撰史的同时，自觉反思理论框架和操作规则，老想往前挪个一步半步。《中国小说叙事模式的转变》着眼于引进叙事学理论和突出传统文学的创造性转化；《20世纪中国小说史》第一卷（即日后的《中国现代小说的起点》）力图全方位综合把握一段文学进程并创建新的小说史体例；《千古文人侠客梦——武侠小说类型研究》则希望沟通文学的内部研究和外部研究，并提供一个小说类型分析的范例。那些撰史过程中点点滴滴的酸甜苦辣，留在了这册颇多体味但稍显芜杂的《小说史：理论与实践》中[2]。下面不专门评论此

---

[1] 陈平原：《〈小说史：理论与实践〉小引》，《小说史：理论与实践》，北京大学出版社，1993年。

[2] 多年前我在《小说理论更新的先兆》（《读书》1988年第1期）中提及，国外许多优秀的文艺理论著作本身就是文学史著作，"而中国的小说史家大都缺乏理论兴趣，不习惯于在研究中发现并培养'理论变异'，小说理论家则满足于预先构想一个黑格尔式的整齐完善的（当然也是大同小异的）理论框架，然后往里面塞古今中外的文学'典故'"。

书,但在讲述如何从叙事学、文学史、类型学三个不同角度,从事小说史写作实验时,会不断作为旁证材料引入。

二、两种移动与内外合力

1987年夏天定稿的《中国小说叙事模式的转变》,脱胎于我的博士学位论文。关于这篇博士论文的立意及写作过程,我曾在一篇流传很广的专访中如实交代[1]。全书共八章,除"导言"及"结语"外,二至四章为上编,讨论西方小说的启迪;五至七章为下编,研究传统的创造性转化。另有附录两篇。"导言"主要介绍该书的理论设计,即如何改造西方叙事学理论以适应中国小说发展的实际。抽样分析20世纪初期(1902—1927)八百部小说的叙事时间、叙事角度与叙事结构,以界定中国小说叙事模式转变的上、下限。最后解释何以一反常规,将晚清和"五四"两代小说家放在一起论述。上编三章分别讨论"中国小说叙事时间的转变"、"中国小说叙事角度的转变"和"中国小说叙事结构的转变",好处是步步为营,细针密缝,把这原本云山雾罩的"故事"

---

[1] 参见祝晓风、张涛《博士论文只是一张入场券——陈平原谈博士论文写作》,《中华读书报》2003年3月5日。这篇专访包含以下七小节:80年代的学术风尚和对小说史的探求、被否定的两个题目、问题意识比理论框架更重要、小题大做的好处、论文不是教科书、低调的写作姿态、博士论文只是一张入场券。大概因态度坦承,兼及经验与教训,可操作性强,很多博士生导师将其作为指定读物。

《中国小说叙事模式的转变》
〔韩文本〕，拯救出版社，
1994年

讲得很具体，也很圆满。参照西方理论但又拒绝生搬硬套，而是努力建立起适应于自己研究对象的理论框架，这在当年确实给人耳目一新的感觉。好多书评也都从这个角度给予高度评价，认为此书开辟了一个崭新的学术领域。而我本人以及指导教师王瑶先生，则更看重该书的下编；以致当学校规定博士论文只能打印十万字时，我们师徒意见一致——就选下编[1]。

---

[1] 今天到北京大学图书馆查我的博士论文，会发现题目不是《中国小说叙事模式的转变》，而是《论传统文学在小说叙事模式转变中的作用——从"新小说"到"现代小说"》。当然，这个荒唐的规定，第二年就修改了。

第十二章 叙事模式与文学进程

《中国小说叙事模式的转变》刚出版时,确有不少读者被上编若干新奇的概念术语及研究方法所吸引,但日后证明,下编的很多论述更有生命力。尤其是"中国小说叙事模式的转变基于两种移位的合力"这一假说,立论大胆,辨析精微,更具理论阐发空间。"如果说叙事时间、叙事角度、叙事结构三分法的叙事学框架带有很大的假定性,只是整个研究的前提;那么'中国小说叙事模式的转变基于两种移位的合力'的理论构想,才是本书的真正核心,也是借以展开论述的基本理论角度。不是西方小说送来样板中国小说亦步亦趋的'影响说',也不是中国小说主要受社会环境和文学传统的驱逼而发生嬗变的'自力说',甚至也不是绝对正确但过于朦胧以至于说了等于没说的'综合说'。而是强调由于西洋小说输入,中国小说受其影响而发生变化,与中国小说从文学结构的边缘向中心移动,在移动过程中汲取整个传统文学养分而发生变化这两种移位的合力的共同作用。承认西方小说的输入是第一动力,但中国小说的移位的影响照样十分深刻。"[1]描述后一种移位,如第六章之考察笑话、轶闻、游记、答问、日记、书信等六种传统文体的渗透如何制约着中国小说转型,以及第七章讨论"史传传统与诗骚传统"对中国小说转型的决定性影响,因其兼及古今,纵横捭

---

[1] 陈平原:《中国小说叙事模式的转变》,第241—242页,北京大学出版社,2003年。

阔,而又能脚踏实地,得到国内外学界的一致好评。

至于两篇附录,也并非可有可无。尤其是第一篇《小说的书面化倾向与叙事模式的转变》,描述近代报刊出现对小说叙事方式的决定性影响,强调报刊连载使得晚清长篇小说变成短篇故事集锦[1],小说的迅速刊行打破了作家置身说书场的幻想,从"说—听"改为"写—读"乃是叙事模式转变的关键,更是颇具理论创新。

《中国小说叙事模式的转变》日后多次获奖,如1995年获教育部颁发的全国高校首届人文社会科学研究优秀著作二等奖(虽然先后五次获教育部高等学校科学研究优秀成果奖,其中两次还是一等奖,但我对"首届"奖格外珍惜,因获奖者大都为各学科的老前辈)、2008年获改革开放三十年北京大学人文社会科学研究"百项精品成果奖"等。更重要的是,此书在出版三十年后,获第四届思勉原创奖第一名:"评审专家认为,该著作的原创性在于:将侧重形式的叙事学研究与注意文化背景的小说社会学研究结合起来,以1898—1927年的中国小说为重点,阐述了相关作品在西方小说启迪下所发生的叙事时间、叙事角度和叙事结构的转变,分析了中国文学传统的创造性转化,推进了我国文学内

---

[1] 参见陈平原《中国小说叙事模式的转变》,第265—273页,日后研究者多有沿袭,如刘晓军《章回体例与连载方式:论清末民初章回小说文体的变革》,《文艺理论研究》2011年第4期,又见氏著《章回小说文体研究》第十章,华东师范大学出版社,2011年。

第十二章 叙事模式与文学进程

部研究与外部形式的融合。"[1]

近日读田余庆女儿所撰回忆文章,提及"在前后获得的多个奖项中,父亲最看重'思勉原创奖',因为没有官方色彩,完全是同行推荐同行评议。据说,在第一届'思勉原创奖'评选中,《东晋门阀政治》得票第一。"[2]我对此颇有同感。从改革开放以来无数文史哲书籍中,每两年评选四五种优秀著作,这比教育部人文社科著作奖每届颁发八九百项,要稀缺珍贵多了。更何况,"思勉原创奖的最大特点是,整个操作过程与被提名者无关,只是在最后阶段征询参选意愿。决定你是否获奖的是全国众多专家以及决审现场的二十一名评委。作为被提名者,你既不必打听,也无从拜托,一切顺其自然。这对净化学界空气,保持士人气节,是极大的利好"[3]。

在颁奖典礼上,我做了题为《在范式转移与常规研究之间》的专题发言,大意是:自1978年改革开放大潮涌起,大量西方新旧学说被译介进来,一时颇有"乱花渐欲迷人眼"的感觉,这需要一个辨析、沉淀、转化、接纳的过程。到了80年代中后期,随着"文革"后培养的本科生研究生逐渐登上舞台,一个生机勃勃、激情洋溢的文化热及学术变革时代开始

---

[1] 2017年12月15日《光明日报》第12版刊登公告,正式公布第四届思勉原创奖获奖名单及评语,且说明"按得票多少为序"。

[2] 参见田立《回忆父亲田余庆先生》,"上海书评"2020年5月12日。

[3] 参见陈平原《这个奖不需要自吹自擂——第四届思勉原创奖获奖感言》,《北京青年报》2017年12月29日。

了。我不是弄潮儿，只是这个大潮的追随者与获益者。谈论中国小说而从"叙事模式"入手，若非这个大潮，我不会这么提问题，也没有相关的理论准备。在中国，将小说作为一个学术课题来从事研究，是20世纪初才开始的。鲁迅、胡适、郑振铎等"五四"先驱借助于19世纪西方文学观念以及清儒家法，一举奠定了中国小说史学的根基。20世纪30年代以后，随着马克思主义文学理论在中国的传播，小说史家越来越注重小说的社会内涵。50年代起，所谓"典型环境中的典型人物"，更成了小说研究的中心课题乃至"指导思想"。80年代学术范式的转移，落实在小说研究中便是将重心从"写什么"转为"怎么写"。不再借小说研究构建社会史，而是努力围绕小说形式各个层面（如文体、结构、风格、视角等）来展开论述。正是在这种学术背景下，我选择"叙事模式的转变"作为古代小说向现代小说过渡的关键来辨析，且在具体论述中，努力把纯形式的叙事学研究与注意文化背景的小说社会学研究结合起来，借以沟通文学的内部研究与外部研究。在这个意义上，《中国小说叙事模式的转变》不是长期积累，水到渠成（如上面提及的《东晋门阀政治》）；而是机缘凑合，得益于80年代的文化氛围与博士培养制度的建立[1]。

---

［1］ 参见陈平原《在范式转移与常规研究之间》，《探索与争鸣》2018年第5期。

《20 世纪中国小说史》第一卷，北京大学出版社，1989 年

三、"注重进程"与"消解大家"

1995 年 10 月，我在香港科技大学主办的"中国文学史再思"国际学术研讨会上做了个发言，其中提及："'文学史'的写作与教学，从一个特定角度，凸显了中国人对西方教育体制和研究范式的接纳，以及对固有学术传统的改造。"[1] 大约以此为界，此前，我主要关注文学史书写；此后，则更多"在思想史、学术史与教育史的夹缝中，认真思考文学史的生

---

[1] 陈平原：《"文学史"作为一门学科的建立》，《中华读书报》1996 年 7 月 10 日。

存处境及发展前景"[1]。如今因课程需要，我试图以学术史眼光，审视自己三十年前的一部旧作，希望兼及体贴、冷静与温情——这里指的是《20世纪中国小说史》第一卷。可具体论述时，我还是选择改订本《中国现代小说的起点——清末民初小说研究》，因为后者包含"新版序言"、参考文献、索引，以及《〈20世纪中国小说史〉讨论纪要》（以下简称《纪要》），可以为读者进入规定情境提供很大方便。

从1989年12月此书出版，第二年4月课题组召开座谈会，8月北大举办"20世纪中国小说史国际学术研讨会"（那年头北大很穷，筹办一次国际会议是天大的事，好在有严家炎先生把舵，会议开得很成功），到十五年后因课题组同人各有各的学术兴奋点，始终无法集中精力完成拟想中的这套大书，只好让第一卷单飞。又过了十五年，我为研究生讲述专题课，讨论"小说"如何"史学"，第一次将其作为麻雀来解剖——希望通过反省此书之得失成败，探寻"文学进程"该如何呈现。

此书刚出版时，国内外学界颇为关注，日本大阪经济大学樽本照雄教授专门制作了《〈20世纪中国小说史〉第一卷索引》，刊于1991年3月出版的《大阪经大论集》第200号（第385—430页）；另有钱理群、吴方、李庆西、解志熙、刘纳等人的书评，给予此书很高评价，但也提出

---

[1] 参见陈平原《作为学科的文学史——文学教育的方法、途径及境界》之"增订版序"，北京大学出版社，2016年。

第十二章　叙事模式与文学进程

不少批评与建议。不过，相对而言，还是课题组内部的讨论更为深入剀切。这则《纪要》由我根据录音整理，请参与者审读修订[1]。在《纪要》中，我着重谈了小说史体例、小说史写作重心、小说史研究方法等三个问题，而严家炎、钱理群、洪子诚、吴福辉等课题组同人（黄子平因人在国外，没有参加）各抒己见，其中的缝隙很值得玩味。

六位北大学者携手合作，编撰"20世纪中国小说史"，这自然是跟此前钱理群、黄子平和我提出的"20世纪中国文学"概念密切相关。多年后，我在《小书背后的大时代》中称："关于'20世纪中国文学'这个概念，引用的很多，批评也不少，但作为一种问题意识与论述框架，已被学院派广泛接纳——或课程，或教材，或著述，《二十世纪中国文学史》俨然已经深入人心。毫无疑问，这个概念的产生带有清晰的时代印记，如现代性如何阐释，改造国民性怎样落实，纯文学是否合理，世界文学的可能性，左翼文学思潮的功过得失，以及'悲凉'是否20世纪中国文学的整体特征等，所有重要话题，当初都是一笔带过，没有得到认真且充分的

---

[1] 此文最初以《小说史体例与小说史研究——〈20世纪中国小说史〉讨论纪要》为题，刊《文学评论家》1990年第4期。因排印中出现不少错误，杂志社不好意思，改题《论小说史体例》，重刊于1991年第1期；如此难得的"校订本"，又为《新华文摘》1991年第5期转载。另外，日本《中国古典小说研究动态》第4号（1990年10月）上也刊发了此文。

《中国现代小说的起点》,北京大学出版社,2005年

论述,也就难怪日后多有争议。"[1] 拟议中的"20世纪中国小说史",是否能在其展开过程中多少弥补"20世纪中国文学"这一概念本身的缺失,因工作半途而废,只能存而不论。

改题《中国现代小说的起点》,除了补上参考文献,还对若干不规范的注释做了调整;"至于正文,则不做任何改动,以存那个时代的学术风貌"。说到底,这部妍媸都很明显的著作,折射的是80年代文学研究的某一侧面。当初我为这卷小说史写作定了十六字方针:"承上启下,中西合璧,

---

[1] 陈平原:《小书背后的大时代》,《读书》2016年第9期。

第十二章　叙事模式与文学进程

注重进程，消解大家。"[1]"承上启下，中西合璧"没有问题，那本来就是晚清小说的最大特色，无论谁来写史，都会这么说的。"注重进程"也被大致认可，具体怎么处理，以及做得到做不到，那是另一回事。关键在于"消解大家"——不是不考虑作家的特征及贡献，而是将其分散在文学进程中呈现，具体说来，就是不再为某某作家设立专章或专节。

此前的文学史/小说史写作，最重要的是"梁山泊英雄排座次"——大作家一章，中作家一节，小作家综合论述。如此分割排列，必定以作家作品为主，文学史/小说史的发展线索相对薄弱。我想象中的小说史，论述重点在小说形式演进及发展线索，主要工作是准确定位，描述其前后左右关系，而不是具体作家作品的得失。换句话说，不再是"儒林传"或"文苑传"的变体，而是注重发展进程，突出演变脉络。

考虑到学界对晚清这一段文学研究很不充分，我借"作家小传"和"小说年表"两个附录，一经一纬展示了阅读这卷小说史时必须掌握的基本史料。也就是说，把通常文学史写作中必不可少的人物介绍和史料考辨，放到附录中去解决，以便在正文中突出研究者对这一段文学历史的理解和阐释。反对把小说史写成"史事编年"或"资料长编"，这一点学界不会有争议；问题在于，像我这样真的把"史料"当

---

[1] 参见陈平原《20世纪中国小说史》第一卷之"卷后语"，《20世纪中国小说史》第一卷，第300页，北京大学出版社，1989年。

"附录",以"史识"为"正文",读者能接受吗?

作为一套大书,"20世纪中国小说史"到底该怎么写,我们以前开过好几次讨论会。北大老师大多性格独立,因此也就倾向于尊重同事,我汇报写作大纲时,大家都说很好很好。可书正式出版后,其体例之特异,还是让他们大吃一惊。严家炎老师说得很客气:"我觉得平原写的这卷小说史,学术水平很高。我读的时候很兴奋,有些地方超出我意料的好。他对这一段小说发展的独特理解,写出史家的'史识'。他抓住了小说现象以及这些现象的背后隐藏的整个文学思潮的变化,这点很好。"钱理群称"这本书的第一个特点是突出文体史的特殊性";洪子诚说"陈平原善于抓类型,很精彩";吴福辉则是讲:"这本小说史可以说是真正体现回到文学本体的学术思潮,谈小说结构、小说文体、主题模式、叙事观点和审美风格,都谈得很好。"[1] 表扬的话说过了,该轮到批评及质疑上场了。以下四段话,也都见于那次座谈会上的发言——

> 严家炎:"这本小说史力图把论的展开和史的叙述融合在一起,这是优点;可缺点是这么一来,基本的史实不大容易谈清楚。如果我仅读这小说史,对戊戌变法

---

[1] 参见《〈20世纪中国小说史〉讨论纪要》,陈平原《中国现代小说的起点》,第318—329页,北京大学出版社,2005年。

第十二章 叙事模式与文学进程

到'五四'文学革命这一段小说发展概貌,有哪些重要作家作品,达到什么样的艺术水平,不大清楚。比如小说界革命有关史料,你是在第三页用注释的办法标出。很多必须介绍的史料,都放在注释里,粗心的读者不管注释,那么就很可能无法了解来龙去脉。"[1]

钱理群:"平原的小说史把好多东西模式化了,这相对于过去的简单描述是个很大的进展。尤其是对于清末民初这一段小说,你这种方法很适应。但越到后面文学现象越复杂,好多恐怕是模式所容纳不了的。文学史当然需要概括,可又要努力保留文学原生形态的丰富性。你这本书给人印象有点'枯',太强调概括,就难免把有些东西简化了。"[2]

洪子诚:"文学现象有许多例外,有其丰富性和生动性。文学作为一种人的精神现象,有时候不能完全用类型来归纳把握。当然,每种文学史都有其局限性,都只能解决一部分问题。但有些大作家的独特创造,可能会被消解在这种类型分析中,这未免可惜。"[3]

吴福辉:"这卷小说史,一上来就论,很少事件介绍和故事叙述,许多读者会不习惯。你尽管假定读者为专家,但实际上还是有许多一般读者也感兴趣。平原这

---

[1] 陈平原:《中国现代小说的起点》,第328页。
[2] 陈平原:《中国现代小说的起点》,第325页。
[3] 陈平原:《中国现代小说的起点》,第328页。

小说史写得很干净,太精练了,有过于浓缩之嫌。读起来挺吃力,水分太少了。"[1]

这四位都是我的师长,学术资历及写作经验都比我丰富,认真听取他们的意见后,我做了若干回应。但说实话,真正深入体会,还有待随后几年的探索。北京大学出版社1993年版《小说史:理论与实践》所收各文,多有对此话题的进一步思考。最初的尝试,有的决意放弃,有的则仍然坚持——只是抱怨自己才学不足,没能把"好想法"真正落实。

《20世纪中国小说史》第一卷给人的突出印象,是体例上很特别;至于怎么看待作者的锐意创新,则见仁见智。其实,文学史本就该有多副面孔,定位不同,功能不同,读者不同,写法自然也就不同。问题在于,即便在我预设的写作框架中,也是自家有病自家知。多年来,我一直在反省,此书的真正缺失到底在哪里?

小说史不一定以选拔经典作家作品为目标(比如座谈会上谈及的夏志清《中国现代小说史》),更何况晚清小说的"经典性"本就不太充分。可我还是得承认,当初确实有点看低"晚清小说",以为其艺术水平不高,只适合于做综合论述。有此预设,对具体作家作品的阅读,自然也就浮光掠影。加上课题组希望在"20世纪中国小说史"国际

---

[1] 陈平原:《中国现代小说的起点》,第324—325页。

第十二章　叙事模式与文学进程

会议之前赶出第一卷，留给我的写作时间只有两年。写史不同于撰论，方方面面必须照应到，不能有太大遗漏，因此也就很难偷工减料，研究者若火候不够，很容易露怯。我的小说史之所以显得"简化""浓缩"，除了体例限制，更与个案研究不足，手中猛料有限，不敢随便铺展有关。

另外，就是自身技术能力的限制。比如第二章《域外小说的刺激与启迪》立意很好，但论及林纾《巴黎茶花女遗事》，称其"除个别误译和增饰外，删节之处也颇多"[1]，下面举了好多例子，可我不懂法语，只是用日后比较权威的汉译本做比勘。不同译本对读，确实可看出初期译本如何增删，但作为学术论断，这么做毕竟不规范。

根据课题组的规划，我先完成了《二十世纪中国小说理论资料》第一卷，尔后才真正进入小说史写作[2]。也就是说，我对晚清小说的整体判断（所谓"史识"），在搜集整理晚清小说理论资料时，已逐步形成。换句话说，大量阅读小说作品时，早先的理论资料整理使得我太"胸有成竹"。好处是很快就能看出制约着众多作品的风气与潮流，缺点则是对具体作家作品体贴不够，忽略了文学本身的"丰富性和生动性"。

不过，在《20世纪中国小说史》第一卷"卷后语"中，

---

[1] 参见陈平原《中国现代小说的起点》，第46页。
[2] 陈平原为《二十世纪中国小说理论资料》第一卷（陈平原、夏晓虹编，北京大学出版社，1989年3月）撰写的长篇序言，曾以《清末民初小说理论概说》为题，初刊《中国现代文学研究丛刊》1988年第3期，又见《小说史：理论与实践》，第227—242页。

我提及:"选择工作范式实际上也就选择了研究范围——承认有所不能,有所不为,破除那种'全面'、'稳妥'的教科书心态,根据自己的理论设计,长驱直入,变平面的罗列为纵深的开掘。"[1]这当然是一种自我辩解,但也可以看出,当初的写作是冲着此前几十年"教科书的文学史一统天下之势",力图写一部"以专家学者为拟想读者的专深的文学史"。与此相适应,那就是,努力做到"决断去取,各自成家"。

"卷后语"所说的"抓住影响文学形式发生发展的独特文化现象切入",其实是在模仿鲁迅的抓住主要文学现象来展开论述的文学史(比如用"药、酒、女、佛"来概括六朝文学)。在整个研究过程中,我始终着力于考察这一时期小说演变的主要特征,以及影响这一演变的主要文化因素。我以为,只要抓住主要文学现象,也就抓住了这一时期文学的"魂";"魂"抓住了,事情就好办,即使有所遗漏,也都问题不大。如果说我的努力跟鲁迅的文学史写作有什么差异的话,那就是更加强调文学形式。当初设想,小说史作为一种体裁史,应该不同于文学史中论述小说部分的集合。从文学思潮演变的角度来谈小说,与从小说艺术发展的角度来谈小说,是两回事。正因为认定小说史的写作应以"小说形式"为重心,故此书从第五章开始,专门讨论形式问题,谈结

---

[1] 陈平原:《20世纪中国小说史》第一卷,第300页。

第十二章　叙事模式与文学进程

构、谈文体、谈叙事观点、谈主题模式、谈审美特征等。而第二、三、四章讨论域外小说的启迪、小说的商品化与书面化倾向以及雅俗等问题，也都是描述小说艺术得以形成的文化氛围，为下面形式问题的专论作铺垫。这样的写作方式，确实很难兼顾大作家的阐释或经典作品的发掘。

首先是这一时期小说最主要的形式特征，其次是影响这些主要形式特征的最主要的文化因素，其他一概不谈。抓得准不准是一回事，这路子我以为是可行的。第三章《商品化倾向与书面化倾向》、第四章《由俗入雅与回雅向俗》、第五章《集锦化与片断化》、第八章《旅行者的叙事功能》，自认为都新意迭出，比起鲁迅、胡适、阿英等对于晚清小说的概括，有较大提升。日后的研究者，很多在此基础上往前推进。

这就回到颇受质疑的"忽略重要作家作品"，到底是无法弥补的缺憾，还是一种"必要的丧失"。在《小说史：理论与实践》中，有一则《独上高楼》，初刊《读书》1992年第11期。此文区分研究型、普及型及教科书三种不同类型的文学史著述，某种意义上是在给自己立标杆："研究型文学史乃'专家之学'，故'未有不孤行其意，虽使同侪争之而不疑，举世非之而不顾'[1]。著述目标是'通古今之变成一

---

[1] 章学诚：《文史通义·答客问中》，《章学诚遗书》，第38页，文物出版社，1985年。

家之言',故业贵乎专精,学求其自得,对独创性要求很高,切忌一味介绍、转述他人意见,更不要说'炒冷饭'或抄袭。而论证时则只求自坚门户,自圆其说,不必面面俱到。也就是说,允许其轻装上阵。这就要求学者独断于一心,能详人之所略,重人之所轻;尤其是善取不如善舍,避其所短,删其枝蔓,方才谈得上孤军深入有所突破。"[1] 与此相关的,还有研究型文学史必定重分析而轻叙述、小题大做而非大题小做、不追求"雅俗共赏"等。一句话,不仅可以而且应该"千里走单骑"。如此精英姿态,放在今天,很可能备受非议。可当初我非常真诚地认定,若想从事专深探索,非走这么一条寂寞的路不可。当初的想法是,一般人看不懂没有关系,专家能欣赏就行了。借助金字塔式的"传道授业解惑",层层推进,总有一天,你的观点会被学界乃至大众接纳——前提当然是你的论述站得住脚且很有力量。万万没想到,进入互联网时代,传播方式发生天翻地覆的变化,知识传递迅疾且平面化,一竿子到底,专家直接面对普通民众发言,至于准确性、系统化与深度感,实在顾不及了。

我的小说史撰述,最容易引起争议及误解的是"消解大家"一说。好心的辩解是,那是因为晚清小说特殊,"五四"以后就不行了,因为有鲁迅,你总不能不为鲁迅设专章吧?我不敢明说,但心里确实这么想——假如我写这一段文学

---

[1] 陈平原:《小说史:理论与实践》,第31页。

第十二章　叙事模式与文学进程

史,照样不准备为鲁迅设专章。我设想的小说史,主要功能是勾勒主线,凸显时代风貌;至于精彩的"作家论",应该由另外的著作来承担。

在《作为学科的文学史》第二章《知识、技能与情怀》中,我曾引1918年北大发布的《文科国文学门文学教授案》,其中明确规定:"文科国文学门设有文学史及文学两科,其目的本截然不同,故教授方法不能不有所区别。"前者的目的是"使学者知各代文学之变迁及其派别",后者的功用则为"使学者研寻作文之妙用,有以窥见作者之用心,俾增进其文学之技术"。所谓的"中国文学",分文、诗赋、词曲三类教授(小说课程必须等1920年鲁迅讲授中国小说史起,才正式成型)。按照该"教授案"的规定:"第一第二两学年各类文(文、诗赋、词曲)皆当教授。第三学年用选科制,使学生就文、诗赋、词曲三类中,各以性之所近选择一类或二类精心研习。一类中又可分时代家数,或专习一代,或专习一家。"[1]1925年和1934年,北大中文系的课程有过两次较大规模的调整,专业分工日见细密,选修课越开越多,但文学类的必修课包括"中国文学"和"中国文学史"两者,这点没有变化[2]。

一讲历史演变,一重艺术分析,不仅如此安排课程,而

---

[1]　参见《文科国文学门文学教授案》,《北京大学日刊》1918年5月2日。
[2]　参见陈平原《作为学科的文学史——文学教育的方法、途径及境界》,第103页。

且可落实为著作体例。那样的话,二者各司其职,也各得其所。既然我心目中的小说史应该"以形式演变为中心",那么,过多的作家作品欣赏/论述,确实会成为累赘。记得那时学界不断呼唤个人化、多样性的文学史,我自然希望著述有自家面目。先说该不该如此,再谈能不能做到。若认准了方向,不妨一意孤行,尽可能往远处、深处探索,至于中间留下的空当,自有后人或自己日后再来填补。如此大胆假设,勇猛精进,必然有得也有失。进入90年代以后,学界风气变了,论证越来越细密,每句话都必须有出处,严谨著述的同时,丧失了80年代"百无禁忌""横冲直撞"的勇气。当初的粗疏与专横,确实必须反省;但那种"大刀阔斧"的气魄与担当,还是很让人怀念。

四、雅俗文化与类型研究

《中国现代小说的起点》第四章《由俗入雅与回雅向俗》,自认为写得不错;《小说史:理论与实践》第二辑中,有一节"雅俗对峙",可与之对读。此外,还有两篇专论涉及此话题,一是《通俗小说的三次崛起》,一是《武侠小说、大众潜意识及其他》[1],同样收入《小说史:理论与实

---

[1] 陈平原:《通俗小说的三次崛起》,《人民日报》1988年7月26日;《武侠小说、大众潜意识及其他:回应郑树森先生》,《二十一世纪》第5期,1991年。

第十二章 叙事模式与文学进程

践》。后者带有驳论意味,针对的是郑树森先生发表在香港《二十一世纪》第四期上的《大众文学·叙事·文类——武侠小说札记三则》,重读旧文,基本立场没有问题,只是口气过于凌厉,对对方观点缺少体贴与同情。因那时刚完成《千古文人侠客梦——武侠小说研究》,自认为对这个问题很有发言权。90年代初,我对大传统/小传统、精英文化/大众文化、文人文学/通俗文学等概念及立场感兴趣,这背后有社会转型与学术邅变的投射,比如借武侠小说谈文化精神,便是有感而发:"武侠小说像其他大众文学形式一样,除了体现流行的审美趣味,更重要的是体现了大众的潜在欲望,故特别适合于从思想文化史角度进行透视。这种透视,必须考虑到各种文类自身的特殊性,既注意那些已经直接呈现的思想观念,也注意那些作家尚未意识到或意识到而刻意掩饰的情绪和感觉。而后者,可能更有利于我们对一个民族一个时代的文化精神的理解和把握。"[1]

至于"研究作为一种小说类型的武侠小说,必须努力找到其隐藏在纷纭复杂的故事情节背后的基本叙事语法,并描述其发展趋势"[2],这一构想,在《千古文人侠客梦——武侠小说类型研究》那里得到很好的落实。全书共九章,一至四章为历史描述,五至八章为形态分析,第九

---

[1] 陈平原:《小说史:理论与实践》,第280页。
[2] 参见陈平原《小说史:理论与实践》,第284页。

章《作为一种小说类型的武侠小说》，提纲挈领，带理论总结的意味。相对于要言不烦的历史描述，此书的形态分析更能体现作者的眼光与趣味，也更为中外学界所称道："将武侠小说作为一个逐渐成熟的独立的小说类型来考察；把武侠小说的基本叙事语法概括为'仗剑行侠'、'快意恩仇'、'笑傲江湖'和'浪迹天涯'；强调这四个陈述句在武侠小说中各有其特殊功能：'仗剑行侠'指向侠客的行侠手段，'快意恩仇'指向侠客的行侠主题，'笑傲江湖'指向侠客的行侠背景，'浪迹天涯'指向侠客的行侠过程；着力于开掘每一种基本叙事语法蕴含的文化及文学意义，也就是说，兼及武侠小说的'内容'及'形式'层面；注重各种基本叙事形式（结构意识、表现手法等）在演进过程中的变形，亦借此理解和描述武侠小说作为一种小说类型的发展——所有这些，构成了我研究武侠小说的理论框架和操作程序。"[1]在众多书评中，我最看重的是李零的《侠与武士遗风》和吴晓东的《文化视野中的小说类型学》。前者断言通俗文学"里面毕竟有人类的基本兴奋点"，"也照样埋着人类的'永恒主题'"，可谓深得我心。后者欣赏此书"深广的文化史背景"的同时，更关注的是该书的理论设计，尤其是如何"开创了中国学术界的类型学研究的

---

[1] 陈平原：《千古文人侠客梦——武侠小说类型研究》（增订本），第204页，北京大学出版社，2018年。

第十二章　叙事模式与文学进程

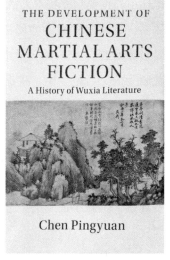

《千古文人侠客梦》，人民文学出版社，1992年

《千古文人侠客梦》[英文本]，剑桥大学出版社，2016年

先例"[1]。

在我所有著作中，《千古文人侠客梦》的传播面是最广的——国内国外均如此。欣赏者中，既有学富五车的专家，也有喜欢武侠小说的一般读者。当然，也有出版人感叹，这书本有成为畅销书的潜质，可惜作者太学究气了，谈武侠小

---

[1] 参见李零《侠与武士遗风》，《读书》1993年第1期；吴晓东《文化视野中的小说类型学》，《文学遗产》1993年第6期。另外，李鹏飞在谈及"古代小说研究与原创性小说理论的探讨"时，称"在这一方面，陈平原先生的《千古文人侠客梦》提供了比较成功的经验：……这一理论框架和操作方式就有效避免了类型研究中所常见的简单的、浅层次的套用，从而增强了这一理论本身的生命力。"见刘勇强、潘建国、李鹏飞著《古代小说研究十大问题》，第23页，北京大学出版社，2017年。

说还引经据典！而我本人格外看重此书，除了学术上的自成体系，还有写作时的酣畅淋漓，学问与人生合一，此等境界极为难得。在人民文学出版社初版及新世界出版社"典藏版"的"后记"中，我提及此书的写作状态："借此获得一种澄明的心境"；"将其作为危机时刻自我拯救的有效手段"[1]。另外，此书写作之所以比较顺畅，与此前此后我对于小说类型研究的考察与思考有关，这点可参见《小说史：理论与实践》收录的《小说类型研究概论》《中国古代小说类型观念》《"新小说"类型理论》《鲁迅的小说类型研究》等四文。

在《小说史：理论与实践》的"小引"中，我谈及《中国小说叙事模式的转变》、《20世纪中国小说史》第一卷和《千古文人侠客梦——武侠小说类型研究》这三书的写作不是一条直线，明显各有理论视野与研究框架。为何如此多费周折，背后的缘故是："一方面是自觉学术尚未成熟，总想多试试几套拳路几种枪法，不愿就此摆摊卖药；另一方面也因天性好强，老跟自己过不去，总觉得还能往前挪半步，不想就此打住。做学问有没有开拓性，除了社会评价外，学者自己心里应该有数：哪些是在平面展开，哪些是在冲击一个新的高度。"[2] 不愿重复劳动，希望每本书都有新面貌，体现

---

[1] 参见陈平原《千古文人侠客梦——武侠小说类型研究》（增订本），第293、296页。
[2] 陈平原：《〈小说史：理论与实践〉小引》。

第十二章　叙事模式与文学进程

新思路、新方法，达到新境界。当年确实是年少气盛，不知天高地厚。可这也是80年代可爱的地方，悬的过高，最终可能撞得头破血流，但人世间，梦想总是需要的。

在思勉原创奖颁奖典礼上，我谈及"回到80年代的语境，我们自信文学研究领域的'革命'已经或即将发生，自己的工作目标，应该是努力促成这一范式转移，而不是修修补补"，于是发起一次次冲刺——不愿步前辈学者后尘，不屑于撰写一般的作家论或面面俱到的小说史，而是从叙事学、文学史、类型学角度寻求突破。如此好高骛远，得失兼备。《中国小说叙事模式的转变》和《千古文人侠客梦》算是比较成功的著作，可惜没进一步深入拓展。90年代中期以后，我转向自认更具挑战性的学术史、教育史、图像研究等。当初这么选择，缘于一个简单且粗暴的判断："文学研究已经进入常规建设，好长时间内只是学术积累，不会有革命性的变化。"[1]但实际上，尽管此后我左冲右突、上下求索，在学科边缘或交叉处努力耕耘，出版了《中国现代学术之建立》《触摸历史与进入五四》《左图右史与西学东渐》《作为学科的文学史》等颇有分量的著作，学界很多人对我的印象，还是早年的小说史研究。

---

[1] 陈平原：《在范式转移与常规研究之间》，《探索与争鸣》2018年第5期。

各章出处

第一章　现代大学与小说史学——关于《中国小说史略》，2020年3月22日据讲稿整理完毕，初刊《文艺争鸣》2020年第1期（连同本连载的"小引"）。

第二章　章回小说如何考证——关于《中国章回小说考证》，2020年3月3日讲授，3月27日整理，4月10日修订，初刊《文艺争鸣》2020年第5期；人大报刊复印资料《中国现代、当代文学研究》2020年第9期转载。

第三章　社会概观与小说艺术——关于《晚清小说史》及其他，2020年3月10日讲述，4月4日整理，4月11日修订，初刊《文艺争鸣》2020年第6期。

第四章　革命想象与历史论述——关于《普实克中国现代文学论文集》及其他，2020年4月7日讲述，9日整理，11日修订，初刊《文艺争鸣》2020年第7期；人大报刊复印资料《中国现代、当代文学研究》2020年第11期转载。

第五章　杰作的发掘与品评——关于《中国现代小说史》及其他，2020年4月14日讲述，4月17日整理，初刊《文艺争鸣》2020年第8期；人大报刊复印资料《中国现代、当代文学研究》2020年第12期转载。

第六章　色情小说与翻译研究——关于《中国近代小说的兴起》及其他，2020年3月17日讲述，5月5日整理，初刊《文艺争鸣》2020年第9期。

第七章　教材编写与严谨求实的一代——关于《中国现代小说流派史》及其他，2020年4月21日讲述，9月2日整理，初刊《文艺争鸣》2020年第10期。

第八章　雅俗鸿沟与团队合作——关于《中国现代通俗文学史》及其他，2020年4月28日讲述，10月10日整理，初刊《文艺争鸣》2020年第11期。

第九章　阅读感受与述学文体——关于《论小说十家》及其他，2020年5月12日讲述，12月17日整理完毕，初刊《文艺争鸣》2021年第2期。

第十章　文本、灰阑与意识形态——关于《灰阑中的叙述》及其他，2020年5月26日讲述，6月11日整理，初刊《文艺争鸣》2021年第3期。

第十一章　想象中国与现代性的多副面孔——关于《被压抑的现代性》及其他，2020年3月31日讲述，6月21日整理完毕，初刊《文艺争鸣》2020年第12期。

第十二章　叙事模式与文学进程——关于《中国小说叙事模式的转变》及其他，2020年3月24日、5月19日讲述，6月3日整理完毕，初刊《文艺争鸣》2021年第1期。

后　记

　　摆在读者面前的这册小书，既是灵光乍现，一挥而就，也是长期积累，水到渠成。前者指的是写作时间，从2020年3月起笔，到12月中旬基本敲定，即便加上日后的修订与润色，全书也都完成于多灾多难的庚子年。比起我以往诸多一拖再拖的著作，此书的撰述可谓神速。后者则是指论述立场——综合小说史的趣味、学术史的尺度、教育史的视野，而这正是我多年苦心经营的结果。

　　所谓"灵光乍现"，说的是写作机遇，也是此书最终成为这个样态的关键。庚子年的新冠疫情，给全世界人民带来了巨大灾难，我的生活方式及写作策略自然也随之变化。年初规划此课程时，并未准备写成书稿。只因疫情不断，北大贯彻政府指令，为让散落在世界各地的学生保持良好的学习及精神状态，"延期不返校，延期不停教"。事后很多学生反映，确实是借线上课程，逐渐恢复了正常的生活节奏。

　　改为线上教学，在年轻教授是小菜一碟，而对于老眼昏花的我来说，可不是一件容易的事。电脑技术太差，平日出现故障，总有学生伸出援手；如今各小区全都封闭，只能自

后 记

力更生。在助教的远程指导下，我最终选择了容易操作的"企业微信"。对着手机屏幕，忐忑不安地讲完第一课，当天晚上，我写了《临老学绣花——我的第一次网课》，第二天"北京头条"APP 推出，又刊 2020 年 2 月 24 日的《北京青年报》。有类似困扰的人大概不少，此文因而传播挺广。北大校长还在全校干部大会上引用，当然表扬的是工作态度，而不是技术能力。面对如此艰难局面，始终与学生站在一起，为其分担郁闷与忧虑，这是当老师的职责。至于课讲得精彩与否，那倒在其次。

十几年前，我在北大研究生教育工作研讨会上发言，检讨我们过于放任的教学方式："北大的好些课程，尤其是名教授的演讲，很好听，也很精彩，但学生们只需观赏，不必介入。修这种课，很轻松，期末写个作业，就行了。老师对于阅读量以及参与程度，没有特殊要求。"(《我看北大研究生教育》，《社会科学论坛》2009 年第 8 期）也曾努力增加课堂讨论，但因修课学生多，效果总是不太理想。这回学生分散各地，全都宅在家中，时间上比较宽裕，完全可以提修课要求。学生每周至少阅读指定的一部著作，课前提交发言大纲；课上教师除了专题演讲，还必须与同学对话。

闻知每周都得交作业，不少习惯于只是听讲的学生当即打了退堂鼓（按照规定，选修课第二周可以退课），最终修习此课的仅十八勇士（此外还有若干申请旁听的）。每次上课前一晚8点,助教发来同学们的阅读感想,那时我自己的课已备好,花一整个晚上准备摘要、评点、答疑。学生称,此举让他们很受益——看自己的哪些想法得到老师的肯定或质疑,也观察其他同学思考问题的角度。都是聪明人(直博生或硕士生),有很强的学习能力,迅速适应这种教学方式,说是很累,但很充实,能真切感觉到自己在进步。

课程结束,许多同学发来修课感想,摘录几段如下:

  王芷晨:一周阅读一本书,还要调动思维和知识去撰写札记。一开始有些吃力,后面就逐渐适应了这种节奏,唤醒了自己的阅读能力,觉得很惊喜。这一周没有阅读任务,甚至会怅然若失,直到又翻开另一本书,才感觉生活回到了正轨。虽然宅在家,但是灵魂永远在路上,思维能够在时空飞翔,和古仁人、今贤者对话,是这么多天养成的阅读习惯。

  丁程辉:阅读之所以能够获得不同的结果,我想很大程度上也跟每周的"作业"有关。没有这个作业,可能书读过去就读过去了,过往的经验是至多留下一个喜欢或不喜欢的直观印象。因此,此次课的十次"作业"就发挥了某种训练功能,至少对我是如此。我会将它带到此后个人的阅读与学习中。

  蒋紫旗:本课极大地帮我修正了多年积弊,我在阅读研究著作时不再只是凭感觉去下一个泛泛而谈、一概

后 记

而论的总结,更有意识地把握分寸,分清主次,找准恰当的角度切口。陈老师强调了很多次,每一个学者都不可避免地会有自己的政治立场、理论预设和情感偏向,所以单纯批评对错其实是一种看似高屋建瓴,实则简化、粗率的做法。印象最深刻的是普实克和夏志清,我应该做的是理解、贴近著者的立场和偏向,才可能说一句"理解之同情",去找到学者最坚硬的那个核,读一本书能够把握研究的气质、特点和强项。

冉娜: 在这门课程中看到了各种对小说史的论述方式,有严谨的理论分析,有翔实的史料考证,有细腻的情感浸入式体会,也有宏大宽阔的结构构建,有从作家论进行研究的,也有从流派史出发进行研究的,也有从现代性出发的,每一种论述方式都有着自己的洞见,也存在着一定的局限性。内部研究与外部研究,艺术审美批评与社会历史分析,中心研究与对边缘的关注,等等,这门课提供了一定的对小说史研究的了解,各位学者的学术视角、学术态度、研究方法和批评姿态,对我来说都是很有启发性的。

贺天行: 多位同学在最后一次发言中都提到,老师在讲述过程中穿插的基于个人交往经验的学者逸闻或"月旦人物"都带来别样的启发。

后两位的评述,牵涉此课程的讲授内容及教学方式。至于我在课上如何摘录及点评,参见第九章第三节"召唤对话的'独语'"。考虑到知识产权等问题,其他各章不引入(甚至有意回避)学生的观点。

庚子春夏,我曾三个多月没走出小区,除时刻关注疫情变化,再就是全力以赴地备课、讲课。最初的慌乱过后,定下神来,一不做二不休,干脆把讲稿弄得更翔实些,课后逐渐整理成文,交《文艺争鸣》刊发。最后成书虽还得益于下半年的辛勤劳作,但当初的决心与计划很重要。

头两次课乃总论,借用的是以往的著述,就不整理了。鲁迅与胡适那两讲,其实也多有倚靠。真正用力的是后面那十讲,牵涉小说史学的方方面面。单看章节标题,就明白此书的工作目标不是通常意义上的"学科史"。对比胡从经《中国小说史学史长编》(上海文艺出版社,1998年),或黄修己《中国新文学编纂史》(北京大学出版社,1995/2007年),本书的长处不在史料丰赡,而是问题意识突出。一再叩问的是,"小说史学"的功能、方法及境界,以及小说史学到底能走多远。

多年前,我曾谈及小说理论与小说史著合一的可能性,举的例子是拉伯克对亨利·詹姆斯的研究、伊恩·瓦特对18世纪英国小说的研究、巴赫金对陀思妥耶夫斯基的研究、热奈特对普鲁斯特的研究等:"他们从具体的研究对象中发现一些为以前的小说理论所未能解释的东西,因而根据自己的研究推演出一种新的理论模式。而中国的小说史家大都缺乏理论兴趣，不习惯于在研究中发现并培养'理论变异'，小说理论家则满足于预先构想一个黑格尔式的整齐完善的（当然也是大同小异的）理论框架，然后往里面塞古今中外的文学'典故'。"（《小说理论更新的先兆》，《读书》1988年第1期）正所谓"非知之艰，行之惟艰"，如何在小说史学的实际操作中，真正实现方法革新乃至理论创造，而不仅仅是今人津津乐道的"填补空白"，可不是手到擒来那么简单的。

基于此设想，本书舍弃了很多主要贡献不在小说史学的优秀学者，即便在小说研究领域也不追求面面俱到，而是采取"举例说明"的方式，选择我较为熟悉且感兴趣的话题，反复敲打，希望能得出若干独特的发现。

作为本书论述对象的十二位中外学者，大体分为三代：活跃于20—40年代的鲁迅（1881—1936）、胡适（1891—1962）、阿英（1900—1977），50年代登场的普实克（1906—1980）、夏志清（1921—2013）、韩南（1927—2014）、范伯群（1931—2017）、严家炎（1933— ）；以及80年代开始表演的赵园（1945— ）、黄子平（1949— ）、王德威（1954— ）、陈平原（1954— ）。三代人的阅历与视野迥异，而即便同代人，也因政治环境及学术资源的差别而大有区隔。尽管如此，中国小说既为共同的研究对象，诸人还是有对话的可能性。承认个体差异以及各自间存在巨大缝隙，褒贬抑扬之外，更希望呈现小说史学发展的众多可能性。

主要研读每位学者的某部著作，但往往不局限于此，而是左盘右带，纵横捭阖。所选十二部著作的出版时间如下：鲁迅《中国小说史略》（1923/1924年）；胡适《中国章回小说考证》（1942年）；阿英《晚清小说史》（1937年）；普实克《普实克中国现代文学论文集》（英文版1980年，中译本1987年）；夏志清《中国现代小说史》（英文版1961年，中译本1979年）；韩南《中国近代小说的兴起》（英文版2004年，中译本2004年）；严家炎《中国现代小说流派史》（1989年）；范伯群《中国现代通俗文学史》（2007年）；赵园《论小说十家》（1987年）；黄子平《"灰阑"中的叙述》（初版《革命·历史·小说》，刊于1996年）；王德威《被压抑的现代性——晚清小说新论》（英文版1997年，中译本2003年）；陈平原《中国小说叙事模式的转变》（1988年）。初版时间不等于写作时间，这里最典型的是胡适与普实克二书。也曾想按照论题推进或书籍出版时间排列，但总觉得不妥。最后只好采用最保守的做法——以作者年齿为序（严、范两章因所涉话题，略有调整）。

撰写此书，到底采用何种文体，是论文还是随笔，很是犹豫了一阵。开始想写成专题论文，如同我此前发表的《作为文学史家的鲁迅》（1993年）或《假设与求证——胡适的文学史研究》（1994年），很快发现那样不适合于讲授；做

后 记

成纯粹的讲稿,类似我在三联书店刊行的《从文人之文到学者之文——明清散文研究》(2004年),又担心如此一来,好些资料无法准确呈现。第一、二章其实做了两个版本,一夹注,一底注,最后还是选择了后者。即便如此,在《文艺争鸣》连载时,我还是建议放在"随笔体"专栏,因担心学界诧异学术论文中为何穿插了那么多"闲言碎语"。既学问,也人情,还文章,这可能吗?可这正是我想试验的。最后发现,没我设想得那么严重,朋友们大都认为文章别具一格,好读。而且,人大报刊复印资料《中国现代、当代文学研究》转载了其中数篇,代表学界的默许。

作为学术刊物的《文艺争鸣》,之所以设立"随笔体"专栏,原本就是我的主意。在《文艺争鸣》2016年第4期上,我发表《与人论刊书》,其中有这么四段话,日后被印在每期"随笔体"专栏的开头,充当护身符:

今日中国学刊,注释越来越规范,但八股气日浓。说不好听,除了编辑与作者,以及个别刚好对这个题目感兴趣的,其他人一概不读。

传统中国谈文论艺,很少正襟危坐,大都采用札记、序跋、书评、随感、对话等体裁。晚清以降,受西方学术影响,我们方才开始撰写三五万字的长篇论文。对此趋势,我是认可的,且曾积极鼓吹。但回过头来,认定只有四十个注以上的万字文章才叫"学问",抹杀一切短论杂说，实在有点遗憾。

放长视野，学问不一定非高头讲章不可。在我心目中，编杂志最好是长短搭配，庄谐混杂，那才好看、耐读。我明白，困难在于学术评鉴——这样有趣味但无注释的"杂说"，能计入学者的工作量表吗？好在今天能写且愿写此类短文的，大都已经摆脱了这样的数字游戏。

真希望有学术杂志愿意设立专栏，在精深且厚重的专业论文之外，发表若干虽不计入成果但有学识、有性情、有趣味的"杂说"。

从2017年起，《文艺争鸣》每期编发一二篇此类"随笔体"文章，算是一块不计工分的试验田。置身此专栏，好比百米赛跑前将自己放倒，用不着别人讥讽或批判，反正不参与排名，这样就安全多了。但内心深处，我确实一直追摹那些能思考、善考据、有文采的好文章——管它叫不叫"学术"。

去年北大出版社刊行我的《现代中国的述学文体》，在某次关于此书的演讲中，我谈及自己"长期以来沟通文/学的强烈愿望"，以及"将若干成功的'学问家'作为'文体家'来阅读"的体会：

晚清以降，西学东渐大潮汹涌，撰写长篇论文或构建皇皇巨著，确实成了推进学术发展的重要手段，但我们不能因此断言，那些"小而可贵"、"能引起读者许多反想"的小书，或者那些藏学问于随笔的论述（比如周作人对明清散文充满睿智的发掘与阐释），就没有存在价值。恰恰相反，我之所以用知识考古的眼光，面对现代中国述学文体的前世今生，不是为了追求形式及笔墨的一统天下，而是期待百家争鸣以及众声喧哗局面的真正形成。(《学术表达的立场、方法及韵味》，《南方文坛》2021年第2期）

这里所说的"小而可贵""能引起读者许多反想"的小书，借用的是钱锺书对周作人《中国新文学的源流》的评价，其间褒贬兼有。而在《有声的中国——演说与近现代中国文章变革》(《文学评论》2007年第3期）中，我是这样评述周作人《中国新文学的源流》、钱穆《中国历史研究法》、牟宗三《中国哲学的特质》这三部由演讲发展而来的著作：

周、钱、牟三书，都是"小而可贵"。唯其篇幅小，讲者（作者）不能不有所舍弃；也正因此，面貌更加清晰，锋芒也更加突出。所谓"虽非著述之体，然亦使读者诵其辞，如相与謦欬于一堂之上"；不以严谨著称，但"疏略而扼要"，"能引起读者许多反想"。在一个专业化成为主流、著述越来越谨严的时代，此类精神抖擞、随意挥洒、有理想、有趣味的"大家小书"，值得人们永远怀念。

讲台上的学问，也可转化为文章，若能着意经营，同样十分精彩。也就是牟宗三所感叹的，"疏朗也有疏朗的好处"。

此书连载于《文艺争鸣》时，第一、二篇冠以"小说如何史学"的总题，第三篇起方才使用"小说史学面面观"。此举很大程度上是为了致敬英国著名小说家和批评家佛斯特（Forster. E. M., 1879—1970）的《小说面面观》。那也是一本演讲结集的小书，不到十万字，我读的是花城出版社1981年7月的"内部发行"版，当初深为讲者的睿智所折服。如今东施效颦，既为保留驰想的自由与学问的温度，也是纪念庚子年那个特殊的课堂。

最后，感谢十八位正式修课的研究生，还有提供连载版面的《文艺争鸣》杂志社，某种意义上，没有他们的积极配合，就没有这本小书。至于每章完成后，夏君代为把关，减少不必要的失误，同样值得致谢。

2021年1月20日于京西圆明园花园